当罪恶在摇篮中

TROLLEY PROBLEM

轩弦 著

南方出版传媒·花城出版社
中国·广州

图书在版编目（CIP）数据

当罪恶在摇篮中 / 轩弦著. -- 广州：花城出版社，2022.4
 ISBN 978-7-5360-9527-4

Ⅰ. ①当… Ⅱ. ①轩… Ⅲ. ①长篇小说－中国－当代 Ⅳ. ①I247.5

中国版本图书馆CIP数据核字(2022)第017410号

出 版 人：张 懿
责任编辑：周思仪 王梦迪
技术编辑：凌春梅
封面设计：见白设计工作室

书 名	当罪恶在摇篮中 DANG ZUIE ZAI YAOLAN ZHONG
出版发行	花城出版社 （广州市环市东路水荫路11号）
经 销	全国新华书店
印 刷	佛山市迎高彩印有限公司 （佛山市顺德区陈村镇广隆工业区兴业七路9号）
开 本	787毫米×1092毫米　32开
印 张	12.25　1插页
字 数	240,000字
版 次	2022年4月第1版　2022年4月第1次印刷
定 价	49.80元

如发现印装质量问题，请直接与印刷厂联系调换。
购书热线：020－37604658　37602954
花城出版社网站：http://www.fcph.com.cn

一切都是显而易见的,毫无悬念可言。

——慕容思炫

目 录

第一章	邻居遇害	1
第二章	案情分析会	19
第三章	神探慕容思炫	37
第四章	遇害的夫妇	45
第五章	准备行凶的死者	65
第六章	宋丝莹的邂逅	87
第七章	另一个聂津	109
第八章	关于穿越的推理	129
第九章	那个世界的故事	151
第十章	穿越时空	169
第十一章	改变历史	189
第十二章	无名英雄	209
第十三章	难以改变的命运	227

第十四章	聂津2号现身	245
第十五章	爆炸前夕	261
第十六章	血染之花	283
第十七章	最后的受害者	301
第十八章	神秘人的身份	325
第十九章	杀人魔鬼	345
第二十章	凶手的末日	365

第一章 邻居遇害

1

"如果时光可以倒流,我们能不能再爱一次?如果可以回到过去,我们能不能重新来过……"

这是L市一名本地人气颇高的女歌手的单曲,聂津把它作为手机闹钟的自定义铃声。

清晨六点半,闹钟响起,聂津悠悠醒来,按停了闹钟。

他习惯每天清晨跑步半小时,回家吃过早餐再去上班。

梳洗以后,他走出了卧房,看到母亲正在阳台晾衣服。

聂津本来是和父母一起住的。三年前,聂津的父亲觉得腹胀,到医院检查,却发现自己的肝脏长有一个巨大的肿瘤,并且已经转移到肺部和腹膜,已属肝癌晚期,不适合手术了。三个月后,聂父因病情恶化而去世。从此,家中便只剩下聂津和母亲两个人了。

"早呀,妈。"此时聂津跟母亲打了个招呼。

"早呀。"聂母转过头来,对着聂津笑了笑,接着还向他招了招手,"阿津,你过来一下。"

聂津走到母亲身前,有些好奇地问:"咋啦?"

聂母从口袋中掏出一个红包,递给聂津:"今天是你生日嘛，妈给你的。"

"噢，谢谢妈。"聂津笑嘻嘻地接过了红包。今天是他二十六岁的生日，但他忙于工作，自己也忘记了。

"你今年的生日愿望就是找个女朋友，对吧？如果来得及，今年就把婚结了吧？至于明年的生日愿望，就是让我快点儿抱孙子，对不对？"聂母不由分说地帮聂津决定了今明两年的生日愿望。

聂津哭笑不得："妈，我才二十六岁，不着急结婚呀。"

"什么不着急呀？你还记得马姨吧？"聂母说起她的一个朋友，"她的儿子比你还小几个月，她的孙子都快一岁啦。"

聂津哈哈一笑："那她儿子也太着急啦。"

"那不叫着急，那叫做事情有计划。"聂母板着脸道，"哪像你这样吊儿郎当的，都快三十岁了，连女朋友也没有。"

"好嘞，妈，我努力努力，争取帮你实现'我的生日愿望'，好吧？"聂津呵呵一笑，"先不说啦，我去跑步啦。"说罢转过身子，走向大门。不知道为什么，这一刻，他忽然感到有些心酸。

其实聂津也有喜欢的女生，那女生甚至可以说是他心目中的"女神"。只是，从今以后，再也不能见到她了。

聂津想到这里，不禁轻轻地叹了口气。

2

聂津走出家门，来到电梯前方，刚好看到电梯正在上升。他按下了向下的按键，等了十多秒，电梯的门打开了，一个三十出头的女子从电梯里走出来。

这女子化着浓妆，妩媚动人，身上还散发着强烈的香水味道。聂津认得此人正是他的邻居封太太。

聂津和母亲住在L市鞍山区的英伦豪庭小区第九幢403室。他家对面的404室住着一对夫妇：男子姓封，三十来岁，是一名公交车司机；妻子封太太姓什么聂津并不清楚，只知道她是一名护士。

"早呀，封太太，"聂津跟封太太打招呼，"昨晚通宵值班吗？"

"对呀。"封太太敷衍地回答道。

聂津点了点头，走进电梯。在电梯下降的过程中，他才反应过来。封太太化了浓妆，还涂了香水，怎么会是通宵值班回来呢？应该是到哪儿玩去了，直到现在才回家。

他这时候才想起封太太确实是经常晚上外出的。有时候他在晚上十点多或十一点多从外面回来，会在电梯里或大门前碰到准备外出的封太太。至于她的丈夫封先生，晚上倒是很少外出的。

他一边想一边走出小区大门，开始晨跑。他每天绕着附近的街道跑两圈，大概需要半个小时到四十分钟。

过了一会儿，他经过一家密室逃脱游戏馆，只见大门上贴着一张海报。海报上写着一行大字："最新推出主题'潘多拉魔盒'！"下面还有一行小字："全新剧情，全新机关，等你来挑战！"

"哦？有新的密室主题呀？"聂津心中一动，"这两天去挑战一下吧。"

他是个侦探推理爱好者，平时不仅喜欢读侦探小说，看推理影视剧，还十分喜欢玩真人密室逃脱游戏，以此锻炼自己的思维能力。

不过他不喜欢组队玩密室逃脱，一般都是自己一个人去挑战。他十分聪明，所玩过的密室，其中百分之七十左右，他都独自挑战成功。

这家他家附近的密室逃脱游戏馆，全名叫"奇门遁甲密室逃脱游戏馆"。聂津是这里的熟客，每次这里推出新的密室主题，他都会过来挑战。现在新推出的"潘多拉魔盒"主题他还没有玩过，自然兴致勃勃，跃跃欲试。

3

跑完步聂津回到英伦豪庭的第九幢，乘坐电梯回到四楼，走出电梯，正要走进家门，忽然听到对面的404室传来一阵叫喊声："你去死吧！我今天这么惨，也是你害的！"

聂津吓了一跳。他定了定神，微一凝思，只觉得这声音好像是404室的封先生发出来的。

封先生在跟谁吵架呢？在跟他的妻子吵架吗？

在聂津的印象中，封先生是一个性格木讷、沉默寡言的人。然而，他现在竟然说出"你去死吧"这样的狠话，看来跟对方吵得十分厉害。

聂津还在思索，突然屋内传来一声男子的叫喊。

"那好像不是封先生的声音呀。"聂津不禁皱了皱眉,"难道跟封先生吵架的不是他的妻子,而是一个男人?"

紧接着,他又听到"哧"的一声传来,颇为刺耳。几乎在同一时间,一个男子"啊"的一声叫了出来。这次聂津听清楚了,这确实不是封先生的声音。

他觉得这声音十分熟悉,好像在哪里听过,但一时之间却又想不起。还没反应过来,只听"砰"的一声,404室内好像有什么重物掉落在地。

接下来,404室内一片寂静。

聂津的心中忐忑不安。刚才404室内发生了什么事?是不是封先生在跟某个男人争吵,甚至动了手?现在为什么没有声音了?难道封先生打晕了那个男人,或者是那个男人打晕了封先生?

"要不要报警呢?"聂津踌躇道,"要不再看看吧?"

就在这时候,404室的大门打开了。

聂津微微一惊,后退了一步,只见一个男子从404室匆匆走出来。

这男子头戴一顶黑色的棒球帽,帽檐压得很低,低得遮住了他的眼睛和鼻子,所以聂津没有看到他的样子。

但是聂津记得封先生的身高只有一米六五左右,而眼前这个戴着棒球帽的男子跟自己身高相仿——聂津的身高有一米七七,所以这个人并非封先生。

难道他就是刚才跟封先生发生争执的那个男子?

那么封先生呢?被他打晕了吗?

第一章 邻居遇害

这个男子看到聂津站在404室的大门外,也似乎吓了一跳。接着他快速转过身子,匆匆走向楼梯,下楼去了。

聂津看向大门敞开的404室,轻声叫道:"封先生?"

屋内没人应答。

聂津加大了声音又叫道:"封先生!"

然而屋内还是没有人回答。

聂津觉得有些不对劲,走进404室,向前一望,只见他的邻居封先生横躺在大厅的地板上,一动不动,胸口竟然插着一把水果刀!

"啊?封先生!"聂津这一惊实在非同小可。

他本想跑过去查看一下封先生的伤势,但转念一想:"看来用水果刀袭击封先生的人,就是刚才那个戴棒球帽的男人。万一封先生死了,那个男人就是杀人凶手。如果我现在贸然进入案发现场,破坏了现场的脚印或其他证物,会给警方的勘查造成麻烦。如果因为我无意中破坏了一些重要证物,导致凶手逍遥法外,那我就成为罪人了。"

他是侦探推理迷,自然拥有这种"保护现场"的意识。

"不过,"然而聂津又想,"万一封先生还没死呢?万一他只是受了重伤呢?如果真的是这样,我现在对他实施一些简单的救援,或许能救下他的性命呀。如果我袖手旁观,打电话报警,等警察到场后,或许他就死了。"

聂津想到这里,决定还是救人要紧。

为了避免破坏现场的痕迹,他脱掉了鞋子,放在大门外,只穿着袜子走到封先生跟前,蹲下身子探了一下封先生的鼻息,却发现他已经没有任何呼吸了。

"封先生!封先生!"聂津不敢贸然触碰封先生的身体,只是叫唤了两声,但封先生完全没有反应。

"看来他真的死了。"聂津咽了口唾沫,慢慢地站起身子,一步一步地退到屋外。

想到自己刚才跟一个杀人凶手擦肩而过,聂津只感到毛骨悚然,心中不寒而栗。

他回过神来以后,马上掏出手机,拨打110报警。

4

接下来,聂津就留在404室的大门外,看守着封先生的尸体,同时保护着案发现场。

等了一会儿,他忽然心中一凛:"等一下!封太太现在应该也在家呀!"

他在晨跑前,明明看到封太太回到家中。那个戴棒球帽的男人用水果刀杀死了封先生,那么封太太呢?她也被那个男人杀死了吗?

聂津再次走进404室,四处张望,只见大厅里确实只有封先生一个人。

难道封太太在某个房间里?在厨房,或在洗手间?

她真的跟封先生一样已经遇害了?或者她只是受伤了?

"如果她只是受伤了,我现在进去,或许还能救下她的性命。"

聂津本来就是个热心肠的人,平时在街上见到不公平的事情,也会挺身而出,拔刀相助,此刻又怎么能见死不救?

于是他再次脱掉鞋子,走进屋内,快速查看了各个房间,果然在一间卧房内发现了封太太。

此刻她躺在床上,纹丝不动。

"封太太!"聂津大声叫唤。然而封太太没有回答,甚至连一点儿反应也没有。

聂津走到床前,只见封太太双目圆睁,瞳孔散大。聂津伸出食指,探了一下她的鼻息,发现她也没有呼吸了。

也就是说,刚才聂津见到的那个戴着棒球帽的杀人凶手,先后杀死了封先生和封太太。

"他刚才见到我的时候,或许也想杀死我灭口。"聂津想到这里,只感到一股寒意从背脊直泻下来。

他回过神来,看了看封太太的尸体,心中又有些感触。半个小时前他才跟封太太说过话,当时封太太还是一个活生生的人,然而现在,她却成了一具冷冰冰的尸体,永远不会再动了。生命真的好脆弱,生命的消逝,有时候就在转瞬之间,并且毫无征兆。

他还在为此唏嘘不已,忽然听到大门外传来一个男子的声音:"英伦豪庭第九幢404室,就是这里吧?"

聂津知道,那是警察到了。

5

聂津回到大厅,看到大门前方站着两名身穿警服的民警。

这两名警察都是辖区民警。刚才英伦豪庭小区所在的鞍山区的派出所接到聂津的报警电话以后，立即向市刑警支队通报案情，同时出警。由于鞍山区派出所就在英伦豪庭小区附近，所以这两名辖区民警先到达现场，负责在市刑警支队的刑警们到达前保护现场。

此时两名民警已经发现了横躺在大厅的封先生的尸体，忽然看到聂津从卧房走出来，都愣了一下。其中一名个子比较高的民警回过神来，立即拔出警棍，对聂津喝道："两手抱头！蹲下！"

聂津微微一怔，随即便明白民警误会了自己，他一边举起双手，一边一脸无辜地说："两位警官，你们误会了，我不是坏人，是我报的警，我是死者的邻居。"

"你报的警？"这名高个子民警一脸怀疑地问，"那你为什么会从卧房里走出来？"

于是聂津把自己从早上晨跑前碰到封太太，到最后因为担心封太太的安危而进屋查看等事，一五一十地告诉了他们。

"那么，女主人现在是在卧房里吗？"高个子民警听完以后问道。

"是的，"聂津轻轻地叹了口气，"她也死了。"

两名民警一听，神色更加凝重。两人相互使了个眼色，随后只听那高个子民警对聂津道："你过来！"

聂津一步一步地走向大门。两名民警紧紧地盯着聂津，一副戒备的神情。高个子民警始终举着警棍，直对着聂津。

聂津走到距离两名民警大概一米的地方时，便识趣地停了下来。高个子民警看了聂津一眼,问:"你叫什么名字?"

"聂津。"聂津如实回答。

"哪里人?"

"L市人。"

"出示一下身份证。"

"我的身份证放在家里了,不过我现在可以回去拿给你看。"聂津说罢看了看大门,"我的家就在对面,403室。"

高个子民警将信将疑,指了指聂津放在大门外的运动鞋,问道:"这是你的?"

聂津点了点头:"是的。"

"你进屋前为什么要脱掉鞋子?"

"因为我怕在现场留下脚印……"聂津说到这里,忽然想到这样说会引起民警的误会,连忙又解释道,"我的意思是,我怕我留下的脚印会破坏凶手留在现场的脚印。"

"是吗?"高个子民警向另一名年纪较轻的民警看去。

那名年轻民警会意,取出一副手铐,走到聂津身前,冷冷地道:"双手放背后。"

"警官,什么情况呀?"聂津看他掏出手铐,脸色微变。

年轻民警轻哼了一声:"先生,配合一下我们吧。"

聂津无奈,只好把双手放到背后。年轻民警走过来,用手铐把聂津的双手反铐了起来。

聂津咬了咬牙,大声道:"你们在干什么呀?我是报案人呀!你们如果不相信,可以查看一下我手机的通话记录呀!我的手机就放在我的口袋里。"

年轻民警向高个子民警看了一眼,等待他指示。高个子民警摇了摇头,淡淡地说:"聂先生对吧?不好意思呀,咱们还是等市刑警支队的人过来再说吧。"

他话音刚落,聂津放在口袋里的手机忽然响了起来。

"是你的手机在响吗?"高个子民警问。

聂津颔首:"是的。"

"拿出来看看。"高个子民警向年轻民警吩咐。

"好的。"年轻民警从聂津的口袋中掏出了他的手机。

聂津向来电显示看了一眼,是他的母亲。他知道母亲肯定是因为自己这么久还没回家而担心,所以打电话过来询问。

"是我妈。"

"哦。"高个子民警从年轻民警手上接过了手机,接通了电话,接着打开了免提功能,把手机放到聂津面前。

聂津只好说道:"妈,怎么啦?"

手机中果然传出来了聂母担心的声音:"都快八点啦,你怎么还没回来呀?"

聂津不想母亲担心,隐瞒了现在发生的事:"我在处理一些事,晚一些再回来,你先自己吃早饭吧。"

"处理什么事呀?"聂母的语气充满担忧。

聂津怕如果把母亲叫过来,让她看到邻居封先生的尸体,还看到自己被民警控制住了,会受到不少惊吓,于是隐瞒道:"没什么,一些小事而已,我马上就回来了……"

还没说完,那高个子民警把手机伸到自己的面前,说道:"你好,我是鞍山区派出所的民警,现在我们在英伦豪庭小区第九幢404室,你的儿子聂津也在这里。"

"什么?"果然聂母的语气充满惊讶。

"你最好过来看看。"高个子民警说罢,没等聂津答话,便挂断了电话。

聂津有些生气,怫然道:"警官,你把我妈叫过来干吗?这样会吓着她呀。"

"不要紧张,"高个子民警拍了拍聂津的肩膀,"我只是想问她几个问题而已。"

聂津不想跟民警发生争执,咬牙不语。

6

此时一个人匆匆走进404室,聂津转头一看,正是自己的母亲。

聂母看到自己的儿子站在两名民警身后,微微一怔:"阿津,这是怎么回事……啊?"

她还没说完,突然看到封先生的尸体,不由得失声惊叫。

这时候,那高个子民警走到聂母身前:"你好,我是鞍山区派出所的民警……"他说到这里指了指聂津,继续说道:"请问他是你的儿子吗?"

聂母满脸疑惑,但还是点了点头:"对呀。警察同志,发生了什么事呀?"

高个子民警没有回答她的问题,继续问道:"他是叫聂津吗?"

"是的……咦?"此时聂母发现儿子的双手被手铐反

铐，大吃一惊，"阿津，你的手怎么啦？警察同志，你们为什么要铐着他的手呀？"

那年轻民警向聂母看了一眼，抢着说道："他在案发现场鬼鬼祟祟的，所以我们……"

聂津忍不住说道："什么鬼鬼祟祟呀？我不是跟你们说得清清楚楚了吗？我走进来是想看看封太太的情况。"

他话语甫毕，又有数人走进屋内，正是L市刑警支队的侦查员和技术员到了。

走在最前面的是一个三十出头的男子。只见他掏出了警察证，在两名民警面前晃了晃，说道："兄弟，辛苦了。我是市局刑警支队的霍奇侠，是这起案件的负责人。"

聂津快速地打量了一下这个名叫霍奇侠的刑警，只见他双目如电，神采奕奕，眉目之间不怒而威。

高个子民警点了点头："霍警官，你好。"

霍奇侠"嗯"了一声，向聂津和他的母亲看了一眼，问道："这两个人是谁？"

高个子民警把刚才进屋后见到聂津的事，跟霍奇侠简略地说了一遍。

霍奇侠听完以后点了点头，又问："他说那位封太太在卧房内，你们确认过没有？"

"还没有。"高个子民警摇了摇头，想了想，又补充道，"我们也是刚到不久。"

"好的。"霍奇侠应答了一声，指挥众人开展勘查工作。

首先，刑事照相员进行外围拍照，用相机固定了原始现场；接下来，痕迹检验员提起足迹灯观察地面的鞋印，在鞋印附近放置标尺，并且在没有鞋印的地方搭建了现场板桥快速通道；最后，法医踩着板桥通道来到封先生的尸体旁边，查看封先生是否还有生命体征，是否需要救治。

"李哥，怎么样？"站在外围的霍奇侠向法医问道。

李法医摇了摇头："已经死亡了。"

其实霍奇侠进屋后一看到封先生，根据经验，就断定他已经死亡了，此时李法医的回答自然在他的意料之中。他沉吟了一下，向聂津问道："聂先生，封太太在哪个房间？"

聂津此时双手被反铐，只好下巴一扬，点了点他发现封太太尸体的卧房的房门："那个。"

"好的。"霍奇侠转头向刚才搭建板桥通道的痕迹检验员吩咐道，"梓哥，麻烦在这边也搭建一下通道。"

"好嘞。"痕迹检验员梓哥搭建好通往卧房的板桥通道后，李法医踩着通道进房查看封太太的情况。不到一分钟他便回到房外，向霍奇侠报告道："霍警官，房内的女子也已经死亡了。"

霍奇侠微微颔首，对众人朗声道："那开始干活吧。"

接下来，痕迹检验组的技术员便开始勘查屋内的各种痕迹；李法医会同一名理化检验员和一名刑事照相员，开始查验封先生的尸体；数名理化检验员也分工合作，提取现场的血迹、唾液以及所有需要检验的物品。

所有工作都有条不紊地进行着，霍奇侠走到聂津身前，对高个子民警道："兄弟，可以给我看一下他的手机吗？"

高个子民警点了点头，把聂津的手机交给了霍奇侠。

霍奇侠快速查看了一下聂津手机的通话记录，发现他确实拨打过110，而且报警的时间是今天上午七点二十一分，跟派出所接到报警电话的时间十分接近。

再说，聂津刚才对两名民警的讲述也确实合情合理。霍奇侠此时已基本确定聂津是无辜的，但保险起见，他还是用聂津的手机拨打了自己的手机号码，得知了聂津的手机号码后，向身旁一名侦查员吩咐道："小刘，你去核实一下这个手机号码是不是报案人的电话。"

"是的，我现在去。"小刘走到一旁打电话核实。

霍奇侠转头看了看聂津道："聂先生，麻烦你把事情的始末，从头到尾地跟我讲一遍吧，尽量不要漏掉任何细节。"

于是聂津从晨跑之前在电梯前方碰到封太太开始说起，一直讲到两名民警到达现场并把他当成了嫌疑对象，把事情的来龙去脉一五一十地告诉了霍奇侠。

他刚讲完，侦查员小刘便走过来，向霍奇侠报告道："侠哥，核实过了，这个手机号码确实就是报案人的电话。"

如此一来，霍奇侠更加确信聂津是无辜的，对那高个子民警道："兄弟，帮忙把他的手铐打开吧，他应该跟这起案子没什么关系。"

高个子民警"嗯"了一声，向那年轻民警使了个眼色。年轻民警会意，马上走过去打开了反铐着聂津双手的手铐。

"谢谢。"虽然刚才聂津被这两名民警当成了犯罪嫌疑人，但此刻他仍然衷心地向帮他打开手铐的年轻民警道谢。

他本来就是个为人处世比较圆滑的人,不想无缘无故得罪别人,更何况对方是警察。

聂母走到聂津跟前,关切地问:"儿子,没事吧?"

聂津摇了摇头,微笑着说:"没事啊,只是一场误会而已。"

这时候,那高个子民警也走到聂津身前,歉然道:"聂先生,不好意思,我们也是职责所在。"

聂津连忙摆手道:"没事没事,把事情弄清楚就好。"

"聂先生,"霍奇侠开始向聂津询问相关细节,"你所看到的那个戴着棒球帽的男人,很有可能就是杀害封氏夫妇的犯罪嫌疑人。"

聂津想到自己刚才跟杀人凶手擦肩而过,心有余悸,不禁咽了口唾沫:"是……是的。"

"你有看清楚他的样子吗?"

聂津微一凝思,摇头道:"他把帽檐压得很低,遮住了容貌。"

"那你还记得他大概多高吗?"霍奇侠接着问。

聂津竭力回想:"身高应该跟我差不多吧。封先生的身高不到一米七,而这个男人看上去差不多一米八。"

"你有多高?"霍奇侠一边问一边掏出了一本黑色的笔记本,记录聂津的讲述。

"一米七七。"

"也就是说,犯罪嫌疑人的身高应该在一米七五到一米八之间,对吗?"

聂津肯定地点了点头:"应该是的。"

霍奇侠一边记录,一边又问道:"体型呢?"

聂津又思索了片刻:"好像比我要胖一些,但也不是太胖,中等身材吧。"

"他是从楼梯离开的,对吗?"此时霍奇侠再次确认。

聂津颔首,指着楼梯口:"他就是从那里离开的。"

"你再认真想想,还有没有其他跟嫌疑人有关的信息?"

聂津闭目苦想,过了好一会儿才睁开眼睛,摇着头道:"对不起,我真的想不到了。"

"没关系。"霍奇侠轻轻一笑,安慰他说,"你已经给我们提供了很多有价值的信息了。"

聂津觉得这个名叫霍奇侠的刑警不仅思维缜密,而且善于顾及别人的情绪,比那两个不分青红皂白就把他当成犯罪嫌疑人的民警真是好多了,不禁对他的安慰话语点头致谢。

此时聂母忍不住插话道:"警察同志,你们要快点儿把杀人凶手抓住呀!我们这幢楼里竟然有人被杀,太恐怖了。"

霍奇侠"嗯"了一声:"聂老太,您放心吧,凶手肯定跑不掉的。对了,你们是住在对面的403室吗?"

聂津点头道:"是的。"

"嗯,你们现在先回去吧。稍后我的同事会来找你们,给你们做一份详细笔录,到时候请配合一下。"

"没问题。"聂津爽快地说。接着他便带着母亲回家去了。

第二章 案情分析会

1

聂津和他的母亲离开不久,一名侦查员走到霍奇侠身边,向他报告道:"侠哥,我们在女死者所在的卧房内找到了两名死者的身份证:男的叫封帆,三十五岁,本地人;女的叫陈露,三十二岁,也是本地人。此外,房内还挂着他们两人的婚纱照,基本可以断定他们是夫妇。"

他一边递给霍奇侠一个装着一张纸的物证袋,一边继续道:"还有,我们在陈露卧房的梳妆台上,找到了这封遗书。"

"遗书?"霍奇侠剑眉一扬,接过了物证袋,只见物证袋中的纸上歪歪扭扭地写着一段文字:

> 昨天晚上,阿露没有回家,她跟我说,要到闺密家玩儿。可是她不知道,我悄悄关注了她闺密的微博,知道这个闺密现在在外地旅游。阿露为什么撒谎?她要去哪里?我一整个晚上都没有睡,无数次打电话给阿露,但她没有开机。
>
> 今天早上,阿露回来了,我质问她昨晚去了哪里,

甚至还动手打了她。她恼羞成怒,索性爽快地承认她出轨了,昨晚跟她所在的科室里的一个医生过的夜,还说之前已经出轨过几次。我知道我和她完了,一切都无法挽回了,我感到崩溃。我激动地掐住了她的脖子,质问她为什么要出轨。等我回过神来的时候,却发现自己已经把她掐死了。

阿露死了,我也不想活了。反正被警察抓住后,我也要被枪毙,不如自己死了干净。只是我不甘心啊!我每天勤勤恳恳地工作,为这个家而奋斗,为什么我的老婆却要出轨?我从来没有做过坏事,上天为什么要这样惩罚我?凭什么我的人生这样悲惨,而别人却能家庭和睦,幸福快乐?

我哪怕死,也要找一批人给我垫背!

等一下,在经过彩云三桥的时候,我会开车公交车冲破桥面的护栏!我要公交车上的乘客给我陪葬!我知道我死后会被全世界的人唾骂,但那又怎么样呢?反正我已经死了。

陈露,是你逼我这样做的!那些和我一起坠江的乘客,都是被你这个贱女人害死的!他们到了地狱,自然会去找你算账!

封 帆

霍奇侠快速地浏览完遗书的内容,不禁大吃一惊,一股寒意从背脊直泻下来。

通过这封遗书,他首先得到了一个重要的信息:女死者陈露是被她的丈夫封帆杀死的。其次,他还知道封帆有开公交车坠江自杀,以此报复社会的疯狂想法。

如果封帆没有被杀,此刻他已经开着公交车坠落江中,公交车上的乘客都已经和他一样葬身江底。

霍奇侠回过神来,对那名侦查员吩咐道:"马上找人进行比对分析,看一下这封遗书的笔迹,跟封帆的笔迹是否同一认定。"

话音刚落,李法医便走过来,向霍奇侠道:"霍警官,我已经对两具尸体都进行过简单的尸表检验了。"

"情况怎样?"霍奇侠问。

"先说女死者陈露,她的眼球和睑结膜下出血明显,脸部皮下也有散在的出血点,窒息现象显著,初步推测她的死因是气管被压迫而引起窒息。她的颈部有指甲印、手指印等掐痕,此外还有由虎口和掌内侧造成的大片状、不规则形的皮下出血,所以我初步判断她是被掐死的。尸僵和尸斑都尚未出现,死亡时间应该在一个小时内。"

霍奇侠点了点头:"我们找到了男死者封帆的遗书,如果那封遗书确实是他写的,那么基本可以确证杀死陈露的凶手就是她的丈夫封帆。至于杀死封帆的凶手,则应该是报案人所见到的那个戴着棒球帽的男人。"

他说到这里,心中思忖:"凶手为什么要杀死封帆呢?难道他发现了封帆的遗书,知道封帆准备开公交车坠江自杀,所以杀死了他,以阻止这宗惨剧的发生?"

他定了定神，又向李法医问道："封帆的死因呢？"

"封帆的致死原因是被尖锐的刀器刺入心脏，心脏出血引起了失血性休克。他的死亡时间也在一个小时内。"

"插在封帆胸口上的水果刀就是凶器，对吗？"

李法医点了点头："是的。"

"我了解了，辛苦了。"

霍奇侠说罢，走到刚才负责搭建板桥通道的那名痕迹检验员梓哥身前，向他问道："梓哥，有在杀死封帆的那把水果刀上发现指纹吗？"

梓哥"嗯"了一声："我们在凶器上提取到三组指纹，其中两组指纹分别属于封帆和陈露。"

"哦？"霍奇侠双眉一蹙，"这把水果刀是这里的物品？不是凶手带来的？"

"应该是屋内的物品，因为我们发现在茶几上有一个刀架，应该就是用来放置杀死封帆的那把水果刀的。"

霍奇侠微微颔首，又问："第三组指纹的情况呢？"

"第三组指纹的遗存时间是最新的，而且，"梓哥稍微加大了声音，"根据那组指纹在刀柄上的位置分布，以及每根手指的用力程度，我们推测那就是犯罪嫌疑人拿着刀子刺进封帆的心脏时所留下的指纹。"

"也就是说，那组指纹是杀死封帆的犯罪嫌疑人留下的，对吗？"霍奇侠确认道。

"对！"梓哥语气肯定。

霍奇侠吸了口气，在心中思索：水果刀本来是封帆家中的物品，犯罪嫌疑人以此作为凶器，难道是临时起意杀人？犯罪嫌疑人因为无意中发现了封帆的遗书，为了阻止他开公交车坠江自杀，便用封帆家中的水果刀杀死了封帆。这么说，犯罪嫌疑人虽然杀了人，但与此同时，却挽救了公交车上数十名乘客的性命？

他不禁想到了那个著名的思想实验——"电车难题"。在这个实验中，大部分人都选择拉动拉杆，切换轨道，牺牲一个人，挽救五个人的性命。霍奇侠在刚听到这个实验的时候，也是这样想的，毕竟从数量上来看，五个人多于一个人，五个人的生命自然比一个人的生命重要，当两者必须放弃其一时，应该牺牲少数人的生命，挽救多数人的生命。

可是后来他经过认真思考，却产生了不同的想法。

他的师父曾对他说过，任何人都没有剥夺其他人的生命的权力，哪怕那是一个穷凶极恶的坏人。这句话对他产生了深远的影响，也是让他当上警察的机缘之一。在这个实验中，切换轨道不就等同于杀死了那个被绑在轨道上的无辜的人了吗？生命无价，试问谁有权力、有资格去比较五条生命和一条生命的轻重？

后来，"电车难题"还出现了一个延伸实验：你站在天桥上，看到一辆失控的电车正在撞向五个无辜的人，此时在你旁边有一个体型肥胖的路人，只要你把路人推落，他的身体便可挡住电车，阻止电车碾压那五个无辜的人。当然，与此同时，这个路人便会因电车碾压而死。在这种情况下，你是要把路人推落，牺牲路人，以挽救那五个人的性命；还是坐视不理，看着那五个人被电车碾压而死？

这个延伸实验跟"电车难题"可谓"异曲同工"——是否要通过牺牲一个人来挽救五个人，但得出的调查数据却跟"电车难题"截然不同：大部分选择不动手推落路人。

为什么呢？霍奇侠也思考过这个问题：在"电车难题"中，答题人更像是一个参与者，必须做出选择，无法置身事外，而选择牺牲一个人，挽救五个人，可以让答题人降低对自己的道德谴责；但在延伸实验中，答题人仅仅是一个旁观者，如果主动参与事件，推落路人，就会使自己产生道德谴责，所以此时大部分人的想法是，事不关己，高高挂起。

那么，这个杀死封帆的凶手呢？

他本来并非事件的参与者，为了挽救那些素未谋面的乘客，主动参与事件，杀死了封帆，自己去承受内心的道德谴责，甚至还因此成了杀人犯。

"封帆跟实验中那个肥胖的路人不同，他本来就是打算自杀的，即使凶手没有杀死他，他也会坠江身亡。凶手提前杀死了他，挽救了那些乘客的性命，他这样做是对的吗？如果我是他，我会这样做吗？"霍奇侠不禁在心中问自己。

情感上他似乎有些认同这个杀人凶手的做法，但作为一名刑警，理智却告诉他：无论怎样，都无法改变凶手杀人的事实！凶手的行为是在犯罪！我们必须把他逮捕归案！

他想到这里，回过神来，向侦查员小刘吩咐道："小刘，你带两个人到小区的管理处去，调取这幢楼的电梯从昨晚到今天上午的监控录像，重点排查前往或离开四楼的人。"

霍奇侠略一思索，又补充道："还有，再调取一下小区内其他地方的监控录像，排查嫌疑对象。"

"好的。"

小刘带着两名侦查员离开404室后，霍奇侠又向另一名侦查员吩咐道："华哥，麻烦你带人走访一下这幢楼的住户，调查封帆和陈露的性格和口碑，以及他俩各自的人际关系。"

侦查员华哥点了点头："知道了。"

"对了，"霍奇侠接着说，"对这幢楼房的所有住户采集指纹，回去进行比对。"

犯罪嫌疑人在凶器上留下了指纹，这是重要的指向性证据。霍奇侠决定先采集楼房住户的全部指纹，与犯罪嫌疑人的指纹进行比对；如果全部无法对上，便扩大范围，采集英伦豪庭小区内所有居民的指纹；要是仍然没能锁定犯罪嫌疑人，便再采集封帆的朋友、亲戚和同事等跟封帆的生活有所交集的人的指纹，十之八九就能锁定犯罪嫌疑人了。

毕竟，一个跟封帆素未谋面的陌生人，是不会无缘无故来到封帆家中，发现了封帆的遗书，再把封帆杀死的。

2

聂津和母亲回到家中，聂母立即关上了大门，还把大门反锁，接着轻轻地吁了口气，心有余悸地说："太可怕了，封先生和封太太竟然被人杀死了。"

聂津安慰母亲说："妈，没事的，警察很快就会抓到凶手的。"

聂母向聂津白了一眼,抱怨道:"你还说?我还没问你呢!多管闲事干吗呀?你听到别人家里有吵闹声就赶紧回来呀。还要进去瞧热闹?现在警察都把你当成杀人凶手了。"

聂津淡淡一笑:"现在警察不是弄清楚了吗?妈,已经没事了,别再多想啦。"

聂母轻轻地"哼"了一声:"什么没事呀?你见过杀死封先生和封太太的凶手啊!如果那凶手怕你看清了他的样貌,回来杀你灭口,那怎么办?"

聂津不禁心中一凛。母亲的这句话颇有道理,不可不防。

但他不想母亲担心,勉强一笑,道:"妈,你就别杞人忧天啦。那个凶手戴着帽子,我完全看不到他的样貌,他怎么会回来找我呢?"

聂母摇了摇头:"不怕一万,就怕万一呀!要不你今天别去上班了,就在家里休息一天吧。"

"可是……"

"别'可是'了!听妈的话!"

聂津是一家律师事务所的民事诉讼律师。一来,这段时间事务所的工作也不算太忙,聂津也不想母亲担心;二来,在杀人凶手被警方抓捕之前,他也不放心让母亲一个人留在家中,于是说道:"好的,那今天我就一整天待在家吧。"

聂母却还是叹了口气:"今天还是你的生日呢,却发生了这样的事,真是晦气呀。"

"妈,别说这件事啦,咱们吃早餐吧。"

"好吧,那我去把早餐热一下吧。"

母子二人在家中吃过早餐。聂津正想回房休息,却忽听门铃响起。

"啊?是谁呀?"聂母一下子紧张起来,"不会是那个杀人凶手找上门了来吧?"

"警察应该还在封先生家里勘查吧,"聂津苦笑了一下,"凶手胆子再大,也不敢现在找上门吧?"

"那是谁呀?"

"应该是警察吧。他们刚才不是说还要找我们做笔录吗?"聂津一边说一边走向大门。

"阿津,小心一些呀。"聂母疑神疑鬼。

聂津打开了内侧的木门,通过外侧铁门的空隙,果然看到门外站着两名警察。

站在前面的是一个长着一张尖脸的警察,只见他掏出警察证,向聂津道:"你好,我是刑警支队的傅袁华,这位是我的搭档,我们想跟你们做一份笔录,麻烦开一下门。"

"好的。"聂津打开了铁门。

两名警察对聂津和聂母做了一份详细的笔录,详细询问了聂津今天早上目睹犯罪嫌疑人从封帆家离开,随后发现封帆和陈露尸体的经过。接着,他们又向聂津母子询问了封帆和陈露的职业、性格、口碑。聂津母子十分配合,知无不言。

询问完毕,聂母问道:"警察同志,什么时候能抓住凶手呀?"

"我们会尽快抓捕犯罪嫌疑人的,你们不用担心。"傅袁华答道。

"我儿子见过凶手,凶手或许会回来杀人灭口,你们能不能派一些人过来保护我儿子呀?"聂母请求道。

"妈,没必要吧?"聂津觉得母亲有些小题大做。

傅袁华想了想,答道:"我建议你们这两天尽量留在家中,不要外出;如果有陌生人上门,不要开门。至于你说申请保护的事,我待会儿会向主管案件的负责人转达的。"

"好吧。"聂母心想暂时也只能这样了。

傅袁华接着又说:"我还想采集一下两位的指纹。"

聂津"咦"了一声,好奇地问:"为什么呀?"

傅袁华并没有直接说原因:"办案需要,请配合一下。"

聂津暗忖道:"应该是他们在封先生家里采集到犯罪嫌疑人的指纹,并且怀疑凶手就是附近的住户,所以要采集指纹,进行比对。"他看过不少侦探小说和推理影视剧,对于警察办案的流程有一定了解。

"那我们会不会留下什么案底呀?"聂母的话打断了聂津的思索。

傅袁华还没回答,聂津莞尔,答道:"妈,不会的。"

傅袁华先后采集了聂津母子两人十指的指纹,便和搭档离开了聂津家。

3

三个小时后,案发现场所有物证全部处理完毕,404

室门上被贴上公安局的封条，只有两名刑警留下来看守着现场。

此时封帆和陈露的尸体已经被运回公安局法医中心的解剖室，由法医对尸表进行进一步检验。

霍奇侠等人也离开了英伦豪庭小区，回到公安局。技术员开始对提取到的物证进行分析。

到了下午两点，所有物证全部处理完毕。上午参加现场勘查的技术员、刑警支队的办案人员来到一间会议室，召开案情分析会。会议由主管这起案件的负责人霍奇侠主持。

霍奇侠开门见山地说："各位，现在召开'8·24'杀人案的案情分析会。小刘，你先跟大家简述一下案情吧。"

侦查员小刘点了点头，开始讲述。

"今天上午七点二十三分，我们收到了鞍山区派出所的报告，有群众报警称在英伦豪庭小区第九幢404室，发现一具男性尸体。我们立即出警，赶到现场，发现404室内有一男一女两具尸体。经过调查，男性死者名叫封帆，一九八三年出生，现年三十五岁，L市本地人，他是一名公交车司机；女性死者名叫陈露，一九八六年出生，现年三十二岁，也是L市本地人，她是市中医院的一名护士。两名死者是夫妇关系。

"根据法医中心的分析报告，封帆的死亡原因是被尖锐的刀器刺入心脏，心脏出血引起了失血性休克，死亡时间是今天早上六点三十分到七点二十分之间；陈露的死亡原因则是被人用手压迫颈部而引起窒息，死亡时间跟封帆的死亡时间十分接近。基本案情就是这些了。"

霍奇侠对一名痕迹检验员道:"梓哥,接下来请你讲述你们所提取到的物证的分析情况吧。"

痕迹检验员梓哥清了清嗓子,讲述起来:

"我们在案发现场找到了疑似封帆留下的遗书,遗书中表明,陈露昨晚彻夜未归,封帆怀疑妻子出轨,今天早上陈露回到家中,封帆对她展开质问,证实陈露昨晚确实是和她所在科室的一名医生发生了不正当关系,封帆一时冲动,掐死了陈露,还打算开公交车坠江自杀。

"经过比对分析,确证遗书上的字是封帆的笔迹。此外,我们在陈露的颈部提取到封帆的指纹,在其指甲中提取到封帆的表皮成分,而在封帆的手指上也提取到陈露的皮屑,因此,确证杀死陈露的犯罪嫌疑人便是她的丈夫封帆。"

会议室内众人听到这里,不禁低声讨论起来。杀死陈露的凶手是她的丈夫封帆,那么杀死封帆的凶手又是谁呢?会不会是跟陈露偷情的那名医生呢?

"大家静一静。"霍奇侠打断了众人的讨论,"梓哥,你接着说吧。"

"杀死封帆的凶器是一把水果刀,这把水果刀本来是死者家中的物品。我们在水果刀上提取到三组指纹,其中两组指纹分别属于封帆和陈露。第三组指纹的遗存时间最新,我们根据那组指纹在刀柄上的位置分布,以及每根手指的用力程度,推断那就是犯罪嫌疑人拿着刀子刺进封帆的心脏时所留下的指纹。

"此外,除了男主人封帆和女主人陈露的足印外,我们在案发现场还提取到一组足印,初步断定那是杀死封帆的犯罪嫌疑人留下的。据我们分析,那是一组拖鞋的鞋印。"

"拖鞋?"

霍奇侠双眉一蹙,心中思索道:"凶手为什么会穿着拖鞋到封帆家中?难道凶手真的是那幢楼房的住户?"

梓哥继续讲述:"根据足印分析显示,犯罪嫌疑人的身高在一米七八左右,正负误差两厘米,体重约一百三十八斤,正负误差四斤。这跟报案人聂先生所见到的那个戴着棒球帽的犯罪嫌疑人的身高基本吻合。"

霍奇侠微微点头,向众人讲述了报案人聂津的所见所闻。接着他又向侦查员小刘问道:"小刘,监控那边查得怎样了?"

小刘翻开笔记本:"根据报案人聂先生的讲述,他看到犯罪嫌疑人离开404室后,是从楼梯离开的。英伦豪庭小区的楼梯没有安装监控摄像头,所以我们无法得知犯罪嫌疑人进入楼梯后的情形。

"一楼大堂安装了监控摄像头,如果犯罪嫌疑人来到一楼后通过大堂离开第九幢,那么监控录像会拍到他。然而,我们调取了第九幢一楼大堂的监控摄像头在相关时间段的监控录像,却没有发现犯罪嫌疑人的身影,所以我们怀疑犯罪嫌疑人通过楼梯直接前往负一层的地下停车场去了。"

小刘稍微停顿了一下:"英伦豪庭小区的地下停车场,只在几个重要的位置以及出入口的电子栏杆上安装了摄像头,存在大量拍摄死角。我们做过实验,如果是开车进出停车场,确实无法避开监控摄像头,但如果是步行进出,完全可以在避开所有监控摄像头的情况下,从停车场的出入口到达第九幢的楼梯口。

"我们查看过地下停车场的所有监控录像,但没有发现犯罪嫌疑人的踪迹,所有我们推测犯罪嫌疑人从404室通过楼梯来到负一层的地下停车场后,避开了停车场内的所有监控摄像头,最后通过停车场的出入口离开了小区。"

"在查看第九幢的电梯的监控录像时,有看到陈露回来吗?"霍奇侠接着问。

小刘点了点头:"看到了。陈露在今天早上六点四十四分通过第九幢的电梯来到四楼,她走出电梯后,报案人聂先生进入电梯,来到一楼,通过一楼的大堂离开了第九幢。七点十六分,报案人聂先生回到第九幢,通过电梯来到四楼。所有监控录像都跟报案人的讲述完全吻合。"

"好的。"霍奇侠深吸了一口气,朗声道,"各位,这起案件的基本情况就是这些了。目前已经确证杀死陈露的犯罪嫌疑人是她的丈夫封帆,所以我们的任务只有一个——抓捕杀死封帆的凶手。"

会议室内众人都安静下来,不约而同地把目光聚集到霍奇侠身上,静候他发表意见。

霍奇侠清了清嗓子,说道:"这起案件目前有两个疑点:一、为什么犯罪嫌疑人在前往404室的时候,会穿着拖鞋?二、为什么犯罪嫌疑人用404室内的水果刀作为杀死封帆的凶器?

"根据我个人的分析,犯罪嫌疑人应该也住在第九幢内,他从自己家中前往封帆所住的404室,所以穿着拖鞋。他来到封帆的家中以后,由于某种原因跟封帆发生争执,最后临时起意杀人,用封帆家中的水果刀杀死了封帆。

"那么犯罪嫌疑人为什么会跟封帆发生争执呢?是怎样的争执促使他竟然要杀人?我认为关键就是封帆在遗书中所提到的他要开公交车坠江自杀。"

他说到这里,会议室内不少人都倒抽了一口凉气。他们都明白霍奇侠的意思。

霍奇侠接着便把话挑明了:"是的,犯罪嫌疑人不仅知道了封帆杀死了陈露的事,还知道封帆准备开公交车坠江,畏罪自杀。这样一来,公交车上的乘客也会无辜丧生。犯罪嫌疑人为了挽救这些乘客,杀死了封帆。"

他话音刚落,众人忍不住窃窃私语起来。

霍奇侠双掌下压,示意大家安静,接着向侦查员傅袁华问道:"华哥,走访工作进行得怎样了?"

傅袁华答道:"我们走访过小区第九幢的大部分住户。根据他们的讲述,封帆是一个沉默寡言的人,很少跟邻居交流,平时和邻居在电梯里碰面也不会打招呼;陈露则比较开朗热情,经常主动跟邻居交流。此外,根据住户的反映,他们夫妇二人很少同时出现,或许是工作时间不同的缘故吧。"

"他俩有没有跟第九幢的其他住户发生过什么冲突?"

霍奇侠接着问。

傅袁华摇头："没有。"

霍奇侠接着又问："指纹采集工作已经完成了？"

"我们采集了第九幢部分住户的指纹，有一些住户因为上班不在家中，暂时没有采集到他们的指纹。目前小龙他们正在用采集回来的指纹跟留在凶器上的指纹进行比对。"

"好的。今天晚上，你再带两组人到英伦豪庭小区进行指纹采集工作，争取采集到第九幢所有住户的指纹。如果仍然没能锁定犯罪嫌疑人，明天我们就加大采集范围，采集英伦豪庭小区内所有住户的指纹。"霍奇侠吩咐道。

"明白了……"傅袁华话语甫毕，忽然一个二十来岁的男子匆匆走进会议室。他正是傅袁华提到的正在进行指纹比对工作的物证提取员小龙。

"侠……侠哥……"小龙上气不接下气地道，"有……有发现！"

霍奇侠见小龙如此激动，知道他必定有重大发现，迫不及待地问："什么发现？"

小龙缓过了一口气，答道："华哥他们采集到的那些指纹，其中一组跟犯罪嫌疑人留在凶器上的指纹同一认定！"

此言一出，会议室内众人炸开了锅。大家都没有想到，案件的调查会如此顺利，这么快就可以锁定嫌疑对象。

"很好。犯罪嫌疑人叫什么名字？"霍奇侠问。

"犯罪嫌疑人就是……"小龙吞了口口水，大声说道，"就是那个报案人——聂津！"

"什么?"霍奇侠吃了一惊。其他人也满脸诧异。

霍奇侠回过神来,接着问道:"你确定吗?"

"确定!"小龙语气肯定地说,"凶器上的那组指纹,就是报案人聂津留下的。"

小刘咬牙道:"这么说,他说的什么见到戴着棒球帽的男人,全是忽悠我们的?这个聂津竟然可以在警察面前面不改色地撒谎,还真不简单呀。"

霍奇侠觉得事有蹊跷,但仍然说道:"聂津有重大作案嫌疑,立即申请刑事拘留证,上门抓人!"

无论聂津是否是杀死封帆的凶手,只要把他抓住,通过讯问,一切便可真相大白。

当时霍奇侠万万没有想到,这起案件远没有想象中简单。

微信扫码
与神探慕容思炫
一起追寻真相

第三章 神探慕容思炫

聂津和母亲一整个上午都待在家中。聂母本来想到附近的市场买菜,但转念一想,杀死封先生的凶手或许还在附近潜伏,在警察把他抓住之前,还是家中比较安全。最后母子两人便以面条作为午餐。

吃过午餐,聂津回到卧房看书。他所看的是西泽保彦所写的《死了七次的男人》,这是一本科幻和推理相结合的小说,相当有趣。然而聂津读了一会儿,却觉得有些困意——他习惯了每天午睡半个小时。

因为今天不用上班,所以他关掉了手机的闹钟。

不知道睡了多久,聂津被手机的来电铃声吵醒了。他拿起手机一看,来电是一个陌生的手机号码。

"是推销电话吧?吵死了。"聂津嘟哝了两句,但还是接通了电话。

"你好。"聂津说。

手机中传出一个低沉的男子声音:"快逃!快!"

聂津满脸疑惑:"什么?"与此同时他在心中暗想:"这个人是谁呀?为什么叫我逃跑呢?是打错电话了吧?又或许是恶作剧?"

男子的语气似乎有些着急:"警察马上就要来抓你了!

再不逃就来不及了!"

聂津真是听得莫名其妙,不解地问:"警察干吗要抓我?你是谁?"

男子一字一顿地说:"因为他们怀疑是你杀死了封帆。"

"封帆?"聂津心念电转,"噢!就是住在404室的封先生。警察不是已经弄清楚了吗?怎么还会怀疑我呢?"

聂津又想,这个男人知道封帆被杀的事,看来真的是认识我的,可他是谁?他并不相信这个来历不明的男子的话,回过神来,问道:"警察怎么会怀疑我呢?你到底是谁呀?"

"反正我已经提醒过你了,"男子的语气忽然变得有些满不在乎,"信不信由你,就这样吧。"

"喂?等一下!"聂津叫道。

然而男子没有理会聂津,直接挂断了电话。

"什么情况呀?"聂津满腹疑惑。

他定了定神,心想:这个男人是认识我的,也知道封帆被杀的事,他说我被警察怀疑,叫我逃跑,有什么企图呢?是要诈骗吗?可是诈骗一般不都是叫人打钱的吗?哪有叫人逃跑的?再说,诈骗的人一般都会千方百计地说服对方,让对方相信自己的话,可是这个男人见我不相信他的话以后,却不再说服我,还说"信不信由你"……

他想到这里,忽然心中一凛:他说的不会是真的吧?警察不会真的要来抓我吧?

聂津不禁开始有些将信将疑了。他走到门前,开门一看，只见屋外半个人影也没有。当他看到封帆夫妇所住的404室的大门时，心中一阵寒意。

此时404室的大门贴着封条，本来在门外看守的警察已经离开了，屋外一片冷清。

今天上午，封先生夫妇就是在这间屋子里被杀害的。杀人凶手，现在还在逍遥法外。那个凶手，此刻会不会潜伏在英伦豪庭附近，甚至还在聂津所住的这幢楼房里？

聂津吞了口口水，本想关门返回家中，可无意中却从外面那扇铁门的空隙看到电梯正在上升，此刻已经到达二楼。

"谁在电梯里呢？是这里的住户吗？还是……警察？"不知怎的，聂津的心中有些不安，"不会真的是警察吧？他们不会是来找我的吧？"

此时显示器显示电梯已经到达三楼了。

聂津忽然心念一动，打开铁门，走到屋外，接着关上铁门。这时电梯已经到达四楼，停止了上升，似乎即将要开门。

电梯里的人真的要来四楼？聂津吓了一跳，情不自禁地跑向楼梯。他刚跑进楼梯，便听到身后传来电梯的开门声。此时乘坐电梯的人的目标楼层真的是四楼。

聂津停住脚步，一动不动，侧耳细听电梯前方的动静。

一阵门铃声响起。聂津认得那是他家的门铃声。紧接着开门声传来。

"你们找谁呀？"那是聂津的母亲的声音。

"聂老太，您好，我是L市刑警支队的刑警霍奇侠，这是我的警察证。"一个男子的声音传来。

聂津心头一震。

他们为什么到我家来了？是来找我的吗？难道刚才那个男子所言为真，警察怀疑封帆是我杀死的，所以来抓我？

聂津揣测着，又听母亲的声音传来："哦，你们有什么事吗？"

"请问聂津在家吗？"霍奇侠问。

"果然是来找我的！"此时聂津对刚才提醒自己逃跑的那个男子的话已经相信了七八分。

"在啊。你们有什么事吗？"聂母不知道他已不在屋内。

"我们找他了解一些情况，请你帮忙叫他一下，好吗？"

"好嘞。阿津！"聂母朝屋内大声叫唤。当然，并没有人回答她。

"他好像出去了。"聂母说。

"可以让我们进来看一下吗？"霍奇侠要求道。

"看来此时母亲只是打开了内侧的木门，并没有打开外面那扇铁门，所以霍奇侠等人无法进来。"聂津心想。他怕被霍奇侠他们发现，始终不敢探出脑袋窥视。

"看什么呀？他不在家呀。"聂母的语气有些不耐烦。

"聂老太，"霍奇侠语气严肃，"这是刑事拘留证，我们依法逮捕聂津，请您开门配合一下。"

聂津霎时间面如土色："他们真的是来抓我的！"

接着他又想：提醒我逃跑的那个男人是谁？他为什么知道警察会来抓我？难道是公安局内部的人？可是他为什么要通知我逃跑呢？难道他深信我是无辜的？

还有，警察为什么会认为我是杀死封先生的凶手呢？难道就因为我曾经进入过案发现场吗？可是我根本没有杀死封先生的动机呀。

他正在胡思乱想，只听母亲的话传来："你们说什么呀？逮捕我儿子？他做了什么事呀？"

"我们怀疑他跟封帆被杀一案有关。聂老太，请您开一下门吧，否则我们就要破门了。"霍奇侠加大了声音，语气也变得不由分说。

聂津知道母亲此时必然是惶恐之极，不知所措。他真的好想跑出去对母亲说："妈，不用担心，我根本没有杀人，我跟他们回去把事情解释清楚就好了。"

可是他没有这样做。他知道事情远没有他想象中那么简单。他也知道如果现在不逃跑，就再也没有机会了。咬了咬牙，便下楼去了。他一口气来到负一层的地下停车场，通过停车场的出入口离开了小区。

"警察接下来只要调取监控录像，对我展开轨迹跟踪，就能抓住我了。"聂津想到这里，立即跑进了小区附近一条没有安装监控摄像头的小路，以隐藏自己的行踪。

走进小路以后，他掏出手机，把手机关机了。这样一来，警方便无法通过定位他的手机号码而锁定他的位置了。

他在小路上向前走了一会儿，来到某个路口前，通过这个路口来到了另一条没有安装监控摄像头的小巷。然后，他便在小巷里七拐八绕，离英伦豪庭小区越来越远。最后，他来到了离他家有一定距离的文兴路。

虽然文兴路内安装了监控摄像头,但警察需要花费大量时间排查,才能在这个监控摄像头找到他的行踪。

"这样就可以暂时摆脱警察的追踪了。"聂津稍微松了口气。现在,他终于可以静下心来思考当前的情况了。

"警察到底为什么会怀疑我呢?不,他们连刑事拘留证也带来了,根本就不是怀疑我那么简单,而是直接把我当成了犯罪嫌疑人。只是,这到底是为什么呢?

"那个通知我逃跑的人到底是谁?如果我没有逃跑,跟警察回去把事情说清楚,或许就雨过天晴了,但现在我逃跑了,反而会让警察认为我做贼心虚,畏罪潜逃,我的嫌疑不是更大吗?那个通知我逃跑的人到底是敌是友,是想帮我还是想害我呀?"

聂津忽然觉得心中一片茫然。他也不知道接下来要怎么做了。

"我不能就这样贸然到公安局去,一旦进去,或许就出不来了。我要先查清楚警察为什么会怀疑我。可是我该怎么查呢?"他虽然看过不少推理小说,具备一定的侦查技巧,可是小说中的调查又怎可跟现实中的侦查相提并论?

"对了!"忽然一个名字在聂津脑海中闪过,聂津由不得心头大喜,"我可以找他!他一定可以帮到我!"

现在,他莫名其妙地遭到警方的通缉,他想要查清楚警方为什么会怀疑封帆夫妇被杀的案件跟自己有关,想要寻求协助。他所想到的这个可以帮助自己的人,正是观察力、记忆力和分析力都惊为天人的慕容思炫。

凶手究竟是谁？
快来与神探慕容思炫一起追寻真相!!!

本书专属二维码：为正版图书保驾护航

 扫码获得正版专属资源

推理笔记
随时记录阅读中的关键线索

有声小说
声临其境体验本书烧脑剧情

创作浅谈
了解轩弦和他笔下的推理世界

☆ **交流社群**：与大家交流故事的走向
☆ **推荐书单**：阅读更多优秀书籍作品

操作步骤指南
① 微信扫描本书二维码
② 选取您需要的资源，点击获取
③ 如需重复使用，可再次扫码，或添加到微信"收藏"功能

扫码添加
智能阅读向导

第四章 遇害的夫妇

1

聂津曾用手机把夏寻语的名片拍下,保存在手机的相册之中,以备不时之需。

此时以防万一,他先把手机卡从手机中取出——这样警方就无法定位到他的手机的位置了,然后再打开手机,找到了拍下夏寻语名片的那张照片。名片上有夏寻语侦探事务所的地址。聂津根据地址来到百岁路,走进了一幢残旧不堪的楼房,来到某个住宅单位的大门前,按下了门铃。

"来啦!"屋内传来一个女子的应答声。

紧接着,大门打开了,站在门后的是一个二十来岁的女子,双目闪闪,俏脸生晕,正是夏寻语。

"你好,"聂津还没答话,夏寻语已主动说道,"这儿是夏寻语侦探事务所,我是负责人夏寻语,请问你是来委托我们查案的吗?咦?"

夏寻语边说边快速地打量着聂津,此时认出了他:"你是……曾经委托过我们调查你表侄子事件的聂先生?"

聂津笑了笑:"对啊,夏小姐你记性真好呀。"

夏寻语抿嘴一笑:"怎么啦?你表侄子又失踪了?"

聂津苦笑了一下："不是啦，这次是我遇到了麻烦。嗯，请问慕容思炫在吗？"他知道慕容思炫只是夏寻语名义上的"助手"，实际上他的推理能力比夏寻语厉害得多，自然是希望寻求慕容思炫的帮助。

夏寻语脸孔一板："一定要找他吗？难道我就不能解决你的麻烦吗？喂，瘦死的骆驼比马大啊，再怎么说我也是这间事务所的所长呀。"

聂津有些尴尬："哈哈，我不是这个意思啦……"

夏寻语却扑哧一笑："我逗你玩而已啦，进来吧。"

聂津跟着夏寻语走进屋内，四处打量，发现这里应该是一间出租屋，有四间套房，此外还有共用的大厅和厨房。

"思炫昨晚出去了，刚刚才回来。"夏寻语带着聂津走到其中一间套房的房门前。

"咦，那他应该正在休息吧？要不等他休息完再叫他吧，反正我不赶时间。"聂津现在正在被警方通缉，不能回家，也不能回律师事务所，已是无处可去。

"没事，他精力旺盛得很。"夏寻语说罢敲了敲房门。

"干吗？"房内传来了慕容思炫那冰冷如水的声音。

"有人来找你呀。"夏寻语一边说一边打开了房门。

聂津探头一看，慕容思炫蹲在桌子上，左手拿着一根棒棒糖，右手拿着一份文件，一边舔棒棒糖，一边翻看文件。

2

慕容思炫正在翻看的是一个月前所发生的一起谋杀案的

侦查卷宗。

二〇一八年七月二十五日晚上,住在白莲新村第三幢602房的一对年轻夫妇同时在家中遇害。男主人名叫陈海鸿,三十二岁,是一家房地产公司的销售总监;女主人名叫陆梦蓉,二十六岁,是一名家庭主妇。两人都是在当天晚上七点到九点之间遇害的。

两人的死亡原因都是头部遭到钝器重击而引起了颅骨骨折以及脑部受挫伤。现场没有找到凶器,但两名死者的致命伤口都存在条形表皮剥脱以及皮肤出血现象,且创口内遗留下成分一致的木质碎屑,因此警方推测凶器是木质棍棒。

此外,两人身上均有多处瘀伤,这些伤痕基本上都是两条平行的皮下出血带,且技术员发现在两人身上的这些创口中,也有木质碎屑等遗留物。经过微量物证检验,这些木质碎屑跟两名死者头部致命伤口中的木质碎屑同一认定,也就是说,两人身上的瘀伤也是由杀死他俩的凶器所造成的。

后来,经过法医的全面检验,发现男死者陈海鸿身上的瘀伤,均是在他死亡后造成的,而女死者陆梦蓉身上的瘀伤,则是生前造成的。

也就是说,凶手在杀害陈海鸿的时候,是先用棍棒重击他的头部,把他杀死,然后再用棍棒攻击他的身体,造成多处瘀伤;而在杀害陆梦蓉的时候,凶手则先用棍棒殴打她的身体,造成多处瘀伤,最后再用棍棒重击她的头部,给予了她致命的一击。对于凶手这样做的理由,警方毫无头绪。

白莲新村是老式住宅小区,楼房内没有监控摄像头,所以警方无法通过监控录像锁定犯罪嫌疑人。

于是警方对陈海鸿和陆梦蓉生前的熟人和亲戚进行深入调查,然而却全部排除作案可能。

案件调查了一个月,却由于线索中断而陷入了僵局。

主管这起案件的负责人正是刑警支队的霍奇侠。

他跟慕容思炫是好友,而慕容思炫又是L市公安局外聘的刑侦专家,所以昨天晚上,他便带着这起谋杀案的侦查卷宗来找慕容思炫求助。不过昨晚在霍奇侠放下侦查卷宗后,慕容思炫又有急事外出,刚刚才回来,所以现在才开始翻看陈海鸿和陆梦蓉被杀的案件的卷宗。

没翻几页,夏寻语却带着聂津进来了。

3

夏寻语打开房门后,慕容思炫向聂津瞥了一眼,接着又低头去看卷宗。

聂津知道这个慕容思炫性格古怪,也见怪不怪,跟着夏寻语走进了房间。

"慕容先生,打扰啦。"聂津跟慕容思炫打招呼。

慕容思炫却不再瞧聂津一眼,淡淡地问:"什么事?"

聂津叹了口气:"我被警察通缉了。"

夏寻语"咦"的一声,一脸好奇地问:"为什么呀?你做了什么坏事呀?"

聂津苦笑:"我什么都没有做过呀。"

"那警察为什么要通缉你?"夏寻语接着问。

"因为，"聂津顿了顿，正色道，"他们认为我杀了两个人。"

慕容思炫一听，双眼一亮，再次向聂津看了一眼，饶有兴致地问："什么人？"

"是我的两个邻居。"

"警察为什么会认为你杀死了他们？"

聂津深深地吸了口气，把自己发现封帆夫妇遇害的经过，以及神秘男子打电话通知自己逃跑等事，一五一十地告诉了慕容思炫和夏寻语。

"这可真奇怪呀。"夏寻语听完以后，秀眉紧皱，满脸疑惑地道，"杀死封帆夫妇的不是你所见到的那个戴着棒球帽的男子吗？警察为什么会认为你跟他们的死亡有关呢？还有，那个打电话通知你逃跑的人又是谁呢？是公安局内部的人？他为什么要通知你逃跑呢？"

聂津苦笑了一下："这就是我来找你们的原因了。"

慕容思炫忽然一跃而起，把聂津吓了一跳。只见他从桌子上跳了下来，一脸平静地说："好，我接受这宗委托。"

"谢谢你啊，慕容先生。"聂津由衷说道。

慕容思炫把手上的侦查卷宗以及桌子上的几张照片放进一个公文袋中，打算稍后再研究陈海鸿和陆梦蓉的案件。

那几张照片正是陈海鸿和陆梦蓉生前的照片以及他们的尸体的照片。慕容思炫虽然总是一副双目无神的样子，但实际上目光锐利之极，他一瞥眼，只见聂津盯着其中一张照片，似乎神色有异。

他所看着的是陆梦蓉生前的照片。

慕容思炫拿起那张照片,放到聂津面前。聂津呆了一下,还没答话,慕容思炫已问道:"你认识她?"

聂津定了定神,微微点头:"好像是我的高中同学。"

"你的高中同学叫什么名字?"慕容思炫紧紧地盯着聂津的表情。

"好像是叫……陆梦蓉。"聂津一边回忆一边答道。

慕容思炫收起了照片:"是的,就是她。"

聂津轻轻地叹了口气:"你在调查她的案子吗?"

"你知道她死了?"

聂津颔首:"她大概一个月前在家里遇害了,对吧?"

"你怎么知道的?"

聂津解释道:"陆梦蓉的邻居,刚好也是我和她的高中同学,陆梦蓉出事后,他马上就把这个消息告诉我了。"

慕容思炫记得在侦查卷宗中的访问笔录部分,其中一个接受询问的对象名叫谢嘉,住在白莲新村第三幢601房,是陈海鸿和陆梦蓉的邻居,同时他还是陆梦蓉的高中同学。

当时,首先发现陈海鸿和陆梦蓉的尸体并且打电话报警的人,就是这个谢嘉。

"你说的那个同学叫谢嘉?"慕容思炫向聂津确认道。

"是的。"

"你跟他很熟吗?"如果并非十分熟识的同学,谢嘉怎么会在陆梦蓉出事后第一时间打电话告诉聂津这件事呢?

聂津点了点头:"是挺熟的,高二和高三的时候我们在学校住宿，当时谢嘉是我的室友。高中毕业后我们偶尔也会出来聚餐、叙旧。"

"陆梦蓉被杀后，你跟他见过面吗？"慕容思炫接着问。

"没有啊。"聂津微一凝思，"我们上次见面应该是在半年前左右吧，好像是春节的时候。"

"那他只是打电话告诉你陆梦蓉遇害的事？"

"好像是在微信上跟我说的。"

慕容思炫的提问告一段落，聂津问道："已经找到杀死陆梦蓉的凶手了吗？"

慕容思炫摇了摇头："还没有，我昨天才接手这起案子。"

"这起案子已经发生了一个月了，警方没能找到凶手吗？"

"没有。"慕容思炫打了个哈欠，又向聂津问道，"这个陆梦蓉是个怎样的人？"

夏寻语刚才也看到陆梦蓉的照片，只见她容貌明艳绝伦，一副端丽秀雅的样子，自己跟她相比，顿时自惭形秽，此刻忍不住插话道："这个陆梦蓉长这么漂亮，当时肯定是校花级的人物吧？"

聂津点头道："是呀，她当时可是学校里大部分男生的梦中情人呢。"

"那你也喜欢她吗？"夏寻语一脸八卦地问。

聂津双颊一热，也不否认："我还给她写过情书呢。"

"真的？"夏寻语笑吟吟地问，"那她接受你了吗？"

聂津苦笑着摇了摇头:"情书虽然写好了,但我始终没有勇气交给她呢。"

"好可惜呀。"夏寻语一脸惋惜地说,"如果当时你把情书交给了她,说不准她会接受你呢。"

聂津也轻轻地叹了口气:"如果当时她接受了我,现在跟我在一起了,就不会住在白莲新村了,这样一来,或许可以改变被杀的命运吧。"

"你认识她丈夫吗?"慕容思炫冷不防又问。

聂津摇头:"不认识。可以让我看看他的照片吗?"

慕容思炫一边把陈海鸿生前的照片交给聂津,一边问道:"陆梦蓉结婚的时候没有请你吗?"

"没有,其实我跟她不太熟,我只是暗恋她而已。"他一边说一边看了一下陈海鸿的照片,"她丈夫的年纪好像要比她大一些呀。"

"她丈夫是一九八六年出生的,比她大六岁。"

"嗯。"聂津似乎想起往事,有些黯然神伤。

"好了,"慕容思炫伸了个懒腰,转移话题,"这儿有一间套房是空的,你暂时就住在这里吧。"

"好的。"聂津想了想,又说,"对了,我想给我妈打个电话报平安,能借用一下你们的电话吗?"

"可以呀。"夏寻语十分爽快地掏出了手机。

然而慕容思炫却说:"警察肯定监控了你妈妈的手机号码,你暂时还是不要联系她吧。"

"这样呀……好吧。"聂津有些无可奈何地说。

"聂先生,你放心吧,思炫很快就可以揪出真正的杀人凶手,还你清白,到时候你就可以回家啦。"夏寻语胸有成竹地说。她对于慕容思炫的推理能力,可是信心十足的。

"谢谢你们。对了,你们也别叫我什么'聂先生'了,叫我阿津就好了。"此时此刻,在聂津心中,已把夏寻语和慕容思炫当成值得信任的朋友了。

4

当天傍晚,L市公安局的一个会议室内,准备召开"八二四"杀人案的第二次案情分析会。

主持会议的仍然是案件负责人霍奇侠。

侦查员小刘首先开始讲述:

"今天下午,技术科的同事发现报案人聂津的指纹,跟犯罪嫌疑人在杀死封帆的水果刀上留下的指纹同一认定,于是我们立即申请了刑事拘留证,到犯罪嫌疑人聂津家中展开抓捕行动。然而聂津在我们到达之前,早就离家逃跑了。我们查看过聂津所住的英伦豪庭小区第九幢的电梯以及一楼大堂的监控录像,却没有在监控画面中发现聂津。我们怀疑聂津是在我们到达他家前,通过楼梯直接前往负一层的地下停车场,避开停车场内的监控摄像头,通过停车场的出入口离开英伦豪庭小区的。目前,监控录像的排查工作正在进行。

"后来我们查到,在今天下午两点五十七分,聂津的手机曾收到一个电话,通话时长只有二十四秒。而根据第九幢的电梯的监控录像可知,我们的人是在两点五十八分进入电梯的。也就是说,聂津是在我们到达他家的一分钟前收到这通电话的。我们怀疑聂津收到这通电话的时候仍在家中,这个给聂津打电话的人,是要通知聂津逃跑,躲避我们的追捕的。所以,在我们到达聂津的家的时候,聂津刚通过楼梯逃离了英伦豪庭小区。"

会议室内一名刑警听小刘说到这里,忍不住插话道:"不会是我们内部有内鬼吧?这个打电话通知犯罪嫌疑人逃跑的'告密者',就是内鬼?"

此言一出,会议室内众人霎时间议论纷纷。

霍奇侠摇了摇头:"应该不会。我们是在两点半左右决定抓捕聂津的,如果这个'告密者'在我们之中,他在两点半的时候就可以打电话给聂津了,没必要在我们到达聂津的住宅的前一分钟再打电话通知他逃跑。"

另一名刑警说道:"我赞同侠哥的分析,我认为那个'告密者'当时应该在英伦豪庭小区内某个位置监视着聂津的家,看到我们来到聂津家楼下,便立即打电话通知家中的聂津逃跑。"

霍奇侠点了点头,向小刘问道:"有查过打给聂津的那个手机号码的机主吗?"

小刘"嗯"了一声:"查到了,机主叫文月琴,二十八岁。我们的人已经找到她了。今天下午她独自带着八个月大的孩子到湖畔公园晒太阳,后来,她在一棵大树下给孩子换尿片,换完后却发现放在身旁的手机不见了。湖畔公园内没有监控摄像头,所以我们没有看到偷走她手机的人是谁。

"文月琴还说,她的手机没有设置密码。也就是说,那个偷走她的手机的小偷,可以使用她的手机打电话。"

霍奇侠总结道:"换句话说,这个偷走了文月琴的手机的小偷,就是打电话通知聂津逃跑的'告密者'。他之所以要用偷来的手机打电话给聂津,就是怕事后我们会调查聂津的通话记录,从而让他的身份暴露。"

众人纷纷点头。

霍奇侠接着问:"文月琴的手机是在几点被偷走的?"

"根据她自己讲述,是今天下午三点左右。"小刘答道。

"也就是说,'告密者'一偷走了文月琴的手机,就立即打电话给聂津了。"霍奇侠笑了笑,"既然如此,'告密者'就肯定不是我们内部的兄弟了,当时我们都在英伦豪庭,准备抓捕聂津,同一时间又怎么能分身到湖畔公园呢?"

他接着又分析道:"不过,这样一来,我们刚才的'打电话通知聂津逃跑的"告密者"当时在聂津家楼下进行监视'的推论也被推翻了。看来这'告密者'在我们到达聂津的住宅的前一分钟打电话通知聂津逃跑,只是巧合而已。"

一名刑警皱了皱眉,有些疑惑地说:"既然如此,这个'告密者'到底怎么知道我们要去抓捕聂津呢?"

刚才提出"刑警支队内部有内鬼"的刑警此时又推测道:"会不会是我们之中确实有内鬼,这个内鬼得知我们即将要抓捕聂津的消息后,打电话通知'告密者',让'告密者'去通知聂津逃跑?'告密者'为了不暴露自己的身份,来到湖畔公园，想要偷一台手机来打电话给聂津。他花了半个小时才找到动手的目标，所以最后在我们到达聂津的家的一分钟前才打电话给聂津。"

霍奇侠微微点头："这个分析倒是合情合理。当然，'告密者'也不一定在我们之中。'告密者'之所以打电话通知聂津逃跑，不一定是因为得知'我们即将要抓捕聂津'这个消息。有可能'告密者'早就知道聂津是杀死封帆的凶手，猜到我们迟早会去抓捕聂津，所以打电话通知聂津逃跑，只是他打电话给聂津的时间，刚好是我们到达聂津的家的前一分钟而已。"

接下来，众人展开了激烈的讨论，大部分人都认为刑警支队内部没有内鬼。

"好了，大家先安静一下。"霍奇侠清了清嗓子，转头对另一名侦查员问道："华哥，你们已经查过聂津的背景和社会关系了吧？"

侦查员傅袁华点了点头："是的，他是L市本地人，一九九二年出生，现年二十六岁，在一家律师事务所担任民事诉讼律师，未婚。他本来跟父母一起住在英伦豪庭小区第九幢403室，二〇一五年十月，他的父亲因患肝癌去世，此后家中便只剩下他和他的母亲。我们实地走访过他的人际关系，根据走访记录，他的口碑不错，而且他跟封帆以及陈露没有任何矛盾，不存在杀害封帆的动机。"

霍奇侠剑眉一皱："这么说，唯一的疑点就是杀死封帆的凶器上有聂津的指纹了。"

他沉吟了一下,向会议室内一名痕迹检验员问道:"梓哥,凶器上的指纹是否存在伪造的可能性呢?譬如说,凶手通过某种途径取得聂津的指纹,再印在凶器上。"

痕迹检验员梓哥肯定地说:"不存在这种可能性!"

他稍微顿了一下,接着补充说明:"我们分析过犯罪嫌疑人留在凶器上的指纹,根据每根手指的用力程度可知,那些指纹确实是某个人主动紧抓着刀柄留下的,不存在伪造的可能性。而且,指纹上有汗孔所分泌出来的汗液和油脂,只有活人留下的指纹才会有这些成分。"

霍奇侠点了点头,又问傅袁华:"聂津的身高和体重呢?"

"根据聂津最近的体检报告,他的身高是一米七七,体重是一百三十六斤。"

"哦?"霍奇侠若有所思地说,"跟犯罪嫌疑人的身高和体重都相当吻合?"案发现场内除了封帆和陈露的足印外,还提取到一组穿着拖鞋的足印——极有可能是犯罪嫌疑人的足印。足印分析显示,这组足印的主人身高一米七八左右,正负误差两厘米,体重约一百三十八斤,正负误差四斤。

"是的。"傅袁华说道,"所以这个聂津确实有重大作案嫌疑。"

霍奇侠思忖道:"聂津曾说他所看到的那个戴着棒球帽的男子的身高和他差不多,如果聂津没有撒谎,那个男子确实存在,那么那个男子的身高也跟犯罪嫌疑人吻合。"

他其实也认为聂津没有撒谎,那个戴着棒球帽的男子确实存在,杀死封帆的凶手便是这个男子,封帆家的拖鞋足印,也是这个男子留下的。

问题是,如果真的是这样,那么留在凶器上的指纹,应该是那个男子的呀,怎么会是聂津的呢?凶手到底使用了什么诡计,把自己的指纹换成了聂津的指纹?

霍奇侠觉得,这起案件真是匪夷所思。

他定了定神,又向小刘问道:"小刘,聂津今天早上跑完步回到英伦豪庭第九幢的时候,是几点?"

小刘翻看了一下笔记本,说道:"根据第九幢的电梯的监控录像,他是在七点十六分乘坐电梯回到四楼的。"

霍奇侠"嗯"的一声:"我看过聂津的手机,他打电话报警的时间是七点二十一分。也就是说,从他回到第九幢四楼,到他打电话报警,中间只是隔了五分钟。"

一名刑警揣测道:"照我说,杀死封帆的凶手就是这个聂津,他说他看到的戴着棒球帽的男子根本是不存在的。当时的情况或许是这样的:陈露早上回家后,封帆杀死了陈露,聂津跑完步回来,发现封帆杀死了陈露,他要打电话报警。封帆怕自己杀人的事迹败露,想要杀死聂津灭口,聂津在跟封帆扭打的过程中,用茶几上的水果刀杀死了封帆,然后假装自己是尸体的发现者,打电话报警。"

霍奇侠却不认同这个推测。他向小刘问道:"小刘,在电梯的监控画面中,聂津是穿着运动鞋的吧?"

"是的。"

"但留在案发现场的足迹,却是穿着拖鞋留下的。如果聂津是杀死封帆的凶手,他在七点十六分从电梯出来后,要先返回家中,换上拖鞋,然后再到封帆家中,杀死封帆,并于七点二十一分打电话报警。从时间上来说,这是比较牵强的,而从逻辑上来说,这也不合理,聂津为什么要先换上拖鞋再到封帆的家呢?

"所以我认为,聂津所说的那个戴着棒球帽的男子是存在的。那个男子,才是杀死封帆的凶手。那个男子是穿着拖鞋的,所以留在封帆家中的拖鞋足印,正是他留下的。只是这样一来,就会出现一个十分重大的疑点——为什么杀人凶器上会有聂津的指纹?"

众人沉默不语,都在思考着霍奇侠提出的这个问题。

"此外,还有另一个问题,"霍奇侠接着说,"打电话通知聂津逃跑的'告密者'到底是谁?"

"只要找到聂津,我们就能知道这两个问题的答案了。"一名刑警说道。

霍奇侠点了点头:"是的,所以我将会申请发布通缉令,接下来,我们将全力缉捕聂津!"

5

当天下午,夏寻语到附近的市场买菜,而聂津则在出租屋中陪慕容思炫下军棋。由于没有裁判,为了在双方棋子发生碰撞时能够判断强弱,慕容思炫自己以明棋布局,却让聂津保留暗棋,且让聂津当裁判。可是尽管聂津知道了慕容思炫的所有棋子的位置,连续几局下来,却终究赢不了慕容思炫。他不禁感慨:"慕容先生,你的脑袋到底是怎么长的呀?为什么你摆明棋,我摆暗棋,但我还赢不了你呀?"

"因为对于我来说,你的布局跟明棋没什么区别。"慕容思炫面无表情地说。

"什么意思?"聂津大奇,"你有透视眼?"

慕容思炫没有回答,只是说:"再来一局吧。"

"好啊。"

然而聂津完成布阵以后,慕容思炫却说:"我来猜一下你的布局吧。"

"猜?"聂津面露疑惑。

慕容思炫指了指聂津的其中一枚棋子,说道:"司令。"接着把这枚棋子翻倒,竟然真的是司令。

聂津目瞪口呆:"你、你怎么知道的?"

慕容思炫接着一边猜测一边翻倒聂津的棋子,结果聂津的二十五枚棋子,竟然被慕容思炫猜对了二十二枚。

聂津呆若木鸡,过了好一会儿才回过神来,说道:"慕容先生,如果连你也不能解开我被警方通缉之谜,那么这个世界上大概再也没人可以帮助我了。"

不一会儿,夏寻语买完菜回来,慕容思炫下厨做饭,夏寻语和聂津在大厅等候。聂津望着厨房中慕容思炫的背影,又惊又奇:"夏小姐,慕容先生他……会做饭?"

"何止会做饭这么简单?"夏寻语嘻嘻一笑,"我经常想,如果可以一辈子吃他做的饭菜,哪怕一个星期只能吃一顿,那我也不嫁人了,一辈子跟着他好了。"

"这么夸张?"聂津将信将疑。

"对呀,不过他不是经常下厨的,今天大概是见到你这个客人来了,所以心血来潮要展示一下厨艺吧。"

聂津笑道:"那我真是受宠若惊呀。"

傍晚时分,慕容思炫把饭菜做好了。总共有五道菜,小鸡炖蘑菇、香煎豆腐、红烧茄子、葱爆羊肉以及凉拌菠菜。聂津还没拿起筷子,只是看到这几盘菜的卖相,闻到它们的香味,便知道夏寻语所说的"一辈子不嫁人"所言不虚了。

等他每盘菜都尝过以后,更是赞不绝口:"慕容先生,你真是一个被侦探事务所耽误了的天才厨师呀!"

"下次让你尝尝我自己发明的菜式,味道更好。"慕容思炫淡淡地说。

"是什么?"聂津好奇地问。

"果汁软糖肉饼。"

"啊?"聂津愣了一下,"这个……听名字好像不太吸引人。"

夏寻语呵呵一笑:"这个算好了,他上次还给我做过什么薄荷糖煎蛋拌雪糕呢。"

三人正聊得兴起,忽然大门外传来一阵门铃声。

"谁呢?是来找我们查案的吧?"夏寻语站了起来。

"等一下。"慕容思炫向大门看了一眼,悄声对聂津道,"你躲到房间去,不要出来。"

"为什么?"聂津奇道。

"你不知道为什么吗?"慕容思炫翻了翻眼皮。

"不知道呀。"聂津疑惑道。

"那就别问了,快去吧。"

聂津虽然感到莫名其妙,但也知道慕容思炫这样说必有道理,于是不再多问,回到自己的套房,关上了房门。

在夏寻语去开门时,慕容思炫又把聂津的碗筷收了起来。

夏寻语把大门打开,却见门外站着一个三十出头的男子,目如冷电,神采昂然,竟是L市刑警支队的霍奇侠。

扫码加入推理社群

第五章 准备行凶的死者

1

"霍警官?"夏寻语怔了一下。现在她总算明白慕容思炫为什么要让聂津躲起来了。

"寻语,晚上好啊。慕容在吗?"霍奇侠问道。

"在啊,进来吧。"

霍奇侠跟着夏寻语走进屋内。慕容思炫向霍奇侠瞥了一眼,没有说话。

霍奇侠向慕容思炫点了点头:"慕容,在吃饭吗?"

"废话。"慕容思炫没好气地说。

霍奇侠深知慕容思炫性格古怪,对于他的态度毫不介怀,笑道:"你们只有两个人,却有五盘菜,好丰富哦。"

夏寻语接着说:"霍警官,吃过饭了吗?一起吃吧。"

"不用啦,我待会儿还要回局里加班呢。"

慕容思炫此时已经猜到霍奇侠的来意了,问道:"有棘手的案子?"

"是呀,"霍奇侠苦笑,"昨晚才给你带来一份卷宗,没想到今天又要来找你了。"

"这案子是今天发生的?"慕容思炫问。如果是以前的案子，霍奇侠昨晚应该也会提到。

"是的。"

"什么案子？"

"是今天早上发生在英伦豪庭小区的一宗谋杀案……"

慕容思炫和夏寻语一听到"英伦豪庭"四个字，便知道霍奇侠要讲述的是封帆夫妇被杀的案子了，不禁对看了一眼。

霍奇侠便把这起杀人案的案发经过、勘查情况、分析报告等案情，详详细细地告诉了慕容思炫和夏寻语。

听完霍奇侠的讲述，慕容思炫和夏寻语得知警方之所以怀疑聂津是杀害封帆的凶手，是因为在杀死封帆的凶器上有聂津的指纹。

为什么聂津的指纹会在凶器上呢？一切更加扑朔迷离了。

慕容思炫等霍奇侠说完，伸了个懒腰，接着向霍奇侠看了一眼，问道："你怎么看这起案子？"

霍奇侠说出了自己的想法："我认为不是聂津干的，杀死封帆的凶手应该是聂津所见到的那个戴着棒球帽的男子。"

"那凶器上为什么会有聂津的指纹？"慕容思炫反问。

"这个……或许聂津因为某种原因触碰过凶器吧。"

慕容思炫再次反问："你不是说在水果刀上留下指纹的那个人，就是用刀子刺杀封帆的凶手吗？"

"技术科的人是这样说的。"霍奇侠摇了摇头，"所以我才来找你呀，如果我自己能想明白，干吗来找你呢？"

夏寻语也不相信聂津会杀人，推测道："难道世界上还存在另一个跟聂津指纹一样的人？"

霍奇侠摇头道:"从概率上来说,世界上不存在两个指纹完全相同的人呀。"

"你把卷宗复印件留下来吧,我研究一下。"慕容思炫淡然说道。

"好咧。"霍奇侠放下了"八二四"杀人案的卷宗复印件,有些不好意思地说,"昨天才委托你调查一宗案子,今天又让你帮忙查另一宗案子,真是辛苦你啦。"

慕容思炫没有回答,拿起了卷宗,快速地翻看起来。

"那你慢慢看吧,我先走了,有什么想法随时联系我。"

霍奇侠站起身子,向两人告别。夏寻语把他送到门外。慕容思炫却在专心致志地看着卷宗,不再多瞧他一眼了。

霍奇侠离去后,夏寻语才打开了聂津所在的套房的房门,探头说道:"阿津,可以出来啦。"

聂津从套房内走出来,向门口看了一眼,吁了口气道:"好险呀,幸好慕容先生有先见之明,让我躲了起来。"他刚才在房内听到了霍奇侠跟慕容思炫、夏寻语的谈话。

"放心吧,即使霍警官真的把你带走了,我和思炫也会揭开真相,揪出真凶,把你救出来的。"夏寻语笑盈盈道。

聂津也笑了笑:"你们没把我交给警察,是因为你们相信我不是凶手,对吗?"

"对呀!"夏寻语点了点头,"如果你是凶手,怎么会来找思炫呢?这不是自投罗网吗?"

慕容思炫抬头看了看聂津,虽然已知道答案,但他还是向聂津确认道:"自始至终,你都没有碰过凶器,对吧?"

第五章 准备行凶的死者

"肯定没碰过呀!"聂津信誓旦旦地说。

"这就奇怪了!"夏寻语一脸不解的表情,"那凶器上为什么会有你的指纹呢?"

她略一思索,忽然两手一拍,对聂津道:"会不会是你有那个什么多重人格,你的另一个人格用水果刀杀死了封帆,而你的这个人格却不知道?"

慕容思炫听到夏寻语提起"多重人格",不禁看了她一眼。

聂津则微微一惊:"不会吧?你可别吓我呀。"

这时候却听慕容思炫喃喃地说:"电车难题。"

"什么?"夏寻语没听清慕容思炫在说什么。聂津也一脸疑惑。

慕容思炫却没有解释,转移话题:"还有一个问题。"

"是什么?"夏寻语奇道。

"'告密者'的身份。"

"我也不知道。"聂津双眉一蹙,"这个'告密者',到底是来帮我的,还是来害我的?说他帮我吧,正因为我听他的话逃跑了,嫌疑才会越来越大;说他害我吧,但如果他没有打电话叫我逃跑,现在我已经被警察抓住了,无法来找你们,也不知道最后能不能沉冤昭雪。"

"此外,"夏寻语也提出了一个疑问,"这个'告密者'为什么会知道警察准备去抓你呢?唉,这起案子的疑点真是越来越多啦。"

"应该说,"慕容思炫嘴角一扬,露出了一个罕见的笑容,"是越来越有意思了。"

2

一转眼间,一个多星期就过去了。

二〇一八年九月三日,星期一,是全市中小学生开学的日子。

"8·24"杀人案的调查没有进展:虽然警方积极设卡追捕,但始终没能找到聂津;而对于聂津所说的戴着棒球帽的男子,以及那个打电话通知聂津逃跑的"告密者",也没有半点儿消息。

这天上午九点多,霍奇侠正在刑警支队的办公室内翻阅着最近发生的一起案子的卷宗,忽然收到了指挥中心的出警指令:有群众在德兴街发现了一具男性尸体。

霍奇侠立即带着十多名侦查员和技术员来到案发现场。

两名辖区民警已经到达了现场。此时正下着小雨,两名民警已经拉起了警戒线,封锁了现场,并且临时搭建了一个帐篷,以免尸体上的线索和现场的痕迹被雨点破坏。

此外,还有一个看上去六十来岁的老妇撑着雨伞,站在民警身后,一副惴惴不安的样子。

"你们好,我是L市刑警支队的刑警霍奇侠,这起案子是我负责的。"霍奇侠跟两名民警打招呼,"现场什么情况?"

一名民警指了指身后的老妇:"刚才这位胡大妈经过这里,发现了尸体,于是立即打电话报警。"

霍奇侠环顾四周，案发现场位于德兴街的一条比较偏僻的小路里，周围没有半个人影，只停着几辆共享单车。

接下来，霍奇侠指挥侦查员勘查现场痕迹，同时吩咐法医会同理化检验员及刑事照相员检查男子的尸体。分配完毕后，他走到老妇胡大妈身前，对她说道："胡大妈，您好，我是市公安局的刑警，我姓霍。我可以问您几个问题吗？"

"请问。"胡大妈的声音有些颤抖，似乎仍然为自己发现了尸体的事而感到心有余悸。

"您为什么会到这里来？"

"我到兴联市场买完菜，在回家的途中，经过这里，没想到……唉，真是晦气！"

"您发现这个男人时，他就已经死了吗？"霍奇侠问。

"我……我也不知道他是不是死了，反正就是一动不动。嗯，我也没有走得太近，在远处叫了几声，见他没有反应，我便打电话报警了。"胡大妈顿了顿，有些紧张地说，"警官，其他的事我都不知道呀。"

霍奇侠点了点头："您放心，我们只是向您了解情况而已，您如实回答我们的问题就可以了。这是您买完菜回家的必经之路吗？"

"也不算是必经之路吧，但走这条路回家最近。"

"那您从家里前往兴联市场，也是走这条路吗？"

"对呀。"

霍奇侠微微地吸了口气，紧接着问："今天上午您前往兴联市场，经过这里时，还没有看到这个男人躺在这里吧？"

胡大妈想了想，摇头道："应该没有吧，如果有，我肯定会看见的。"

"当时是几点左右？"

胡大妈微一凝思，答道："九点多一些吧，我每天都是九点左右出门去买菜的，从我家走到这里大概五分钟吧。"

霍奇侠在心中思索："我们接到出警指令的时间是九点四十八分，应该就是胡大妈打电话报警的时间。胡大妈在九点零五分左右经过这里的时候，案件还没发生。也就是说，死者是在九点零五分到九点四十八分这段时间内被杀死的。"

这时，理化检验员走过来，向霍奇侠报告道："侠哥，死者胸前挂着一个肩包，我们在肩包里找到了一把菜刀。"

霍奇侠"咦"了一声："菜刀？菜刀上有血迹吗？"

"没有，看样子是新的。"

霍奇侠点了点头，又问："死者的身上有找到可以证明死者身份的物品吗？"

检验员摇了摇头："暂时没有。"

"我过去看看。"

霍奇侠走到尸体前方，只见那是一个留着平头的男子，年龄在四十岁左右，瘦猴脸，塌鼻子，尖嘴猴腮，其貌不扬。此刻他面容扭曲，双目圆睁，一副死不瞑目的样子。

"李法医，死亡时间是什么时候？"霍奇侠向正在检查尸体的李法医问道。

"初步推断是今天上午八点半到十点之间。"李法医的回答跟霍奇侠刚才的推断基本吻合。

霍奇侠再次向尸体看了一眼，又问："死亡原因呢？"

"初步推断是头骨爆裂引起的脑挫伤。"

"也就是说，他是被人用钝器重击头部致死的？"霍奇侠推测道。

然而李法医却摇了摇头，指了指尸体前方不远处的一段楼梯："我猜测，他应该是从这段楼梯滚下来，头部受到撞击，引起了头盖骨爆裂。"

"从楼梯滚下来？"霍奇侠向李法医所指的楼梯望去：那是一段长楼梯，至少由五六十个台阶组成，而且所有台阶都是连在一起的，中间没有平台。

"死者的头部有伤口吗？"霍奇侠问。

李法医颔首："有。"

霍奇侠立即向一名物证提取员吩咐道："小龙，你马上带两个人重点勘查一下这段楼梯，看看能不能提取到死者的血迹。"现在还下着小雨，时间过得越久，现场的物证发生变化甚至消失的可能性就越大。

"是，侠哥。"小龙等人马上开始了对楼梯的勘查工作。

与此同时，霍奇侠一步一步地走上楼梯的顶部，发现前方不远处是一所名为"育才中学"的学校的后门。

霍奇侠向位于楼梯下面的那具男尸所在的位置望去，果然发现离他所在的地方有一定的高度。如果从这里滚下去，头部受到撞击，受伤甚至死亡的可能性确实不小。

于是他走下楼梯，回到警戒圈内，对一名正在提取尸体附近的足迹的痕迹检验员说道："梓哥，我怀疑死者是从楼梯滚下来的，麻烦你到楼梯上面去勘查一下，看一下能否提取到死者的足印。"

"好的。"梓哥带着一名技术员走上了楼梯。

霍奇侠望着死者，心中思索道："死者真的是从楼梯上滚下来的吗？难道他要去的地方就是育才中学的后门？他为什么会滚下来？是被人推下来的吗？此外，他的身上为什么带着一把菜刀？难道……他想潜入育才中学干什么坏事？"

他想到这里，心中一凛，脑海中似乎隐隐约约想到一件重要的事，却又说不清楚是什么。

过了一会儿，梓哥走过来向霍奇侠报告道："霍警官，我们在育才中学的后门果然提取到两组交叉在一起的足印，其中一组足印初步推断是属于死者的。"

霍奇侠"咦"了一声："这么说，死者真的曾去过育才中学的后门？"

"是的。"

"如果死者真的是被人从楼梯上推下来的，那么另一组足印，很有可能就是犯罪嫌疑人留下的了。"霍奇侠吸了口气，问道，"另一组足印有什么特征？"

"初步推断另一组足印的主人身高在一米八左右，更精确的结论要等回去做足迹分析才能知道。"梓哥答道。

"好的。"霍奇侠抬起头，再次向育才中学的后门所在的位置望了一眼，心中暗忖："如果死者没有滚下楼梯，此刻育才中学内会发生什么事呢？"

3

当天下午两点，在L市公安局的一个会议室内，即将召开"9·3"杀人案的案情分析会。

会议开始后，霍奇侠首先说道："各位，最近我们遇到了好几宗比较棘手的案子。一个多月前在白莲新村发生的那起年轻夫妇遇害的案件还没侦破，一个多星期前发生的'8·24'杀人案的调查也陷入了僵局，今天上午又发生了新的案子。省公安厅那边已经好几次向魏局施加压力了，所以近段时间大家家里如果没什么事，就尽量留在局里参与调查，加快调查进度，争取早日侦破了这几宗案子。"

接着他又对侦查员小刘道："小刘，你先跟大家讲述一下今天上午案子的情况吧。"

小刘点了点头，讲述道："今天上午，有群众在德兴街的育才中学后门附近发现了一具男性尸体。经过调查，我们确定了死者的身份。死者名叫马祯，L市本地人，一九七六年出生，现年四十二岁，已婚，有一个儿子。此外，我们还发现马祯有黑恶势力背景，是青龙帮寒冰堂的堂主。"

霍奇侠"嗯"了一声，向另一名侦查员问道："华哥，你们在走访马祯的人际关系时有什么发现吗？"

侦查员傅袁华报告道："我们走访了马祯的家属和部分亲戚，通过调查，基本排除他们的作案可能。但是，马祯在黑恶势力那边的人际关系就比较复杂了，我们重点调查了他在社团中的矛盾关系，锁定了五名具有作案动机的排查对象，其中两名和马祯一样是青龙帮的成员，另外三名则是青龙帮的敌对势力社团的成员。我们调查过这五名嫌疑对象在案发时间段的活动证明，发现其中两人有不在场证明。目前我们还在进一步调查之中。

"此外还有一点值得注意，那就是马祯的儿子。马祯的儿子名叫马雄飞，十四岁，本来是育才中学的初二学生。上学期，马雄飞带领着数名同学跟另一所学校的学生聚众斗殴，因此被校方勒令退学。后来，马祯多次跟马雄飞的班主任以及育才中学的校长沟通，未果。今天是开学日，但马雄飞已经没有上学了，在案发时跟他的母亲一起待在家中。"

此时一名刑警说道；"咦，资料上不是说马祯带在身上的肩包中有一把菜刀吗？难道马祯因为儿子被学校开除，所以想要从育才中学的后门潜入学校，对校长和他儿子的班主任实施报复？"

众人议论纷纷，大部分人都认为这种可能性是存在的。

霍奇侠接着向物证提取员小龙问道："小龙，你们那边有什么发现？"

"我们在育才中学后门前方那段楼梯的台阶上，提取到微量血迹，经过检验，确证是死者马祯的血。我们根据现场血迹的分布和形态对现场进行了重建，认为马祯是从育才中学的后门附近滚下楼梯的，在这个过程中他的头部因为撞击到台阶而受伤了。"小龙说到这里，稍微顿了一下，接着说，"此外，我们在马祯的指甲中提取到微量血迹，经过检验，那些血迹并不属于马祯本人。"

霍奇侠微微颔首，又向痕迹检验员梓哥问道："梓哥，说说你们在育才中学后门附近提取的两组足印的情况吧。"

"我们在育才中学后门前方，提取到两组交叉在一起的足印，经过分析，确证其中一组足印是属于死者马祯的。我们对那两组足印进行过详细分析，认为马祯跟另一组足印的主人进行过扭打的可能性很大。结合小龙他们的分析情况，我们初步还原出案发经过。"

梓哥说到这里，清了清嗓子，开始讲述重建的案发经过："首先，马祯跟犯罪嫌疑人都在育才中学的后门前方。接着，两人由于某种原因发生肢体冲突，马祯抓破了犯罪嫌疑人的皮肤，因此马祯的指甲中残留着犯罪嫌疑人的血迹。当时两人都想把对方推下楼梯，最后犯罪嫌疑人把马祯推了下去，马祯因为头部受到撞击而死亡。在此之后，犯罪嫌疑人也走下楼梯，来到马祯附近，判断他是否已经死亡，最后匆匆逃离现场。"

霍奇侠点了点头："犯罪嫌疑人的足迹分析呢？"

梓哥答道："根据足印分析显示，犯罪嫌疑人的身高在一米七九左右，正负误差三厘米，体重约一百四十斤，正负误差五斤。"

霍奇侠心中一凛："一米七九？跟聂津的身高十分接近呀。"刹那间，他总算明白今天上午心中的那个隐隐约约的念头到底是什么了。

此时一名办案人员说道："马祯跟育才中学的校长及老

师有矛盾,而案发现场又在育才中学后门附近,凶手会不会是育才中学的人呢?"

梓哥摇头道:"事实上,我们今天上午已经采集了育才中学的校长、马雄飞的班主任,以及其他跟马祯有过接触的教师的DNA(脱氧核糖核酸),但通过检验,发现他们的DNA跟犯罪嫌疑人的DNA并非同一认定。"

霍奇侠沉吟了一下,问道:"有提取到具有作案动机的那五名黑恶势力成员的DNA吗?"

"还没有。"

"加紧进行这方面的工作。"

"是的。"

霍奇侠吸了口气,对会议室内众人说道:"我也赞同'马祯试图潜入学校向校长等人实施报复'的推论。育才中学的后门没有保安看守,虽然那扇铁艺门是上锁的,但并不高,一个成年人要翻门而入,并不困难。

"然而,在马祯潜入育才中学,在校园内制造惨剧之前,他就被推下楼梯,受伤死亡。也就是说,杀死马祯的凶手,阻止了'马祯潜入校园行凶'这件事发生。"

他说到这里停了下来,神色凝重地继续道:"难道你们不觉得这起案子跟封帆的案子十分相似吗?"

一个多星期之前被杀的封帆,在杀死妻子陈露以后,本来打算开公交车坠江自杀,让车上的乘客和自己一样葬身江底,但在他制造这起惨剧之前,他就被杀死了,惨剧消弭于无形;现在,马祯带着一把菜刀,想要潜入育才中学行凶报复，但在他潜入校园制造惨剧之前，却被人推下楼梯，受伤身亡，校园惨剧也因此消弭于无形。

此时霍奇侠这样说，会议室内众人都讨论起来。一名刑警更叫了出来："说起来，杀死马祯的犯罪嫌疑人的身高，跟当时杀死封帆的犯罪嫌疑人聂津的身高十分接近啊！"

霍奇侠不禁双眉紧锁。如果封帆被杀的案子跟马祯被杀的案子真的有关，那这起案件真是越来越错综复杂了。

4

聂津在慕容思炫和夏寻语家中住了一个多星期。为了躲避警方的通缉，这一个多星期他足不出户。

在聂津住进来的第二天，慕容思炫让他给母亲写一张报平安的纸条。于是聂津在一张纸上写道：

妈：

> 我是无辜的，封先生不是我杀死的，但警察或许因为某种误会，认为我是凶手。不过你不用担心，现在我已经找朋友帮忙调查，只要查到有价值的线索，我们就可以向警察说明情况，还我一个清白了。
>
> 现在我住在朋友家中，一切安好，请不要挂心。

津

然后慕容思炫假扮外卖员前往聂津家中，把聂津所写的纸条交给了聂津的母亲。

这天早上，聂津还在睡梦之中，忽然听到一阵急促的敲门声响起。聂津从梦中惊醒,有些紧张地问:"谁呀?"

"是我。"门外传来了慕容思炫那冷冰冰的声音。

聂津定了定神,从床上起来,走到房门前,打开房门,只见慕容思炫站在门外。

"慕容先生,有什么事吗?"聂津有些不安。慕容思炫这么早来找自己,难道发生了什么突发事件?会不会是自己的行踪败露了,警察正前来抓捕,现在要再次逃亡?

没想到慕容思炫却说:"陪我下棋吧。"

聂津微微一怔:"下什么棋呀?"

"飞行棋。"

"我意思是,一大早为什么要下棋呀?"

"因为我无聊。"

"啊?"聂津啼笑皆非,但想到自己在慕容思炫家中白吃白住,而且又在委托他调查自己的指纹为何留在杀死封帆的凶器上一事,也不好拒绝,"好吧。"

于是慕容思炫把封帆带到自己的房间。

"本来我自己一个人就可以下飞行棋。"

"你一个人?"聂津大奇,"怎么下?"

"左手、右手、左脚、右脚,各代表一种颜色的棋子。"慕容思炫如数家珍地介绍,"如果哪种颜色的棋子赢了,那么控制这种颜色的手或脚就会得到一定的奖励。"

聂津更加好奇了:"什么奖励呀?"

"譬如左手赢了,我就会奖励左手,让左手去抓十颗糖放到我的嘴里。"

"啊？那如果是左脚赢了呢？"

"那就用左脚的脚趾去抓十颗糖，放到嘴里，但这个难度比较大，所以我一般不希望左脚或右脚赢。"慕容思炫一本正经地说。

"我真服你了。"聂津哭笑不得，接着又问，"既然你可以自己下，为什么要来找我呀？如果我赢了，是不是奖励我喂你吃糖呀？"

慕容思炫打了个哈欠："我昨晚发明了一种五人飞行棋，通宵画好了棋盘，所以找你来试玩。"

"是这样呀……好吧，那就来吧。"

就这样，慕容思炫和聂津在房间里下了一整个上午的五人飞行棋。接近中午的时候，聂津问道："对了，寻语呢？她好像不在家？"

"她出去查案了。"慕容思炫正在计算着接下来走哪一枚棋子对战况更有利，一心二用地答道。

"你不一起去？"

"只是很普通的案子，我估计她一个人就可以完成。"

"那我的案子呢？"聂津苦笑着问。

慕容思炫抬头向聂津看了一眼，翻了翻眼皮，说道："你的案子很不普通。"

"你真的一点儿头绪也没有吗？"

"目前来说，唯一的解释就是世界上存在另一个跟你指纹一样的人，刚好这个人又来到L市，杀死了封帆。"

"这种推论听上去就不怎么靠谱嘛。"聂津停了一下，又问,"那你接下来有什么调查方向吗?"

"没有。"慕容思炫利索地答道。

聂津呆了一下:"没有?那我们要干什么?"

慕容思炫从嘴里吐出了一个字:"等。"

"等什么?"聂津急问。

"等新的线索。"

"新的线索?"

慕容思炫却不再解释,扯开话题:"先叫外卖吧。"

两人在家中吃过午饭,慕容思炫拉着聂津继续下棋,聂津却说自己昨晚没睡好,现在真的太困了,慕容思炫只好让他回房午睡。

5

百无聊赖的慕容思炫来到楼下的小卖部,买了六瓶饮料,然后坐在小卖部外的椅子上,一边喝着饮料,一边观察着过往的汽车。

到了下午四点左右,慕容思炫把饮料全部喝完了,他正想返回家中,一瞥眼间,只见远处一个男子向自己走来,却是刑警支队的霍奇侠。

"慕容!"霍奇侠看慕容思炫向自己望来,跟他打招呼。

慕容思炫伸了个懒腰,再次坐下。霍奇侠快步走到慕容思炫身旁,也坐了下来:"我还想到你家找你呢。"

"封帆的案子有新线索?"慕容思炫看向霍奇侠。

"没有……嗯,怎么说呢?这事情或许跟封帆的案子有关系也说不定。"

慕容思炫有些好奇:"说。"

于是霍奇侠把今天上午发生的马祯被杀一案的始末,原原本本地告诉了慕容思炫。

慕容思炫听完以后,淡淡地问:"你们怀疑马祯的死跟聂津有关?"

霍奇侠摇头:"不是跟聂津有关,而是跟杀死封帆的凶手有关。杀死封帆的凶手之所以杀死封帆,很有可能是为了阻止他开公交车坠江自杀,是为了挽救车上那些乘客的性命;而杀死马祯的凶手之所以杀死马祯,则有可能是为了阻止马祯潜入育才中学行凶,是为了保护校园内的老师和学生的安全。从动机上来说,这两个凶手有可能是同一个人。"

他说到这里,稍微停顿了一下,接着说:"而在杀死封帆的凶器上有聂津的指纹,所以现在马祯被杀这宗案子也有可能跟聂……"

慕容思炫打断霍奇侠:"聂津不是杀死马祯的凶手。"

霍奇侠听慕容思炫语气肯定,好奇地问:"为什么?"

"马祯死亡的时间是今天上午八点半到十点之间,对吗?"慕容思炫确认道。

"对啊。"

慕容思炫漫不经心地说:"那段时间,聂津在和我下飞行棋,半步也没有离开,他有绝对完美的不在场证明。"

"什么?"霍奇侠吃了一惊,"你认识聂津?"

"是,他现在住在我家里。"

霍奇侠更加震惊:"这……这是什么时候的事?"

"从你们通缉他那天开始。"慕容思炫咬了咬手指,"他现在就在我家里,你要不要去见见他?"

"你说真的?"霍奇侠还是没能反应过来。

"信不信由你。"慕容思炫起身,"我现在要回去了。"

霍奇侠连忙跟了上去。

在上楼的过程中,慕容思炫把聂津前来向自己求助一事的来龙去脉,简单地告诉了霍奇侠。

霍奇侠听完以后,略一斟酌,说道:"马祯的案子或许跟他没有关系,但封帆的案子肯定和他有关系,我要带他回局里接受调查。"

慕容思炫向霍奇侠白了一眼,一脸轻蔑地道:"杀死封帆的凶器上为什么会有聂津的指纹,目前连我也没有头绪,你即使把他带回去,又能查出什么?"

"这……"霍奇侠一时语塞。他知道慕容思炫说的是实话,连他也无法破解的案件,霍奇侠等人就更没有头绪了。

"还有,你刚才说'马祯的案子或许跟他没有关系'这句话也不对,"慕容思炫嘴角一扬,"马祯的案子,不一定跟他无关。"

霍奇侠"咦"了一声:"为什么呀?你不是说在案发时间他在跟你下棋吗?"

慕容思炫没有回答,只是说:"待会儿你把聂津的DNA样本带回去,跟残留在马祯指甲中的血液比对一下,看看是否同一认定。"

霍奇侠莫名其妙:"既然他没有作案时间,自然不可能是杀死马祯的凶手,那么指甲中的血液怎么可能是他的呢?"

此时两人来到慕容思炫的住宅门前。慕容思炫不再回答霍奇侠的问题,开门走进屋内。刚好此时聂津也醒来了,正在大厅看书。

他听到开门声,抬起头来,见慕容思炫带着一个人回来,再凝神一看,这个人竟然是警察霍奇侠,脸上陡然变色。他以为慕容思炫出卖了自己。

霍奇侠鉴貌辨色,猜到了聂津的心思,说道:"聂先生,你放心吧,在这里一切由慕容说了算。"

"你有什么问题就问他吧。"慕容思炫指了指聂津,对霍奇侠道。

"好的。"霍奇侠转头看了看聂津,问道,"聂先生,在你的邻居封帆被杀的那天下午,在我们到达你家之前,打电话给你的那个人是谁?"

"我也不认识他。"聂津把"告密者"打电话通知自己逃跑的事毫无保留地告诉了霍奇侠。

"那个人打电话给你,果然是提醒你逃跑的呀。"霍奇侠沉吟道,"他为什么会知道我们要去抓捕你呢?"

"霍警官,你相信我!"聂津激动地说,"封先生真的不是我杀死的,我也不知道凶器上为什么会有我的指纹。"

霍奇侠点了点头:"我相信你。那今天发生的案子,我也跟你说一下吧。"

聂津"咦"了一声:"什么案子?"

霍奇侠把马祯被杀身亡的事告诉了聂津,最后说道:"这个凶手杀死马祯的动机,跟那个杀死封帆的凶手的杀人动机一样,都是为了阻止惨剧的发生,我认为马祯被杀的案子和封帆被杀的案子存在一定联系。"

聂津摇了摇头:"我今天没有出过门,自然不可能到育才中学去。"

"是的,慕容已经向我证实了这一点……"

慕容思炫打断了霍奇侠的话:"好了,别磨磨叽叽地说个不停了,你把聂津的DNA样本带回去,跟残留在马祯指甲中的血液比对一下吧。"

聂津怔了一下:"把我的DNA样本带去比对?为什么呀?"

慕容思炫向聂津看了一眼,淡淡地说:"为了证明你的清白。只要你的DNA跟杀死马祯的凶手的DNA并非同一认定,就可以证明你跟马祯被杀的案子无关了。"

"那倒是呀。"聂津一副身正不怕影子斜的样子,"霍警官,那你把我的DNA样本带回去检验吧。"

霍奇侠虽然有些疑惑,但还是取走了聂津的几根头发:"好吧,那我回去比对一下,有结果通知你们。"

"哦。"慕容思炫终日呆滞的眼神此时掠过一丝异样的亮光,他似乎在期待着一些什么。

第六章 宋丝莹的邂逅

1

吃晚饭的时候,聂津开玩笑地说:"寻语,我今天下午差点儿就被人抓走,再也见不到你了。"

夏寻语听完以后咽了口唾沫,煞有介事地说:"如果你的DNA真的跟留在那个马祯的指甲中的DNA一样,警察不就会来把你抓走吗?"

聂津哈哈一笑:"然而这是不可能的嘛!今天上午我一直在跟慕容先生下棋,怎么可能到育才中学去呢?哪怕我真的患有多重人格,我的另一个人格今天也不可能去杀人嘛!"

夏寻语点了点头:"说得也是,如果你的DNA跟凶手的一致,霍警官早就过来抓你了。"

慕容思炫冷不防说道:"即使是一些容易处理的检查,最快也需要三到五个小时才可以出DNA结果,还没到时间。"

晚上八点多的时候,一阵急促的门铃声传来。

聂津有些不祥的预感。他从套房里走出来,只见慕容思炫和夏寻语也从各自的房间中走了出来。

"阿津,别紧张。"夏寻语笑着安慰他,"应该不是霍警官,可能是来找我们查案的客户。"

聂津也笑了笑,"平生不做亏心事,半夜不怕鬼敲门。"

慕容思炫开门一看,站在门外的正是霍奇侠。

一看到霍奇侠气喘吁吁的样子,慕容思炫便知道事有蹊跷了。果然,只听霍奇侠喘着气道:"慕容,同一认定!"

慕容思炫斜眉一蹙,没有答话。

夏寻语则"咦"了一声:"霍警官,什么意思?"

霍奇侠缓过了一口气,大声道:"聂津的DNA,跟犯罪嫌疑人残留在死者马祯指甲中的DNA同一认定!"

"这、这怎么可能?"聂津目瞪口呆。

"DNA相同?"夏寻语提出了一种可能性,"难道是双胞胎兄弟?"她有一个双胞胎妹妹,因此十分清楚同卵双胞胎的DNA是完全相同的。

聂津摇了摇头:"我没有什么双胞胎兄弟。"

"会不会是你确实有一个双胞胎兄弟,但你的父母没有告诉你?"夏寻语揣测起来,"而杀死马祯的凶手,就是你的这个双胞胎兄弟,因此跟你的DNA一致?"

慕容思炫打了个哈欠,对霍奇侠道:"即使是双胞胎兄弟,也可以通过更深入的检验,排除聂津的作案嫌疑。"

"什么检验?"

"STR分型检验。"

霍奇侠有些疑惑:"那是什么?"

慕容思炫有些不屑地说:"技术问题。曾经有一个案例,一个女孩被奸杀,警方通过女孩裤子上的精斑锁定了犯罪嫌疑人,但这个犯罪嫌疑人还有个双胞胎弟弟,两人的

DNA分型完全相同。后来警方组成了一个鉴定小组，对犯罪嫌疑人和他的弟弟进行了STR分型检验。经过比对，发现弟弟在常染色体vWA基因座上出现了少见的三个等位基因，而在犯罪嫌疑人的vWA基因座上则没有出现这种现象，死者裤子上的精斑在vWA基因座上与犯罪嫌疑人的DNA分型结果一致，警方这才断定这起案件跟犯罪嫌疑人的弟弟无关。"

"还有这样的案例呀？"霍奇侠又惊又喜，"我待会儿回到局里后马上叫技术科那边的人分析一下。"

聂津怔怔出神，喃喃地道："我怎么会还有一个双胞胎兄弟呢？不可能呀……"

"如果你没有双胞胎兄弟，那么杀死马祯的就只能是你本人了。"夏寻语开玩笑地说。

慕容思炫接着说道："即使他真的有一个双胞胎兄弟，但也无法解释杀死封帆的凶器上为何有他的指纹。同卵双胞胎，也只是DNA一致而已，指纹并不相同。"

"指纹一样，DNA也一样，简直就像克隆人一般呀。"夏寻语倒抽了一口凉气，"太可怕了！"

"慕容，"霍奇侠有些为难地说，"DNA同一认定的检验结果出来后，技术科的人已经得知我知道犯罪嫌疑人的下落了，如果不把聂津带回去，我不好交代呀。"

聂津一听，神色有些慌张，不由自主地向慕容思炫看了一眼，看看他是否会阻止霍奇侠把自己带走。

慕容思炫不慌不忙地从口袋中掏出了一个装满了水果软糖的透明塑料袋，抓起一把软糖，扔到嘴里，一边大口大口地咀嚼,一边漫不经心地说:"给我一个星期的调查时间,一个星期以后,如果我没能查出真相,你就把他带走吧。"

"这样呀……"霍奇侠在心中微一琢磨,朗声说道,"好!那就一个星期吧。"

聂津听霍奇侠这样说,不禁松了口气。

霍奇侠离开出租屋后,聂津满脸疑惑地问:"慕容先生,你说这到底是怎么回事呀?为什么死者的指甲中会有我的血液呀?"

慕容思炫没有回答聂津的问题,只是用毫无抑扬顿挫的语气说道:"杀死封帆的凶手,跟杀死马祯的凶手,极有可能是同一个人。这个人,跟你拥有完全一致的指纹,也跟你拥有完全一致的DNA,就像另一个你。"

聂津只感到毛骨悚然:"为什么会这样呀?"

夏寻语也声音颤抖:"这不应该是只有在科幻电影中才会出现的情节吗?"

"三十年前所拍摄的那些科幻电影的情节,有很多现在不是已经出现在现实中了吗?"慕容思炫说完这句话,不再多说什么,转身回到了自己的套房,并且关上了房门。

大厅中,只剩下聂津和夏寻语两人面面相觑。

片刻之后,夏寻语望着慕容思炫的套房门口,轻轻地叹了口气:"老实说,我从来没见过思炫是这种状态。"

"嗯?"

"以前无论发生了多么匪夷所思的案件,他总是胸有成竹地说什么'谜底是一目了然的'之类的话,然后很快就解开谜题，揭开真相。但是这次……他真的遇到难题了。"

聂津听夏寻语这样说，心情更加不安。所有重要的证据都指向自己，如果最后真的无法找出杀死封帆和马祯的真凶，警方是否会让自己当代罪羔羊？

2

一晃又过了几天。这几天，慕容思炫到过封帆和陈露的住宅以及马祯死亡的地点勘查现场，却没什么收获。

至于"杀死封帆和马祯的凶手为什么会跟聂津拥有相同的指纹和DNA"这个问题，其实他的心中已有一些隐隐约约的想法，只是目前没有任何证据支持他的这些想法。

这天慕容思炫又在外面调查了一整天，直到傍晚才回到出租屋，看到夏寻语正准备出门。

"思炫，饭菜我已经做好啦，今晚你和阿津两个人吃饭吧。"夏寻语交代道。

"你去哪儿？"慕容思炫有些好奇地问。夏寻语今天化了妆，还穿着一条连衣裙，显然经过精心打扮。

"参加同学聚会，之前不是跟你说过吗？"夏寻语秀眉一蹙，有些担心地说，"以前我跟你说过的话你从来不会忘记的，是不是这起案子真是太难了，连你也毫无头绪，所以这样精神恍惚呀？"

慕容思炫打了个哈欠："你不是说周六晚同学聚会吗？今天才周五。"

"咦，我这样说过吗？"夏寻语嘻嘻一笑，"我记错啦,是今晚聚会。"

夏寻语开车来到地球村大酒店的顺怡酒楼,今晚的同学聚会将在这里进行。参加聚会的除她以外还有八个人,全部都是她的高中同学。包房里已经有两个女同学到了。

其中一个女同学容色清秀,淡雅宜人。夏寻语记得她叫宋丝莹,当时不仅是班上的"学霸"级人物,还是德智体美劳全面发展的优秀模范生。

另一个女同学名叫徐楚翘,虽然容貌跟宋丝莹相比稍微逊色,但经过精心打扮,也风姿楚楚,妩媚动人,跟高中时的形象大相径庭。她跟宋丝莹截然相反,读高中时是个"学渣",而且经常违反纪律,是班主任最头疼的对象之一。

虽然宋丝莹和徐楚翘一个是优秀学生的典范,另一个则是问题学生的代表,但由于当时两人住在同一个寝室,接触的时间比较多,竟也成了好朋友。毕业后两人也经常联系,逐渐成了无所不谈的闺密。

在夏寻语进房之前,徐楚翘和宋丝莹正在包房内闲聊。

"阿莹,你最近怎样呀?有没有交到男朋友呀?"徐楚翘一脸八卦地问。她知道宋丝莹没有谈过恋爱,十分关心她的感情生活。

她本以为宋丝莹会像以前那样回答"没有啊",没想到这次宋丝莹却两颊一红,低声道:"上个星期我认识了一个男人,嗯,我对他还蛮有好感的。"

徐楚翘没有料到宋丝莹这样回答,微微一怔,接着喜道:"真的?在哪里认识的?"

"在玩密室逃脱游戏的时候。"

"详细情况是怎样的?"徐楚翘追问道,"快跟我说说。"

宋丝莹嘴唇微张,正要讲述详情,忽然看到夏寻语进来。她跟夏寻语不太熟,觉得不好意思,就不再说了。

"丝莹!咦?你是……楚翘?哇!你变化好大呀!我都认不出你啦!"夏寻语跟两人打招呼。

"夏寻语?你也漂亮了好多呀。"徐楚翘向夏寻语招了招手,"过来一起坐吧。"

宋丝莹也跟夏寻语点了点头。

夏寻语走到徐楚翘身旁坐下。徐楚翘展颜一笑:"你是不是觉得我比以前漂亮多啦?"

"对呀,简直就是判若两人呀。"夏寻语由衷地说道。

"呵呵,没办法,天生丽质难自弃,只是读中学的时候不懂得打扮,让珍珠蒙尘了。"徐楚翘自卖自夸。

徐楚翘忽然想起宋丝莹刚才提到的那个男人:"对了,阿莹,接着说嘛,你跟那个男人是怎么认识的?"

宋丝莹看了看夏寻语,有些尴尬,沉吟不语。

夏寻语奇道:"咦,你们在说什么呀?"

徐楚翘没有理会宋丝莹的感受,说道:"阿莹说她上周遇到了一个让她心动的男人,我正在追问她详细情况呢。阿莹,快说嘛。"

宋丝莹拗不过徐楚翘,又想自己跟夏寻语虽然不太熟,但夏寻语也是一个比较容易相处的人,跟她说说自己的事也无妨,于是清了清嗓子,娓娓道来。

第六章 宋丝莹的邂逅

一个多星期前,宋丝莹自己逛街的时候经过一家密室逃脱游戏馆,心血来潮,想要玩一场密室逃脱游戏。

她走进游戏馆后,看到游戏馆内有两个人,其中一个是游戏馆的老板,另一个则是个看上去比她大几岁的男人,目朗似星,面容清瘦,只是神色之间似乎有些沧桑。

游戏馆老板问宋丝莹想玩哪个密室主题,宋丝莹选择了其中一个,老板指了指那个面容清瘦的男人,说宋丝莹跟他心有灵犀。原来这个男人也是来玩那个密室主题的,他本来想独自挑战,没想到这个主题至少需要两个人才能玩。游戏馆的老板让宋丝莹跟那个男人组队,男人没有意见,宋丝莹也答应了。

等待的过程中,两人闲聊起来。虽然和这个男人是第一次见面,但不知怎么,他给了宋丝莹一种似曾相识的感觉。

后来男人主动提出跟宋丝莹交换微信,宋丝莹没有拒绝。她对这个温文尔雅的男人颇有好感。

在交谈之中,宋丝莹得知,这个男人跟自己一样喜欢看些侦探推理的东西。虽然宋丝莹主要是看推理剧,而这个男人一般是看侦探推理小说,但两人也从中找到了交集,交谈颇为愉快,话题也越来越多。聊着聊着,宋丝莹对这个男人产生了一种相见恨晚的感觉。

接着两人便进入主题密室了。

这个密室中有一个"人体电桥"的机关,两人必须拉着手把电路连通,才能触发机关——这就是主题密室至少需要两个人才能玩的原因。

男人把手伸向了宋丝莹："拉着我的手吧。"

"嗯。"宋丝莹抓住了男人的手。

这一刻，她心中怦然一动，身体就像触电了一般。自己好像对这个萍水相逢的男人一见钟情了。

这个男人很聪明，在他的带领下，两人只花了不到半个小时就解开了所有谜题，打开了密室的门。

离开游戏馆后，男人说开车送宋丝莹回去，她没有拒绝。

"上车后我跟那个男人说我是开花店的，让他送我到花店。到了花店后，他说我的花店漂亮，还说：'如果你男朋友送花给你，你就可以放在这儿卖出去，不用浪费啦。'"

徐楚翘有些着急地问："你怎么回答？"

宋丝莹低声道："我就如实说我没有男朋友嘛。"

徐楚翘双手一拍："答得好。后来呢？你有没有反问他有没有女朋友？"

宋丝莹点了点头。

徐楚翘又惊又喜："真的？你怎么问？"

"我说：'倒是你，如果要送花给女朋友，可以到我这儿来挑，我可以给你优惠价哟。'"

"哇！这句厉害！以退为进。"徐楚翘笑眯眯地说。

"那他怎么回答呢？"夏寻语也八卦起来。

"他说他也没有女朋友。"宋丝莹说到这里已满脸绯红。

"然后呢？"徐楚翘迫不及待地问，"按理说他当天就会约你一起吃晚饭，然后看电影，再去酒吧喝点儿酒，最后到酒店开房。"

夏寻语苦笑:"哪有那么快呀?"

"哪里快呀?"徐楚翘向夏寻语瞥了一眼,"现在生活节奏这么快,大家都挺忙的,在谈情说爱上当然也不能浪费时间了。"

夏寻语摇了摇头:"我觉得嘛,他们认识第一天,最多就是一起吃个饭嘛,一起看电影也好像有些操之过急了。"

"你是古代人吗?"徐楚翘一脸不屑地说,接着她又满脸期待地问,"阿莹,快说吧,那晚你们发展到什么程度啦?"

宋丝莹吁了口气:"没有,我们在花店聊了几句,他就说他有点事要处理,要先走啦。"

徐楚翘"咦"了一声:"怎么会这样?我知道啦!他这是欲擒故纵!他在你跟她聊得兴起的时候,忽然中断,让你感到意犹未尽,让你对他念念不忘。阿莹,我跟你说呀,这个男人绝对是个情场高手呀!"

"应该不会吧?"宋丝莹秀眉微蹙。

"后来呢?这一个多星期你们有见过面吗?"夏寻语问。

宋丝莹摇了摇头。她跟那个男人是在上周二认识的,接下来两人在微信上聊了几天,到了周日晚上,那个男人约她周一晚上一起吃晚饭,看电影,但刚好周一晚上宋丝莹要去参加一个朋友的生日派对,所以拒绝了那个男人,并且约他周二晚上再出来。

徐楚翘听到这里,气得直跺脚:"阿莹你是脑子进水了吗？朋友的生日派对有什么好去的？当然是先跟心上人去吃饭看电影呀。"

"但是，"宋丝莹像个做错事的孩子一样低声道，"我先答应了我的那个朋友要去参加她的生日派对嘛。"

"唉，你真是无可救药。后来呢？周二你们也没出来吗？"

宋丝莹摇头："后来他再也没有提出来吃饭看电影的事了，于是我也没有再提。"她有些失望地说。

徐楚翘"哼"了一声："他一定是生你气了，他肯定在想，我约你出来你也不出，却去参加什么朋友的生日派对？"

"他应该不会因为这样就生气吧？"宋丝莹有些委屈地说，"这几天我和他也聊微信，他的态度也没什么异常呀。"

夏寻语也说："楚翘你就别吓丝莹了，或许那个男人这几天只是太忙了，没有时间约丝莹出来而已。"

"是吗？"徐楚翘有些不以为然，"让我们看看那个男人帅不帅嘛。"

然而宋丝莹却说："我没有他的照片呢。"

"他朋友圈总有他的照片吧？"徐楚翘不依不饶。

宋丝莹摇头："他朋友圈只有一些从公众号转载的文章。"

"不会吧？他没发过原创的朋友圈？"徐楚翘煞有介事地说，"阿莹，你要小心这个男人呀！"

"为什么？"宋丝莹有些不安地问。

"因为这个微信号很有可能是他的小号。"徐楚翘冷笑一声,"他为什么只让你加他的小号呢?肯定是因为他已经结婚了,甚至已经有孩子了,但又不想让你知道呗。"

"不会吧?"宋丝莹霎时间怅然若失。

"什么不会?"徐楚翘完全不理会宋丝莹的失望情绪,接着又说,"他肯定是见你长得漂亮,想骗你去开房。那晚如果你不是要参加朋友的生日派对,而是跟他出去了,他现在可能已经人间蒸发了。这么说,你去参加朋友的生日派对倒是正确的选择啰,呵呵,真是塞翁失马,焉知非福呀。"

宋丝莹垂头丧气,低头不语。

夏寻语连忙说:"哎呀,楚翘,你别这样打击丝莹嘛,或许那个男人只是不爱发朋友圈而已。"

"夏寻语,我跟你说呀,"徐楚翘义正词严地说,"你这样给阿莹假希望,最终只会害了她……咦?对了!你不是开了一间侦探事务所吗?你可以帮阿莹查一下那个男人呀!"

夏寻语笑了笑:"如果丝莹愿意,我可以帮她查一下。"

宋丝莹摇了摇头,黯然道:"不用了。"

而徐楚翘也总算转移话题了:"说起来,夏寻语你的侦探事务所现在经营得怎样啦?能赚到钱吗?"

"还好吧。"

"可是我觉得你这个什么事务所听上去真的很不靠谱哇!"徐楚翘毫不客气地说,"我觉得你还是找一份靠谱的工作比较好,要不就找个富二代什么的结婚就算了。"

道不同不相为谋,夏寻语知道徐楚翘不能理解自己,自己也无法说服她，索性扯开话题，指了指徐楚翘脖子上的钻石项链，微笑着道："别说我啦。楚翘，你这条钻石项链好漂亮呀。前几天你发自拍时，我也没见到你戴这条项链呀。"

徐楚翘抿嘴笑道："漂亮吗？我觉得一般啦。这是我男友今天送给我的，我还没来得及发朋友圈呢，呵呵。"

"你这颗钻石好大呀，这条项链至少要两三万吧？"夏寻语猜测道。

"什么两三万？"徐楚翘不悦地道，"这是两克拉的钻石呀，市场价十五万起步。而且我这条项链4C的等级很高，至少要四五十万。"

"这么贵？"夏寻语和宋丝莹惊讶得张大了嘴巴。

"4C是什么你们不懂吧？就是指钻石的重量、颜色、净度和切工四个方面。我这颗钻石接近无色，颜色等级极高，而且内部也十分纯净……"

夏寻语怕徐楚翘这样滔滔不绝地说下去，不知道要说到什么时候，稍微打断了她的话："你男朋友好有钱呀。"

"还好啦。"徐楚翘一副骄傲的样子，"他是做生意的，开的汽车也就五百多万吧，还过得去啦。"

"五百多万？"夏寻语瞪大了眼睛，"真厉害呀。"

徐楚翘对于夏寻语吃惊的表情十分满意，继续口若悬河地讲起自己的男朋友来。虽然宋丝莹和夏寻语对她男朋友的事兴趣不大，但觉得听她说她男朋友，也总比听她讥讽宋丝莹喜欢的那个男人、挖苦夏寻语的侦探事务所要好一些。

3

后来其他同学陆续到达，众人吃过晚饭，又聊了好一会儿，准备各自回家。夏寻语喝了一些红酒，不能开车回家，于是给慕容思炫打了一个电话："思炫，你在家吗？"

"是。"电话中传出来了慕容思炫那毫无起伏的声音。

"我喝了一些酒呀，不能开车回家，你过来把车开回去好吗？我在地球村大酒店。"

"哦。"慕容思炫略一沉吟，说道，"半小时后你在酒店大门等我吧。"

"好咧。"

夏寻语挂掉电话，却看到坐在旁边的徐楚翘笑嘻嘻地看着自己："夏寻语，打给男朋友吧？"

"啊？不是啦，只是跟我合租的一个男人而已。"

"合租？男人？"徐楚翘坏笑道，"我似乎知道了一些什么呢。"

聚会结束后，夏寻语来到地球村大酒店的大门，等了一会儿，看到宋丝莹也从酒店里走了出来。

"丝莹，你走啦？"夏寻语跟宋丝莹挥了挥手。

宋丝莹走过来："是呀。"

"你怎么过来的？"夏寻语问。

"乘车过来的。"

"哦？那你打算怎么回去？打车回去？"

宋丝莹点了点头："不过现在附近都没有快车。"

"这里很难约车的,要不我送你回去吧?"

宋丝莹看了看夏寻语:"你是开车过来的?可是你不是喝了酒吗?"

"别怕,我只是喝了一杯嘛。"夏寻语开玩笑地说。

"这……"

"哈哈,我跟你开玩笑的啦。道路千万条,安全第一条;开车不喝酒,喝酒不开车。"夏寻语抿嘴一笑,"我已经叫了我朋友过来开车啦,到时候我让他先送你回去吧。"

"这……不会麻烦到你们吗?"宋丝莹是个不愿意麻烦别人的人。

"不会呀,反正我们也没事做。"

"好吧,谢谢。"宋丝莹感激地说。

4

结束了跟夏寻语的通话后,慕容思炫抬头看了看聂津:"回来再接着下这局吧。"

聂津苦笑着摇了摇头:"不用啦,我只剩下猫和狗,你则一颗棋子都没有被吃掉,这局也肯定是我输的啦。"

"好吧,那你总共输了十七筒薄荷糖。"慕容思炫说罢站起身子,准备出门。

"慕容先生,你是要去接寻语吧?"刚才慕容思炫跟夏寻语通话时,聂津隐约听到从手机中传出的夏寻语的声音。

"是。"

"要不我和你一起去吧?我实在是憋得慌啦!"这两个

星期聂津都在这间出租屋中,足不出户。

慕容思炫"哦"了一声:"那你戴顶帽子稍微遮盖一下你的脸吧。"

聂津听慕容思炫说愿意带他出去,大喜过望。两人离开出租屋,乘坐出租车来到地球村大酒店,只见有两个女子正在大门外等候。

"思炫!"夏寻语快步走到慕容思炫和聂津身前,"阿津,你也来啦?"

聂津点了点头:"出来透透气。"

夏寻语回头对宋丝莹说:"丝莹,走吧。"

四人来到停车场,上了夏寻语的汽车。慕容思炫坐到驾驶座上,聂津坐副驾驶座,夏寻语和宋丝莹则坐在后排。

"思炫,这位是我同学丝莹,你先送她回家吧。"夏寻语对慕容思炫说。

"谢谢你。"宋丝莹彬彬有礼地说,"我家在蓝来路附近,如果不顺路,你也可以在你们方便的地方把我放下。"

"哦。"慕容思炫打了个哈欠,启动了汽车。

宋丝莹见慕容思炫态度冷漠,还以为他不愿意送自己回家,有些尴尬。

夏寻语连忙打圆场:"丝莹,你别介意,他这个人总是怪怪的,你不用管他。"

为了尽快消除宋丝莹的尴尬,她接着又转移话题,对聂津道:"阿津,你这顶帽子是我的吧?"

聂津有些不好意思,摘掉了头上的棒球帽,递给夏寻语:"我在大厅随手拿的,不好意思呀。"

"没事,你戴着挺好看的,送给你了。"夏寻语笑道。

聂津戴着帽子的时候,帽檐稍微遮住了他的眼睛和鼻子,现在他摘掉帽子,又稍微转过头来跟夏寻语说话,坐在驾驶座后方的宋丝莹无意中向他看了一眼,不禁"咦"了一声:"你……聂津?"

聂津怔了一下,转头向宋丝莹看了一眼,只见眼前这个女子清秀美丽,不禁心中一动。但他对这个女子没有丝毫印象,为什么对方会知道自己叫聂津?

"你……认识我?"聂津试探着问。

宋丝莹微微一呆:"是我呀,宋丝莹呀!"

聂津摇了摇头发:"宋丝莹?"他没有任何印象。

宋丝莹满脸疑惑:"你不会忘了我吧?上个星期我们还一起玩过密室逃脱游戏呀。"

聂津还是摇头:"上周我没去玩过密室逃脱游戏呀。"

"等一等!"夏寻语满脸惊讶,"丝莹,你所说的那个和你一起玩密室逃脱游戏的男人,就是聂津?"

"对呀。"宋丝莹看着聂津,有些不知所措。

"可是这两个星期他一直住在我家里,没有出过门呀。"夏寻语也莫名其妙,"你和那个男人是在哪天玩密室逃脱游戏的?"

"我想想……"宋丝莹拿出手机查看了一下日历,"应该是上周二,八月二十八日。"

"八月二十八日那天你在我家吧?"夏寻语问聂津。

聂津点了点头。封帆是在八月二十四日被杀的,从那天下午开始,聂津就住在慕容思炫和夏寻语家中,直到今晚才和慕容思炫外出。八月二十八日那天,他自然就没去玩过什么密室逃脱游戏了。

"丝莹,你确定那天跟你去玩密室逃脱游戏的人就是他吗?"夏寻语再次确认。

聂津为了弄清楚事情的真相,也完全把头转过来,让宋丝莹看清楚自己的样子。

宋丝莹看了好一会儿,十分肯定地说:"就是他呀。"
但她接着又话锋一转,沉吟道:"不过……"
"不过什么?"夏寻语追问。
"他好像比一个多星期前我见他的时候年轻了一些。"
正在开车的慕容思炫一直在听着三人的谈话,一言不发,此时他听到宋丝莹这句话,两眼一亮,冷不防问道:"你说和你一起玩密室逃脱游戏的那个男人叫什么名字?"

"聂津呀。"

"哪个聂?聂个津?"

聂津和夏寻语都觉得有些奇怪,慕容思炫自然知道聂津的名字怎样写,为什么要问宋丝莹这样一个问题?

宋丝莹略一思索,说:"聂耳的聂,津津有味的津。"

"哦,那你弄错了。"慕容思炫淡淡地说,"他不是叫'聂津',而是叫张业进,作业的业,进步的进。"

他稍微顿了一下,接着解释:"刚才夏寻语是叫他'业进',而不是'聂津'。"

"啊？是这样呀……"宋丝莹微微点头。

聂津和夏寻语都不明白慕容思炫为什么要这样说，但知道他这样说必有深意，所以也没有多问。

"可是……"宋丝莹还是无法释怀，"他跟我认识的'聂津'真的长得好像呀。"

"应该是撞脸而已吧。"夏寻语也来帮慕容思炫圆谎，"'业进'这两个星期真的一直在我家里，没有外出过。而且他跟你认识的那个'聂津'的年纪也不相同嘛。"

宋丝莹点了点头："那倒是呀。"

聂津也转过头来，莞尔，说道："下次你把你认识的'聂津'约出来，让我们看看他是不是真的跟我长得那么像？"

"好呀。"宋丝莹嫣然一笑，总算不再纠结这件事了。

聂津看到她这个娇美的笑容，不知怎么，竟又心中一动。他忽然意识到，眼前这个叫宋丝莹的女子，正是自己所喜欢的那种类型的女生。

慕容思炫打断了聂津的遐想："你那天跟聂津是到哪家密室逃脱游戏馆玩的？"

"好像是叫奇门遁甲密室逃脱游戏馆。"

聂津一听，不禁"咦"的一声，心中嘀咕道："那不就是我家附近的那家游戏馆吗？我也经常到那里去玩的呀。宋丝莹在那家游戏馆见到一个跟我十分相似、名字也叫聂津的人，这会是巧合吗？"

为什么会有这样一个人呢？如果只是样貌相似，那也说得过去，毕竟世界上本来就存在不少撞脸的人。问题是这个跟自己撞脸的人，为什么刚好也叫聂津？难道这不是巧合，而是有人冒充自己？为什么要冒充自己呢？聂津越想越害怕。

满腹疑问的他，现在只想慕容思炫快点儿把宋丝莹送回家，然后听一听慕容思炫对此事有何看法。

讨论：世界果真存在生物信息一致的人吗？

第七章 另一个聂津

1

不一会儿,慕容思炫把车开到宋丝莹的小区的大门前。

"谢谢你们送我回来啦。"宋丝莹感激地说。

"客气什么?"夏寻语笑了笑,"丝莹,以后咱们经常约出来吧。"

"好啊。"宋丝莹爽快地说。

与此同时,慕容思炫从驾驶座上走了下来,来到宋丝莹所坐的座位的外面,帮她打开了车门。宋丝莹有些受宠若惊:"啊?谢谢。"

宋丝莹下车后,慕容思炫顺手关上了车门。宋丝莹向慕容思炫微微鞠躬:"谢谢你啦。"

慕容思炫"哦"了一声,转身回到了驾驶座上。

坐在车内的夏寻语向宋丝莹挥手:"丝莹,再见啦。"

"嗯,再见,你们路上小心呀。"

车内三人目送着宋丝莹走进了小区。

"喂,思炫,你怎么突然那么有绅士风度,下车给人家开车门呀?你还没给我开过车门呢。"夏寻语嘻嘻一笑,调侃道,"你是不是看上人家啦?不过她长得确实挺漂亮的。

第七章 另一个聂津

聂津，你说对不对呀？"

聂津干笑了两声："哈哈，还好吧，我觉得你更漂亮。"

"真的吗？"夏寻语眉开眼笑，"你真会说话呀，不像这个姓慕容的，总是摆着一副死人脸，哼！"

"聂津，"慕容思炫没有理会夏寻语，向聂津问道，"你真的不认识这个宋丝莹？"

聂津摇了摇头："不认识。"

"对她没有任何印象？"

"没有。不过……"

夏寻语"咦"了一声："不过什么？"

"她刚才说的那家奇门遁甲密室逃脱游戏馆就在我家附近，我也经常到那里去玩，我也不知道那算不算巧合。"聂津提出了心中的疑问。

"思炫，关于丝莹所说的那个叫'聂津'的男人，你怎么看？"夏寻语问。

"她说的那个'聂津'，难道不就是我们一直在找的人吗？"慕容思炫淡淡地说。

"我们在找的人？什么意思？"

"杀死封帆的凶手和杀死马祯的凶手，很有可能是同一个人，这个人跟聂津拥有完全相同的指纹和DNA，就像聂津的克隆人一般。刚才宋丝莹提到的那个人，跟聂津拥有相同的名字和样貌，也如聂津的克隆人一般……"

慕容思炫还没说完，夏寻语已叫了出来："丝莹提到的那个她认识的'聂津'，就是杀死封帆和马祯的凶手？"

"存在这种可能性,"慕容思炫微一沉吟,补充道,"而且这种可能性很大。"

"你是说,这个世界存在着一个跟我名字一样、容貌一样、指纹一样、DNA也一样的人?"聂津满脸惊异,"怎么会有这种匪夷所思的事?"

"事实上,你跟那个'聂津'应该还是有差别的。"慕容思炫说。

"什么差别?"夏寻语着急地问。

聂津则想起来了:"对了,宋丝莹说,她所认识的那个'聂津'的年纪比我要大一些。"

"哎呀,这到底是怎么回事呀?"夏寻语双眉紧锁,"我真是越来越糊涂了。"

"去看看就知道了。"慕容思炫的语气有些期待。他总算找到了支持他心中的猜想的证据了。

一直陷于漆黑之中的案件,总算看到了一丝曙光。

"去哪儿呀?看什么呀?"夏寻语好奇地问。

"奇门遁甲密室逃脱游戏馆。"慕容思炫大大地打了一个哈欠,一字一顿地说道,"去看看一个多星期前宋丝莹跟那个'聂津'玩游戏时的监控录像。"

2

于是三人来到奇门遁甲密室逃脱游戏馆。

"阿津,怎么这么晚才来玩呀?"游戏馆的老板跟聂津打招呼。这个老板名叫曾金福。聂津经常来这里玩密室逃脱游戏，跟曾金福十分熟。

"对呀，刚好跟朋友经过这边，所以就上来看看啰。"聂津随口说道。

"今天你们想玩哪个主题的密室呀？"曾金福看了看挂在墙上的三幅密室主题介绍，"不过这三个主题你都玩过了，我们暂时还没新的主题推出呢。"

"都玩过了？"聂津怔了一下。这三个密室主题，其中两个聂津确实玩过，但那个名叫"潘多拉魔盒"的主题，他却没有玩过。在封帆被杀的那天，他晨跑经过这家游戏馆的门外时，曾看到大门上贴着这个密室主题的介绍。他当时还想找个时间过来挑战一下，没想到后来被警方通缉，一直躲在慕容思炫和夏寻语家中，没有机会过来玩。

聂津试探着问："福哥，'潘多拉魔盒'我也玩过了？"

"对呀。"曾金福有些莫名其妙，"你忘了吗？"

聂津吸了口气，紧接着问："我是什么时候玩过的？"

曾金福略一思索："大概一个多星期前吧，当时你还跟一个新认识的美女组队玩呀，怎么现在却来玩失忆呀？"

"福哥所提到的那个美女，应该就是宋丝莹了，至于跟宋丝莹组队的那个人，自然就是宋丝莹提到的那个年纪比我大一些的'聂津'，福哥果然把那个人误认为是我了。"连跟自己十分熟识的曾金福也把那个"聂津"误认为是自己，看来那个"聂津"跟自己的长相确实十分相似。

"老板，"夏寻语打断了聂津的思索，她指了指游戏馆大厅内的监控摄像头,"可以让我们看一下监控画面吗?"

曾金福有些疑惑地问:"你想看什么?"

"我们想看一个多星期前聂津来玩密室逃脱游戏的画面。"

"为什么呀?"曾金福追问。

"是这样的,"聂津编造谎言,"我跟这两个朋友说我那天来玩游戏的时候认识了一个美女,他们却不相信那是个美女,所以我带他们过来看看。"

曾金福脸色渐缓,呵呵一笑:"不用看啦,我可以帮你证明,那确实是个美女。"

"哼!我才不相信呢。"夏寻语配合聂津,"你们肯定是串通的。聂津,既然你认识的那个不是美女,你就要愿赌服输,请我们吃饭呀。"

聂津大声道:"什么不是美女呀?看到她以后,你肯定心服口服。福哥,你就让他们看一眼吧。"

"好吧。"曾金福也不再拒绝了。查看一下店内的监控录像,本来也没什么大不了。

他边打开电脑边问聂津:"你是哪天过来玩的?"

"八月二十八日,上周二。"这是宋丝莹告诉他们的。

于是曾金福调取了当天下午的监控画面。聂津、夏寻语和慕容思炫都把脑袋凑过来,紧紧地盯着电脑的显示屏。

首先走进游戏馆大厅的是一个三十出头的男人,他的容貌真的跟聂津长得一模一样!只是看上去比聂津要大几岁。

第七章 另一个聂津

"啊?"夏寻语一脸诧异,"真……真的长得一样!"

聂津看到另一个"自己",自然也瞠目结舌,说不出话;哪怕是平时冷若冰霜的慕容思炫,此时也不禁神色一动。

只见监控画面中的"聂津"跟曾金福交谈了几句后,一个长发女子走进游戏馆的大厅。那女子正是宋丝莹。

"果然是宋丝莹,宋丝莹所见到的'聂津',就是现在监控画面中的那个'聂津',他跟我长得那么像,难怪宋丝莹会误以为我是他。这个人到底是谁呀?不会真的是我的双胞胎兄弟吧?又或许是有人故意化装成我的样子,还借用我的名字?这个人冒充我有什么企图呢?"聂津想得出了神。

与此同时,监控画面中,"聂津"和宋丝莹两人在大厅等候、闲聊,甚至还交换了微信号。之后两人组队玩了"潘多拉魔盒"这个密室主题,随后还一起离开了游戏馆。

"怎么样?是个美女吧?"曾金福笑呵呵地道。

夏寻语点了点头,对聂津道:"好啦,我认输啦。"

聂津也回过神来,笑道:"这样吧,我也不用你们请我吃饭了,现在请我吃夜宵就好了。"

"可以呀,"夏寻语爽快地说,"走吧。"她和聂津是一样的心思,此刻只想尽快离开游戏馆,然后听慕容思炫讲一下他对这件事的看法。

"福哥,谢谢啦。"聂津向曾金福道谢。

"举手之劳。不过,"曾金福皱了皱眉,不解地问,"你不是加了那个美女的微信吗?你打开她的朋友圈,不就有她的照片吗?怎么还要专门过来我这边看监控录像呀?"

"哈哈，"聂津干笑了两声，胡扯道，"她在朋友圈中没有发过自己的照片呢。再说，哪怕她的朋友圈中有她的照片，他们两个也不会相信的，他们一定要看到我跟这个美女一起玩游戏的监控录像，才会相信我。"

"好吧。"曾金福总算不再纠结这件事了。

"好啦，福哥，那我们先走啦。"聂津跟曾金福告别。

"阿津，等我这边推出了新的密室主题后，记得多带几个朋友过来玩哟。"

"好嘞。"

聂津想，等这里推出了新的密室主题后，会不会又像这次这样，自己还没来玩，那个冒牌"聂津"就先来体验？

3

三人离开奇门遁甲密室逃脱游戏馆，回到车上。

"阿津，"夏寻语一上车就迫不及待地问，"监控画面中的那个人，真的不是你？"

聂津苦笑："我不是一直待在你们家里吗？你们就是我的时间证人呀。"

夏寻语还是不相信："不可能吧？世界上怎么会有长得一模一样的人？还是说，那天你瞒着我和思炫偷偷溜出去了？"

"我干吗要做这种事呀？"聂津啼笑皆非。

慕容思炫接着说："八月二十八日那天下午他在家，他借了你的那本《长夜难明》，看了一整个下午。"

夏寻语知道慕容思炫的记忆力是从来不会出错的，既然他这样说，那么监控画面中跟宋丝莹一起玩密室逃脱游戏的那个"聂津"就真的不是聂津了。

"如果这个人真的不是聂津，那就是聂津的克隆人。天哪！"夏寻语被自己的推论吓到了，"这个世界真的已经有克隆人存在了吗？"

慕容思炫淡淡地说："监控画面中的'聂津'，确实比我们认识的这个聂津的年纪要大一些。"

聂津颔首："难怪宋丝莹说我比一个多星期前她见到的那个'聂津'要年轻一些了。"

"这个年纪比较大的'聂津'，"慕容思炫吸了口气，一字一顿地说，"我们就暂称他为'聂津2号'吧。"

"聂津2号？"聂津和夏寻语异口同声。

慕容思炫咬了咬指甲，接着用冰冷如水的语气说道："这个聂津2号，很有可能就是杀死封帆和马祯的凶手。"

"你是说，聂津2号跟我拥有相同的指纹和DNA？"聂津诧异道。

慕容思炫点了点头："聂津2号跟你拥有相同的样貌——虽然他的容貌比你要稍微苍老一些，相同的名字，相同的身高，相同的指纹，还拥有相同的DNA。"

"这种事情根本不可能发生吧？"夏寻语摇头道，"哪怕聂津2号是聂津的双胞胎兄弟，他们的指纹也不可能相同呀！难道，真的是克隆人？"

"存在即合理，我们先别管这个聂津2号为什么会存在，我们先还原一下聂津2号做过的事。"

慕容思炫深深地吸了一口气，展开了推理。

4

"八月二十四日早上，聂津2号得知封帆杀死了妻子陈露，也知道封帆准备开公交车坠江，畏罪自杀。他想要阻止封帆，于是穿着拖鞋来到封帆家中。两人在冲突之中，聂津2号用封帆家的水果刀杀死了封帆。然后，聂津2号戴上了在封帆家找到的一顶棒球帽，逃离封帆的家，却刚好被晨跑回来的聂津碰到。只是由于当时聂津2号戴着棒球帽，所以聂津没有看到他的样子而已。"

聂津心中恍然大悟："难怪当时我觉得屋内那叫声十分熟悉，好像在哪里听过，原来那是我'自己'的声音啊。"

他吸了口气，接着又想："当时我看到的那个戴着棒球帽的男子，身高确实跟我差不多，原来因为那就是我'自己'呀。只是我记得他应该比我要胖一些啊。"

与此同时，慕容思炫还在继续推理。

"我认为，聂津2号不是因为刚好来封帆家，才碰巧得知封帆杀死了陈露，并且因为看到封帆的遗书而知道封帆准备坠江自杀这件事的。他是因为得知封帆杀死了陈露，知道封帆准备开公交车坠江自杀，为了阻止封帆害死那些无辜的乘客，才专门来到封帆家阻止封帆的。所以就出现了一个新问题：为什么聂津2号会早就知道封帆准备开公交车自杀？

"再说当时的情况，聂津2号离开了英伦豪庭小区后，突然想起自己在用水果刀杀死封帆的时候，在水果刀上留下了指纹。当然，他此前没有犯罪前科，警方的指纹库中没有他的指纹，所以哪怕在水果刀上提取到他的指纹，一时之间也无法找到他。问题是，他跟聂津的指纹是一样的，而聂津作为封帆的邻居，很有可能被警方采集指纹。这样一来，警方就会认为聂津是杀死封帆的凶手了。

"聂津2号不想聂津当自己的代罪羔羊，打算打电话通知聂津逃跑。他知道事后警方肯定会调查通话记录，为了不暴露自己的身份，于是来到没有安装监控摄像头的湖畔公园，偷走了一部手机，打电话给聂津通知他逃跑。"

聂津听到这里，诧异道："打电话通知我逃跑的人，竟然就是杀死封帆的凶手？"

夏寻语也听得入了神。慕容思炫的推理可谓匪夷所思，但细想之下却又合情合理——如果承认聂津2号的存在的话。

"好了，封帆被杀一案的基本情况就是这样了。接下来，到了八月二十八日那天下午，聂津2号到奇门遁甲密室逃脱游戏馆玩游戏，并且认识了宋丝莹。

"然后就到了九月三日那天，马祯为了报复校方，带着一把菜刀来到育才中学的后门，想要潜入育才中学行凶。跟封帆的案子一样，聂津2号早就知道马祯想要潜入校园行凶，于是早早来到育才中学的后门等候马祯，想要阻止他行凶。

"马祯来到育才中学的后门之后，聂津2号跟他发生了冲突，马祯抓破了聂津2号的皮肤，因此马祯的指甲中残留着聂津2号的血液。由于聂津跟聂津2号的DNA完全一致，所以聂津的DNA跟警方从马祯指甲中提取到的DNA同一认定。

"再说当时,两人在冲突之中,聂津2号把马祯推下楼梯,马祯因为头部受到撞击而死亡。也就是说,聂津2号再一次阻止了惨剧的发生。"

慕容思炫说到这里停了下来,向目瞪口呆的聂津和夏寻语扫了一眼,接着一边从口袋中掏出一筒薄荷糖,挤出几颗在手掌中摆弄,一边说道:"在马祯被杀一案中,唯一一个问题就是,聂津2号为什么会知道马祯准备潜入校园行凶?"

"这到底是为什么呢?"夏寻语一脸迷惑,"他不仅提前知道封帆想要开公交车坠江自杀,还提前知道马祯想要潜入校园行凶,简直就像未卜先知。难道克隆人拥有'预知'的特异功能?"

聂津摇了摇头:"越说越玄了。"

"只要找到聂津2号,一切就一清二楚了。"慕容思炫淡淡地说。

"连霍警官他们也找不到他,可见他的反侦查能力十分强大,我们要到哪里找他去呀?"夏寻语说。

"他应该还会去找宋丝莹的。"慕容思炫把手掌中的薄荷糖一股脑儿抛到嘴中,一边大口大口地咀嚼,一边漫不经心地道,"刚才在宋丝莹下车的时候,我在她的手袋中放了一枚微型追踪器。"

5

翌日早上,慕容思炫和聂津来到宋丝莹的住宅楼下,对

第七章　另一个聂津

宋丝莹进行监视。两人等了一会儿,便看到宋丝莹下楼了。

宋丝莹的手袋中有慕容思炫所放的追踪器,慕容思炫可以通过自己的手机查看宋丝莹的移动轨迹。两人跟着宋丝莹来到大东街的一间"幸福花店"。这间花店是宋丝莹开的。

慕容思炫和聂津在花店附近一个隐蔽的地方监视着宋丝莹。然而两人盯视了一整个上午,却只是看到一些客人前来买花,并没有看到聂津2号的出现。

"慕容先生,聂津2号真的会来找宋丝莹吗?"聂津觉得这样监视着宋丝莹似大海捞针。

"是,而且可能性很大。"慕容思炫语气肯定。

"为什么?"聂津不解地问。

"因为,对聂津2号来说,宋丝莹是十分重要的人。"

"十分重要的人?"聂津更加疑惑了,"他们不是刚认识没多久吗?"

慕容思炫向聂津看了一眼,问道:"聂津2号和宋丝莹玩的那个'潘多拉魔盒'密室主题,你玩过吗?"

聂津摇了摇头:"还没。"

"你本来有打算去玩吗?"慕容思炫接着问。

"有啊。"

"你是什么时候打算去玩的?"

聂津微一凝思,答道:"就在封帆被杀的那天早上,当时我就想找个时间过去,只是后来我被警方通缉,躲在你们家里,所以一直没有机会过去。"

慕容思炫双眼一亮,问道:"那天是八月二十四日,如果你没有被警察通缉,那么在四天后的八月二十八日下午,你有可能去玩那个'潘多拉魔盒'的密室主题吗?"

聂津想了想:"应该有可能,最近我工作也不算太忙。"

"如果聂津2号没有出现,他就不会杀死封帆,你就不会被警察通缉,而且,他也不会在八月二十八日那天下午去奇门遁甲密室逃脱游戏馆玩游戏,而没有被通缉的你则有可能在那天下午过去玩游戏;也就是说,认识宋丝莹的人将不再是他了,而是你。"

"咦?"聂津喃喃地道,"我代替他认识了宋丝莹?"

"不是你代替他认识宋丝莹,而是他代替你认识了宋丝莹。"慕容思炫似有深意地说。

"什么意思?"聂津搔了搔头。

慕容思炫没有直接回答他的问题,而是说道:"封帆被杀后,跟你长相一样的聂津2号自然也成了警方的通缉目标,既然如此,他在八月二十八日那天下午,为什么还要冒险现身,去玩密室逃脱游戏呢?"

"对呀,为什么呢?"聂津心中也有一些隐约的想法。

"因为他早就知道宋丝莹那天下午会到那儿去玩游戏,他是为了认识宋丝莹,所以才冒险过去的。"

聂津双眉紧皱:"聂津2号为什么会提前知道宋丝莹那天下午会过去玩游戏呢?"

"那他为什么会知道封帆准备坠江自杀?又为什么会知道马祯准备行凶?"慕容思炫反问。

"未卜先知?"

慕容思炫却不再回答,望着花店怔怔出神,若有所思。

过了一会儿,夏寻语带着午餐来接替聂津,让他回去休息。慕容思炫和夏寻语在花店附近又监视了一整个下午,仍然没有收获。到了傍晚,聂津带着盒饭来接替慕容思炫。这天晚上,夏寻语和聂津继续监视着宋丝莹,直到她把花店关门,回到家里,仍然没有看到聂津2号出现。

两人回到出租屋,慕容思炫正在拼装云霄飞车玩具的轨道。夏寻语抱怨道:"累死啦,跟了一天,都没有见到聂津2号。"

慕容思炫瞥了她一眼,淡淡道:"明天继续监视。"

"还要继续?"夏寻语有些怀疑地问,"思炫,我们这样守株待兔,真的可以见到那个聂津2号吗?"

"可以。"慕容思炫说完,不再理会夏寻语和聂津,继续拼装他的云霄飞车轨道。

6

第二天的监视工作跟前一天一样,上午由慕容思炫和聂津进行监视,下午由慕容思炫和夏寻语进行监视,晚上则由夏寻语和聂津进行监视。

这天宋丝莹也跟前一天一样,早早来到花店,接下来一整天都在花店中。这天是周日,而且是教师节的前一天,前来买花的客人比昨天要多。但是一整天下来,三人还是没有见到聂津2号。

傍晚,聂津来到花店附近接替慕容思炫。然而慕容思炫刚离开不久，聂津和夏寻语就看到宋丝莹关上了花店的大门。

"咦，现在才六点多呀，丝莹怎么这么早就关门了？"夏寻语有些奇怪，"今天生意这么好，不该这么早关门。"

聂津拿出了显示微型追踪器的移动轨迹的手机："走吧，我们跟着她。"

两人跟着宋丝莹来到小精灵西餐厅。

"她进去了。"聂津望着宋丝莹的背影，琢磨道，"她会不会是约了聂津2号呢？"

"有可能，那晚同学聚会时，她说对聂津2号蛮有感觉的。也许今晚聂津2号约了她，所以她才会这么早就结束营业，前来赴约？"夏寻语猜测道。

"我们要不要进去看看呢？"聂津想要亲眼看一看跟自己长得一模一样的聂津2号。

"我先问问思炫吧。"

夏寻语说罢给慕容思炫打了一通电话。慕容思炫让他俩不要轻举妄动。不到十分钟，慕容思炫便来到小精灵西餐厅的大门外，跟夏寻语以及聂津会合。

"我们现在进去看看吧。"聂津有些跃跃欲试。

"你们在这里等我，我一个人进去。"慕容思炫边说边从背上的肩包中取出一顶黑色的帽子和一个黑色的口罩。

"为什么呀？"聂津不解。

"因为三个人同时进去的话，很容易被宋丝莹发现。"慕容思炫说罢，不再理会聂津和夏寻语，戴上了帽子和口罩，走进了小精灵西餐厅。

7

慕容思炫在餐厅内扫视了一眼，在角落的位置发现了宋丝莹。跟她坐在一起的是一个跟聂津的容貌完全一致的男人！

他就是聂津2号。

"终于找到他了。"哪怕是心如止水的慕容思炫，此时神色也不禁有些动容。

他定了定神，有意无意地从两人身边走过，接着以极快的速度在聂津2号所坐的椅子后面贴上了一枚监听器。

在这个过程中，他快速地向宋丝莹扫了一眼，发现她的脖子上戴着一条钻石项链。今天下午宋丝莹在花店时还没戴上这条项链。这应该是聂津2号刚才送给她的礼物。

慕容思炫一边想一边走到一张跟两人有一定距离的桌子前，坐了下来，并且掏出耳机，监听两人的谈话。

聂津2号和宋丝莹正在商量吃过晚饭后要看什么电影，两人交谈得十分愉快。

慕容思炫监听了一会儿，觉得他们所说的话题无关紧要，于是想要展开下一步行动。

他接下来的目标是聂津2号的手机，那是一部黄色的手机，此刻就放在桌子上。

聂津所使用的手机也是同型号黄色的手机。

慕容思炫走到西餐厅的大门外。聂津和夏寻语看到他走出来，立即迎上来。

"怎么样？"夏寻语急不可待地问，"找到丝莹吗？"

"不仅找到了宋丝莹，"慕容思炫嘴角一扬，"还见到了聂津2号。"

"真的？"聂津和夏寻语齐声道。

"那我们接下来要怎么做？"聂津紧接着问，"要通知霍警官来抓他吗？"

夏寻语开玩笑地说："警察要来抓你时，他冒险偷手机打电话给你，通知你逃跑，现在你却要通知警察去抓他？"

"人本来就不是我杀的，是他杀的。"聂津对这个聂津2号没什么好感。聂津2号的存在让他似乎感受到某种威胁。

"你的手机给我用一下。"慕容思炫向聂津伸出了手。

"怎么啦？"聂津掏出了他的那部手机。他在慕容思炫和夏寻语家中住下以后，夏寻语借了一张手机卡给他。

慕容思炫没有回答聂津的问题，一手拿过了聂津的手机，对夏寻语道："你也进来。"

于是夏寻语也从自己的背包中取出帽子、太阳眼镜和口罩戴上了，跟着慕容思炫走进了西餐厅。

"等一下你大叫吸引他们的注意，我则用聂津的手机替换聂津2号的手机。"慕容思炫向夏寻语吩咐道。

"好嘞。"夏寻语摩拳擦掌。

"在我拿到他的手机后，可能需要到外面去让聂津解锁，到时你监视着他，不要让他使用聂津的手机。"

夏寻语秀眉一蹙："这有点儿难度呀，我尽量吧。"

第七章 另一个聂津

慕容思炫走到聂津2号的身后的一刹，夏寻语便背对着聂津2号和宋丝莹，忽然尖叫了一声。

她这样一叫，西餐厅内的客人不约而同地把目光齐聚到她的身上，包括聂津2号和宋丝莹。

就在这电光石火之间，慕容思炫快速取走了聂津2号的手机，并且把聂津的手机放在桌上。

接着他快步走到西餐厅的角落，唤醒了手机的屏幕，果然发现聂津2号设置了密码，没有密码需要识别人脸才能解锁。

虽然无法把手机解锁，但他可以看到手机的当前日期和时间。他斜眉一蹙，紧接着双眼发出了一丝异样的光芒。

聂津2号随时都会发现自己的手机被替换了，时间十分紧迫。于是慕容思炫匆匆走出西餐厅，来到聂津身前，把聂津2号的手机递给他："解一下锁。"

聂津还以为那是自己的手机——他并没有发现这部手机比自己原来的手机要残旧得多，面部对着手机，把手机解锁了。然而解锁以后，他却发现手机内的App（应用程序）跟自己手机内的App略有不同，不禁怔了一下："咦，这不是我的手机呀。"

"这是聂津2号的手机。"慕容思炫一边说，一边快速地查看手机内的各种信息。

过了一会儿，夏寻语来电。慕容思炫立即接通了电话。

"思炫，"夏寻语低声道，"宋丝莹好像上洗手间去了，现在聂津2号一个人很无聊，我怕他会看手机。"

慕容思炫立即返回西餐厅，果然远远看到聂津2号刚拿起了手机，准备唤醒屏幕。

他马上从口袋中掏出一个用来装薄荷糖的蓝色铁盒，向聂津2号扔去。只听"当"的一声，铁盒不偏不倚地落在聂津2号所在的那张桌子上。

聂津2号吓了一跳，没有再看手机，向铁盒扔过来的方向望去。慕容思炫快步走过去，捡起了铁盒："不好意思。"

聂津2号皱了皱眉，有些不悦地问："你干吗呢？"

他的手上仍然拿着聂津的那部手机。

慕容思炫知道不能再跟他耗时间了，宋丝莹从洗手间出来后或许会认出他，于是一把夺走了聂津2号手上的手机。

聂津2号猛地站了起来，喝道："你干吗？"

"黄色的手机，挺好看的。"慕容思炫说罢把手机还给了聂津2号。当然，他已偷龙转凤，还给聂津2号的是他本来的那部手机。

聂津2号拿回了自己的手机，嘟哝道："莫名其妙。"

慕容思炫不再理会他，回头向夏寻语使个眼色。夏寻语会意，跟着慕容思炫匆匆走出了西餐厅。

第八章 关于穿越的推理

1

慕容思炫和夏寻语从西餐厅走出来,聂津立即走过去问道:"里面什么情况?"

慕容思炫一边把手机还给聂津,一边说道:"最后一块拼图已经找到了,真相基本还原了。"他顿了一下,苦笑着说:"这次的真相并非一目了然的,哪怕现在得知了真相,但也让人难以接受。"

"什么意思?"夏寻语满腹疑惑,"真相是什么呀?"

"今天是什么日期?"慕容思炫却忽然提出了一个风马牛不相及的问题。

聂津看了一下手机的日期:"二〇一八年九月九日。"

"是星期日,对吧?"慕容思炫追问。

"对呀。"聂津也不知道为什么慕容思炫要问这种无关的问题。

"但是,"慕容思炫深吸了口气,一字一顿地说,"聂津2号的手机时间却显示二〇二三年九月九日,星期六。"

"什么?"夏寻语失声惊呼。

聂津也一脸惊异:"这……这是什么意思?"

"还有,"慕容思炫接着说,"我在查看聂津2号的手机的时候,他的浏览器的历史搜索记录中,近期曾搜索过'穿越''闪电''平行宇宙''平行世界'等关键词。"

聂津和夏寻语瞪大了眼睛。

"难……难道……"夏寻语声音颤抖。

慕容思炫点了点头,用毫无抑扬顿挫的声音说道:"是的,虽然这样说很难以置信,但我认为,聂津2号是从五年后的世界穿越过来的,他是来自未来的聂津。"

2

慕容思炫的推论让聂津和夏寻语目瞪口呆,甚至连脸上的表情也凝固了,两人久久说不出话。

慕容思炫吸了口气,接着说道:"这个聂津2号是来自五年后的二〇二三年的。由他所搜索过的关键词可以推断,他或许是被闪电击中了,从而穿越到对他来说是五年前的二〇一八年来了。或许你们觉得穿越这种事情听上去十分荒谬——事实上我也是这样认为的,但现在它确实是发生了。

"尽管聂津2号是从五年后的世界穿越过来的,但在某种程度上,他跟这个世界的聂津确实是'同一个人',所以他们拥有相同的样貌——虽然五年后的聂津的容貌要比现在苍老一些,拥有相同的名字,也拥有相同的指纹和DNA。

"聂津2号穿越时把他的手机也带过来了,并且在此之后一直没有调整手机的时间,所以他的手机的日期现在是二〇二三年九月九日。刚才聂津用自己的脸解锁了聂津2号的手机，那自然是因为两人的样貌确实完全一致。"

"难怪他知道封先生会开公交车坠江自杀呀。"聂津总算回过神来了。

"是的，"慕容思炫继续解释，"在聂津2号原来所在的那个世界，在二〇一八年八月二十四日的时候，封帆在杀死妻子陈露后，开公交车坠江自杀，公交车上的乘客全部死亡。因为那天刚好是聂津2号的生日，他对这件事印象深刻。穿越到我们这个世界之后，聂津2号便在八月二十四日那天前往封帆的家，阻止他开公交车坠江自杀，改变了'历史'，挽救了那些乘客的性命。"

夏寻语此时也逐渐接受了慕容思炫的推测了，她向聂津问道："阿津，如果是你呢？如果你早就知道封帆会开公交车坠江自杀，让车上的乘客陪葬，你会去阻止他吗？"

聂津认真地思考着夏寻语提出的问题，过了好一会儿，他轻轻地呼出一口气，正色道："我想我也会的。"

"是呀，"夏寻语笑了笑，"毕竟你们是同一个人嘛。"

慕容思炫一心二用，一边通过耳机监听聂津2号和宋丝莹在餐厅里的谈话，一边继续说道："在聂津2号原来所在的那个世界中，在二〇一八年九月三日那天，马祯为了向校方报复，潜入育才中学，用菜刀行凶，或许造成了不少老师和学生的伤亡。那天刚好是开学的日子，所以聂津2号也记住了那件事。穿越到我们这个世界之后，到了九月三日那天，聂津2号便到育才中学的后门等待马祯，最后还杀死了他，再一次改变了'历史'，阻止了惨剧的发生。"

"这么说,他救下了不少无辜市民的性命呢。"夏寻语向聂津投去赞赏的目光,"阿津,好样的!"

聂津苦笑了一下:"又不是我干的。"

"可是你跟他本来就是同一个人呀,如果换了是你,你也会这样做的,对吧?"

"或许吧。"聂津点了点头,"如果明知道那些无辜的人会死于非命,我确实无法袖手旁观。"

"是的,"慕容思炫看了聂津一眼,"这样的情况下,你跟聂津2号都会选择阻止惨剧发生,因为你们就是同一个人。正因为是同一个人,所以你们也会爱上同一个女人。"

聂津奇道:"什么意思?"

"你第一次见到宋丝莹是什么感觉?"慕容思炫地问。

聂津愣了一下,低声道:"就觉得她长得挺漂亮的。"

"有心动的感觉吗?"慕容思炫追问。

聂津有些窘,但还是如实答道:"算有吧。"

"嗯,"慕容思炫点了点头,"聂津2号在见到宋丝莹的时候,也有这样的感觉。"

"咦?"聂津似乎明白了一些什么。

慕容思炫接着推理:"根据我的推测,聂津2号所在的那个世界,在二〇一八年八月二十八日那天下午,他到奇门遁甲密室逃脱游戏馆玩游戏,认识了那个世界的宋丝莹——我们暂称那个宋丝莹为宋丝莹2号吧。

"后来,在那个世界中,聂津2号和宋丝莹2号恋爱了,甚至结婚了。聂津2号因为被雷电击中而穿越到我们这个世界之后，离开了宋丝莹2号，他为此感到伤心欲绝。与此同时，在他穿越到这个世界的时候，这个世界还没到二〇一八年八月二十八日，聂津跟宋丝莹还没认识。

"后来聂津2号改变了'历史'，杀死了封帆，阴差阳错地，聂津因为被警察通缉而没有像'历史'那样，在八月二十八日那天下午到奇门遁甲密室逃脱游戏馆玩游戏。于是，早就知道'历史'如何发展，早就知道宋丝莹那天会去玩游戏的聂津2号，便在那天前往游戏馆，代替聂津认识了宋丝莹。他已经无法再见到他原来那个世界中的宋丝莹2号，所以便想跟我们这个世界的宋丝莹重新开始。"

夏寻语抿嘴一笑："阿津，聂津2号挖了你的墙脚，抢走了本来属于你的女朋友呢。"

聂津摇头苦笑："我跟宋丝莹还没开始，他又怎么算是挖墙脚呢？"

"对了，思炫，"夏寻语看了看慕容思炫，问道，"你认为聂津2号是在什么时候来到我们这个世界的？"

慕容思炫早就想过这个问题了，答道："就在封帆被杀的那天，即二〇一八年八月二十四日。"

"为什么？"夏寻语问。

聂津也一脸好奇地望向慕容思炫。

慕容思炫打了个哈欠，再次展开推理：

"首先我先来说一说我对于穿越'规则'的一些猜测。我认为，一个人被雷电击中后，有一定概率发生穿越。一旦穿越，就会穿越到五年前的平行世界，穿越前后的地点也应该是一致的。

"打个比方吧:某人在二〇二三年一月一日上午八点在L市的和利广场的大门前被雷电击中了,并且发生了穿越,那么他将会穿越到对他来说五年前的二〇一八年上午八点的平行世界,出现的地点也是和利广场的大门前方。"

穿越,这种不可思议的事,真的在现实世界中发生了吗?夏寻语和聂津至今仍然没有完全接受这件事。

慕容思炫接着讲述:"我们来推测一下聂津2号穿越前后的一些情况吧:我认为,在二〇二三年八月二十四日那天早上,聂津2号在家中被雷电击中了,穿越到二〇一八年八月二十四日早上的平行世界,出现的地点正是聂津的家中。由于聂津2号穿越前在家中穿着拖鞋,所以穿越时,把拖鞋也带过来了,这就是封帆家中留下了拖鞋足印的原因。

"一个人在穿越以后,应该就无法回到原来的那个世界了,他可以改变穿越后的这个世界的'轨迹',但无论如何改变,也不会影响到原来那个世界。再打个比方:在聂津2号原来所在的那个世界中,已经到了二〇二三年了,封帆已经开着公交车自杀了,马祯在育才中学行凶的事件也已经发生。聂津2号穿越到我们这个世界后,阻止了封帆自杀,也阻止了马祯行凶。尽管如此,在他原来的那个世界中,这两件事是已经发生了的,无法改变。"

"哎呀,好复杂呀。"夏寻语的脑筋有些转不过弯了。

聂津则在想象五年后的自己经历过什么事,想得入了神。

3

就在这时候,慕容思炫通过监听设备听到宋丝莹对聂津2号说:"你怎么啦?"

慕容思炫觉得宋丝莹的语气有些奇怪。难道此时聂津2号的表现出现异常?他立即对夏寻语和聂津做了一个噤声的手势。

他听到聂津2号问道:"阿莹,今天是几号?"

"九月九日啊。"

慕容思炫秀眉一蹙:"他为什么要问今天是几号呢?难道他想起在'历史'中的这一天有什么重要的事情发生?"

他想到这里,再次走进小精灵西餐厅,远远监视着聂津2号和宋丝莹的举动。

片刻的沉默后,又听宋丝莹关切地问道:"阿津,你脸色好像不太好,你不舒服吗?"

"没什么。"

慕容思炫远远望去,只见聂津2号似乎有些心不在焉。

数秒后,聂津2号忽然站了起来:"阿莹,不好意思,我突然想起有些急事要去处理。"

慕容思炫心中一凛:"他果然想起了什么,现在就要去阻止这件事发生,就像他此前阻止封帆自杀、马祯行凶那样。"

与此同时宋丝莹微微一怔:"怎么这么突然呀?"

"我也是突然想起。不好意思,不能陪你看电影了。"

聂津2号说完这句话,慕容思炫已退到西餐厅大门外。

夏寻语走上来问道:"怎么样?"

"上车,准备跟踪。"

在慕容思炫走出西餐厅的这段时间里,聂津2号和宋丝莹又交谈了两句。

"没事,你先忙你的事吧,咱们改天再去看电影吧。"

"嗯,真对不起!"

"知道啦!我是你女朋友,这点儿小事,用不着跟我道歉。快去忙吧,回家后给我打电话。"

"好,我晚点儿找你。那我先走了。"

夏寻语和聂津把汽车停在大门外的马路边。此时三人刚走进汽车,就看到聂津2号走出西餐厅的大门。

这是聂津首次亲眼看到聂津2号,哪怕早有心理准备,但心中仍然感到极大的震撼。

"这个人……就是五年后的我?"

夏寻语的话打断了聂津的思索:"思炫,他要去哪里?"

慕容思炫紧紧地盯着聂津2号道:"改变'历史'。"

只见聂津2号在路边等了一会儿,见到一辆出租车经过,连忙挥手叫住了出租车。

聂津2号走上出租车后,慕容思炫便开车跟在他的后面。

"慕容先生,千万不要被他跑掉呀。"聂津急于知道聂津2号到底要去干什么。

夏寻语呵呵一笑:"你就放心吧,以思炫的驾驶技术,哪怕对方的车可以穿墙和隐形,他也不会跟丢的。"

4

不一会儿,慕容思炫跟着出租车来到雪梅山庄——那是一个高级别墅区。

聂津2号从出租车下来后,快步走进了雪梅山庄。慕容思炫也把汽车停下,三人一起下车,远远地跟在后面。

聂津2号来到一座米白色外墙的别墅的大门前,左右张望了一下,躲到别墅左边的侧墙旁边,监视着别墅的大门。

慕容思炫、夏寻语和聂津则走到那座别墅附近的一棵大树后方,监视着聂津2号的举动。

"他来这里干什么呀?"夏寻语悄声问。

"可能跟某个明星有关。"慕容思炫答道。

"明星?什么意思?"夏寻语不解。聂津也满脸疑惑。

"刚才聂津2号对宋丝莹说有些急事要去处理的时候,西餐厅内有一台电视正在播放着一个综艺节目。聂津2号所坐的位置,刚好可以看到电视画面,而他在跟宋丝莹交谈中,也几次望向那台电视。"慕容思炫有条不紊地解释道,"所以我认为他是无意中看到某个明星,想起那个明星在'历史'中的九月九日晚上发了某件事,所以来到这个明星的家,想要阻止这件事的发生。"

"当时电视画面中出现了哪几个明星?"夏寻语问。

"范琴、张宇辉、林龙堂、傅新晴、林天佑……"慕容思炫略一思索,接着说,"还有两个,我不知道名字。"

"傅新晴?"夏寻语微一凝思,说道,"傅新晴的父母好像就是住在雪梅山庄的。"

傅新晴是L市本地的一名女歌手，在国内知名度颇高，微博上拥有上千万粉丝。

"傅新晴的父母住在这里？你确定？"慕容思炫确认道。

"我上次在网上看过一个采访她的视频，她好像提到她的娘家在雪梅山庄……嗯，我也不知道我有没有记错。"夏寻语对于那个采访傅新晴的视频，只是随便看看，并没有用心记住其中细节。

此时却听聂津十分肯定地说："是的，你没有记错，傅新晴的父母就住在雪梅山庄第二十八幢。"

他说罢指了指面前这幢别墅，补充道："就是那里。"

夏寻语讶然道："你为什么知道得这么清楚？"

聂津笑了笑："我是傅新晴的忠实粉丝，她每一首歌我都会唱，她在L市举办的每一场演唱会我都去看了。我看过她的不少采访，对她十分熟悉，自然知道她的娘家在哪里。"

他说罢拿出手机晃了晃："我手机的来电铃声和闹钟的自定义铃声，都是她的歌呢。"

"看不出你也追星呀，"夏寻语呵呵笑道，"我还以为追星是小孩子的爱好呢。"

"也不算追星啦，只是我真的很喜欢她的歌。"聂津有些感触地说，"每一首都像要唱到我心坎里去似的。"

"她的歌确实蛮好听的，只是她的人品不怎么样。"夏寻语有些不屑地说。

聂津苦笑了一下："你是指她被爆出轨的事？"

傅新晴的丈夫也是一位明星。然而不久之前，微博上有人爆料，说傅新晴出轨了，紧接着，傅新晴和另一个男人携手走进酒店的照片也曝光了。霎时间，网友们纷纷指责傅新晴的不道德行为。然而直到现在，被推上了风口浪尖的傅新晴也没有回应此事。

"对呀，以前还经常看到她和她老公在微博上秀恩爱呢，没想到她的人设说崩就崩了。"夏寻语有些可惜地说。

聂津摇了摇头："我觉得她不像那样的人，或许她有什么苦衷吧。"

夏寻语呵呵一笑："照片都被曝光了，还有苦衷？如果她真有什么苦衷，她早就出来澄清了吧？"

慕容思炫冷不防说道："你们是来聊明星八卦的吗？"

夏寻语吐了吐舌头，不再说话。聂津也回过神来，全神贯注地注视着聂津2号。

此时此刻，聂津2号也正聚精会神地盯着傅新晴家的大门，似乎在等待着一些什么。

"如果这个聂津2号真的是从五年后的世界穿越过来的，现在他想干什么呢？"夏寻语低声分析道，"难道在五年后的世界，傅新晴也制造过什么惨案？"

聂津双眉一蹙："她一个弱女子，能制造什么惨案呀？"

夏寻语看了看不远处的聂津2号，对聂津说："那五年后的你为什么要来这里阻止她呢？我想想……难道是跟林元昱有关的？"林元昱正是傅新晴的丈夫。

"对了，我知道了，"没等聂津和慕容思炫答话，夏寻语接着揣测道,"傅新晴出轨的事情曝光后,她就搬回娘家住了。在'历史'中,今天晚上,林元昱来找她,质问她为什么出轨。傅新晴在跟林元昱争执的过程中,失手杀死了他。现在,聂津2号就是要来阻止傅新晴杀死林元昱的。"

"如果突然发生什么,"慕容思炫轻轻地咬了咬指甲说,"以我们现在跟聂津2号的距离,是无法阻止的。"

聂津指了指别墅不远处的一棵小树:"要不我们躲到那里去监视?"

"太近了吧?"夏寻语有些担心地说,"很容易被聂津2号发现呢。"

"我们暂时别说话就好了。"聂津说罢吸了口气,准备走向那棵小树。

夏寻语向慕容思炫看了一眼。慕容思炫点了点头。

于是三人蹑手蹑脚地走到那棵小树后方。此时三人离聂津2号只有十米左右的距离。三人都屏住呼吸,监视着聂津2号的一举一动。

突然,在这万籁俱寂的环境之中,响起了一阵女子歌声:"如果时光可以倒流,我们能不能再爱一次?如果可以回到过去,我们能不能重新来过……"寂静之中,歌声特别清晰。

那是傅新晴的一首单曲——《我们能不能重新来过》。

是聂津的手机铃声。他把这首歌设为自己的手机来电铃声和闹钟铃声。

手机铃声一响起,聂津、慕容思炫和夏寻语三人都大吃一惊。聂津2号突然听到手机铃声,也似乎吓了一跳。他凝神思索了数秒,突然拔腿就跑。

5

"别跑!"聂津连忙追了上去。如果被聂津2号跑掉了,就不知道要到哪里找他了。聂津有太多问题要问他,怎能让他逃之夭夭?

慕容思炫和夏寻语也紧随其后,一起追赶着聂津2号。

聂津2号回头向三人望了一眼,脸色大变,跑得更加快了。

聂津、慕容思炫和夏寻语三人紧追不舍。跑了一会儿,夏寻语实在没有力气了,蹲下来休息,而聂津和慕容思炫两人则仍然紧紧跟在聂津2号后面。

虽然聂津2号和聂津是同一个人——如果慕容思炫的推理正确的话,但他毕竟比聂津大了五岁,已经三十出头的他,体力自然不如聂津。他又跑了几分钟,脚步便慢了下来,似乎一副上气不接下气的样子。

慕容思炫虽然也已经三十岁了,但体力极佳,脚步丝毫不缓,跟聂津2号的距离越来越近。

此时聂津2号已经跑出了雪梅山庄别墅区。慕容思炫跟聂津2号的距离只有几米,眼看慕容思炫马上就要抓住聂津2号了,然而就在此时,忽然一阵摩托车的引擎声自远而近地传来。电光石火之间,只见一辆摩托车向慕容思炫疾驰而来。

慕容思炫斜眉一蹙，侧身避开了摩托车，与此同时向那骑摩托车的人扫了一眼，只见他戴着一个摩托车全盔，而且镜片是茶色的，让人无法看到他的面容。

此时摩托车就停在聂津2号前方。骑摩托车的神秘人向聂津2号挥了挥手，叫道："上车！"他一开口，慕容思炫和聂津都听清楚了，那是一个男人的声音。

聂津2号迟疑了一下，便猛地跳上摩托车，抓住了那神秘人的肩膀。慕容思炫眼疾手快，没等聂津2号坐好，便飞身向摩托车扑去。然而神秘人的反应也极快，在慕容思炫距离摩托车还有半米距离的时候，他已快速转动油门。只听"轰轰"两声引擎声，神秘人已载着聂津2号疾驰而去，成功摆脱了慕容思炫和聂津。

慕容思炫知道自己已无法追上摩托车，索性停了下来，望着两人离去。这时候聂津也追上来了，喘着气问："那……那是谁呀？"

"把他救走的人。"慕容思炫面无表情地答道。

聂津怔了一下，哭笑不得地道："我当然知道呀，我是问那个人的身份。"

"你没看到他戴着头盔把脸挡住了吗？"慕容思炫问。

"看到呀。"

"那我怎么知道他的身份呢？"

"聂津2号不是从五年后的世界来的吗？"聂津缓过了一口气，分析道，"那他在这个世界应该没有认识的人吧？既然如此，为什么会有人来把他救走？"

他心中的疑团一个接一个。一个聂津2号已经让情况够复杂了,怎么现在又出现了一个把聂津2号救走的神秘人?

"回去吧。"慕容思炫转身,向雪梅山庄的方向走去。

"还回去干吗?"聂津的脑筋一时没能转过弯来。

"聂津2号为什么来这里呢?"慕容思炫反问。

"来监视傅新晴吧?"

"为什么要监视傅新晴呢?"

"因为在'历史'中傅新晴……啊?"聂津总算反应过来了,"聂津2号来这里本来想要阻止傅新晴父母家发生的惨案,现在他被我们吓跑了,就没人阻止了!"

两人匆匆返回雪梅山庄,路遇夏寻语仍然蹲在地上休息。

"怎么样?"她一看到两人回来,连忙站起身子,迎了上来,"聂津2号呢?被他跑掉了?"

聂津点了点头:"有个人骑着摩托车把他带走了。"

"谁呀?"

"不知道,那人戴着头盔,我们没有看到他的样子。"

慕容思炫没有理会正在交谈的聂津和夏寻语,加快脚步,向傅新晴的父母所住的那幢别墅走去。

"思炫,你去哪呀?"夏寻语在他后头朗声问道。但慕容思炫头也不回。

"他要返回傅新晴父母的家……"聂津解释道。

他还没说完,夏寻语也明白了:"我们要代替聂津2号阻止人制造惨案!糟了,不知道还来不来得及。"

当三人回到傅新晴的父母所住的那幢别墅前方时,远远看到一个人从别墅的大门走出来，正是傅新晴。

然而就在此时，在慕容思炫三人刚才藏身的那棵小树后方，忽然窜出来一个人，以极快的速度向傅新晴扑去。

6

那人的头上戴着一顶灰色的八角帽，脸上戴着一张小丑面具，手上还拿着一把明晃晃的尖刀！

慕容思炫反应极快，聂津和夏寻语还没反应过来，他已以极快的速度向"小丑"扑去。

然而他还是迟了一步，只听"扑哧"的一声，"小丑"已把手上的尖刀插进了傅新晴的胸膛。

"啊——"傅新晴惨叫一声，后退了两步。几乎在同一时间，慕容思炫已抓住了"小丑"的手臂。

"小丑"似乎没有料到会有人突然出现，也吓了一跳，接着便使劲挣扎，想要摆脱慕容思炫，但被慕容思炫紧紧地抓住手臂，哪能摆脱？

与此同时，傅新晴跪倒在地，一动不动。

聂津和夏寻语此时才回过神来，匆匆跑过去。夏寻语望着衣服已被鲜血染红的傅新晴，手足无措："现在怎么办呀？"

"叫救护车。"慕容思炫冷冷道。

聂津连忙掏出手机，拨打120。

这时候，那"小丑"在挣扎的过程中，头上的那顶八角帽掉落在地，露出了一头长发。慕容思炫摘掉了"小丑"脸上的面具，发现对方竟是个二十来岁的女子。

"你是谁！"聂津向这个对傅新晴行凶的女子厉声问道。

女子面如土色，抬头向聂津看了一眼，没有答话。

慕容思炫从肩包中取出一根绳子，把她的双手反绑起来。

"聂津，你看着她。"慕容思炫说罢向横躺在地的傅新晴看了一眼，接着道，"我看看傅新晴。"

"嗯。"聂津走过来，使劲地按着那行凶女子的肩膀，让她无法动弹。

慕容思炫则走到傅新晴身前，简单地查看了一下，摇了摇头："她已经死了，一刀毙命。"

"什么？"聂津只感到心中一阵悲痛。这个他喜欢了多年的歌手，竟然就这样在他面前被杀，他真的无法接受。

他咬了咬牙，声嘶力竭地对那个杀死了傅新晴的女子吼道："你到底是谁呀？为什么要杀人呀？"

女子还是没有回答。

与此同时，慕容思炫掏出手机，拨打了霍奇侠的电话。

"原来……"夏寻语喃喃地道，"聂津2号到这里来，不是为了阻止傅新晴制造惨案，而是为了阻止傅新晴被杀。如果我们没有跟来，傅新晴是不是就不会被杀了？"

声音虽低，但也传入了聂津耳中。聂津只感到心中一震，心潮起伏，悲不自胜。

7

不一会儿，救护车到达雪梅山庄，可是傅新晴早已去世。

第八章 关于穿越的推理　　147

　　霍奇侠带着几名刑警来到雪梅山庄，带走了杀死傅新晴的凶手。随后慕容思炫、夏寻语和聂津也离开了雪梅山庄。

　　两个小时后，霍奇侠来到慕容思炫家中。

　　"霍警官，查到了吗？"聂津迫不及待地问，"那个女人为什么要杀死傅新晴啊？"

　　"已经查到了。犯罪嫌疑人叫冯雪怡，二十四岁，无业。她是林元昱的粉丝。"

　　夏寻语"咦"的一声："林元昱？傅新晴的老公吗？"

　　霍奇侠点了点头："是的，傅新晴出轨的事情曝光后，这个冯雪怡因为心疼自己的偶像被妻子背叛，所以来到傅新晴的父母的家，杀死傅新晴，为偶像出气。"

　　"她脑袋是不是有病？"聂津勃然大怒，"人家两口子的事，跟她有什么关系呀？她就因为这个去杀人？"

　　夏寻语摇了摇头："唉，傅新晴还那么年轻，却被她老公的狂热粉丝杀死了，真是可惜了。"

　　霍奇侠轻轻地吁了口气："不管怎样，这个冯雪怡杀了人，等待她的将是法律的制裁。"他顿了一下，向慕容思炫看了一眼，接着说："那么，接下来该你们告诉我了。"

　　慕容思炫看了看夏寻语："你说吧，我已经说过了一遍，不想再说。"

　　于是夏寻语把慕容思炫那关于穿越的推理，一五一十地告诉了霍奇侠。

　　霍奇侠听得瞠目结舌："穿越？这太扯了吧？"

　　"聂津2号和聂津拥有相同的样貌、指纹和DNA，如果他不是从未来穿越过来的,那么根本无法解释这件事。"慕容思炫淡淡地说。

"这……"霍奇侠还是无法接受。

慕容思炫从口袋中掏出一个白色的烟盒,从烟盒里倒出几颗水果硬糖,一股脑儿扔到嘴里,一边大口大口地咀嚼,一边漫不经心地说道:"在五年后的那个世界,冯雪怡也杀死了傅新晴。聂津2号是傅新晴的粉丝,自然会高度关注傅新晴被杀的事,并且记住了傅新晴被杀的日期。

"刚才,聂津2号和宋丝莹在吃饭的时候,聂津2号无意中在综艺节目中看到傅新晴,想起她被杀的事,并且想到今天正是她在'历史'中被杀的日子,于是匆匆告别宋丝莹,来到雪梅山庄,想要阻止冯雪怡行凶。

"然而,由于我们三个发现了聂津2号的存在,也跟着他来到雪梅山庄,这在聂津2号所在的那个世界的'历史'中,也是未曾发生过的事。最后,冯雪怡还没出现,聂津2号就发现了我们的行踪。他认为我们这几个跟踪他的人是来抓他的,于是拔腿就跑……"

夏寻语长长地叹了口气:"聂津2号跑掉了,我们也追他去了,傅新晴父母的家门前没有留下任何可以干预'历史'的人。接下来,冯雪怡像'历史'中那样埋伏着,而傅新晴也像'历史'中那样从别墅里走出来。最后,虽然我们三个赶回来了,但一切还是重演了,冯雪怡杀死了傅新晴,我们,只来得及当'历史'的见证者。"

"当时打给我的是一个推销电话!如果聂津2号没有被

我的手机铃声吓跑,我们就不会离开傅新晴父母的家去追他,那么在冯雪怡来刺杀傅新晴的时候,我们就可以把她制伏了。"聂津掏出手机,目眦尽裂道,"是这个推销电话把傅新晴害死的!"

他说罢,心中怒不可遏,把手机狠狠地摔在地上。

扫码收听有声小说

第九章 那个世界的故事

1

慕容思炫关于聂津2号的推理,虽然听上去匪夷所思,犹如天方夜谭,但大部分都是正确的。

聂津2号,确实是从五年后的世界穿越过来的。

霍奇侠在慕容思炫家中跟慕容思炫等人讨论着聂津2号时,聂津2号本人则在太平一巷内的一家小宾馆的一间客房内,拿着手机,在微博上刷着各种最新社会新闻。果然,热门话题中很快就出现了"歌手傅新晴遇刺身亡"的话题。

"她死了……"聂津2号心如刀绞,"我始终救不了她,始终无法改变她的命运。"他躺在床上,望着天花板,百感交集。

"人的生命,真的好脆弱,好好的一个人,说没就没了;人的命运,真的好玄妙,一件微小的事,就足以彻底改变一个人的命运。"他回想着自己那曲折的命运,心乱如麻。

正如慕容思炫所推理的,他是从未来的世界穿越过来的。

他原来所在的那个世界,已经是二〇二三年了。

第九章 那个世界的故事

他跟那个世界的宋丝莹，是在那个世界的二〇一八年八月二十八日认识的。这对于现在的他来说，已经是发生在五年前的事了。

…………

聂津2号回到游戏馆，正在玩"潘多拉魔盒"主题的那对情侣还没出来，但在等待区除了曾金福，还多了一个长发女子。

这女子跟聂津2号年纪相仿，清秀美丽，淡雅宜人。

聂津2号看到这长发女子，霎时间心中一动。他还在发呆，曾金福指了指他，对那长发女子道："就是他啦！"

"这位小姐也想玩潘多拉魔盒的主题，不过她和你一样，只有一个人，所以我推荐她跟你组队。怎么样？"

能跟这样一位让自己怦然心动的美女一起玩密室逃脱游戏，聂津2号自然求之不得。他心中窃喜，脸上却只是微微一笑："我没问题呀。"

长发女子嫣然一笑："谢谢，我不太会玩，你不要介意。"

"不会玩就对了，这样我就可以在你面前好好表现了。"聂津2号心中更加高兴。

这时候，曾金福的对讲机响了起来，原来是正在玩"潘多拉魔盒"的那对情侣向他发起了求助请求。

"请稍等一下。"曾金福为避免向聂津和那长发女子"剧透"，走进了另一个房间中，关上房门，接着才把游戏提示告诉那个男子。

聂津2号对长发女子苦笑了一下："看来我们还要再等

半个小时了。"其实他的心中有些窃喜,这样便可以跟这位女子多交流半个小时了。

"是呀。"

"你不赶时间吧?"

"嗯,不赶。"长发女子似乎不善言谈,简单回应后,两人又陷入了沉默。

聂津2号平时也不太擅长跟陌生人说话,但此时见到美女,身体中自动产生了大量热情洋溢的细胞,话匣子也自己打开了:"你也经常玩密室逃脱游戏吗?"

"玩过几次而已。"长发女子说话的语气十分温柔。

"你也喜欢一个人玩?"

长发女子轻轻地摇了摇头:"之前那几次我都是和朋友们一起玩的,今天我自己逛街,经过这里,忽然心血来潮,想进来玩一下。"

"你是第一次来这里吧?"聂津2号指了指挂在墙上的密室主题介绍,"另外两个主题你都没玩过吧?"

长发女子"嗯"了一声:"都没玩过。"

"另外那两个主题都可以一个人玩的。"

聂津2号没话找话,一说完这句话就后悔了。万一对方说"那我尝试自己挑战一下另外的主题吧,不跟你组队啦",那可就不妙了。

幸好长发女子说:"我刚才看了一下每个主题的介绍,另外那两个密室主题,其中一个难度是五颗星,还有一个难度是四颗星,我想我应该通过不了。""潘多拉魔盒"主题的难度是两颗星，原来这便是她选择玩这个主题的原因。

聂津2号松了口气。"对了，"他接着说，"我还不知道你的名字呢。我叫聂津。"

"我叫宋丝莹。"

"要不咱们交换一下微信，以后可以再约出来一起玩密室逃脱？"聂津2号刚说完这句话便又感到后悔了。

幸好这个名叫宋丝莹的长发女子十分爽快地说："好啊。"（既然在这个世界中的聂津被称作"聂津2号"，那么在这个世界中的宋丝莹则应该被称作"宋丝莹2号"吧）

两人刚交换了微信，曾金福就从房间中走出来了："两位，不好意思呀，要你们再等一会儿啦。"

"没事。"

聂津2号笑了笑，心想："不用不好意思呀，我感激你还来不及呢。"

"对了，这位小姐要不要办张会员卡呀？这样一来，大部分主题都有八折优惠哟。"曾金福竭力推销道。

"嗯，我考虑一下。"宋丝莹2号婉转地拒绝了。

曾金福却还在争取："办一张嘛，又不贵，现在首充一百元还赠送二十元哟。"

宋丝莹2号沉吟不语。

聂津2号向曾金福白了一眼："福哥，你至少让人家先玩一下，再叫人家办卡嘛；都没有体验过，办什么卡呢？"

"哎呀！你这小子，这么快就帮着你的'队友'说话啦？"曾金福似笑非笑地说。

宋丝莹2号略感尴尬,脸上一红,低下了头。

聂津2号向曾金福使了个眼色。曾金福会意,笑道:"我上个厕所,你们接着聊吧。"

曾金福走出游戏馆后,聂津2号为了化解宋丝莹2号的尴尬,说:"对了,你平时也喜欢看一些侦探推理的东西?"

宋丝莹2号点了点头:"我喜欢看推理剧。"

"哦?推理剧我看得不多,但我很喜欢看侦探小说。"

"我也看过几本侦探小说。"

"是吗?"聂津2号饶有兴致地问,"你看过哪些?"

"好像都是东野圭吾的。"

聂津2号不太喜欢东野圭吾的小说,他更喜欢一些本格作品。当然,东野圭吾的一些经典作品,他还是看过的。

"你最喜欢东野圭吾哪本书?"

"《白夜行》。"宋丝莹2号轻轻地叹了口气,"那个故事写得太感人了。"

在聂津2号所看过的东野圭吾的作品中,他最不喜欢的就是《白夜行》了,他觉得那根本不是推理小说,只是悬疑爱情小说,而且情节十分零散,一点儿也不合他的胃口。

"《白夜行》吗?嗯,那本书挺好看的,书中的男女主角刻画得太好了。"后半句倒是聂津2号的真心话。

两人拥有共同的爱好,接下来的话题就更多了。聊着聊着,聂津2号甚至对宋丝莹2号产生了一种相见恨晚的感觉。

2

最终那对年轻情侣还是没能成功通关。时间到了,曾金福打开了房门,让他们出来。

"气死啦!还差一点就通关了!"那对情侣中的女子不甘心地说。

她的男朋友向她白了一眼,没好气地说:"你还说?要不是你一直在吵,打扰我思考,我们早就解开所有谜题了。"

"你什么意思呀?"女子气愤地说,"自己智商不够,还怪我?玩之前是谁吹牛说自己半个小时就能通关呀?"

"没通关就没通关呀,你现在说这种风凉话有意思吗?"男子似乎有些生气了。

曾金福连忙来打圆场:"哎呀,两位,别吵啦,说实话,这个密室主题是推荐四个人一起玩的,你们只有两个人,难度有点儿高,没通关也是正常的。"

他给那男子留了个台阶下来,没想到女子却偏要把台阶搬走,指着墙上的密室主题介绍,高声道:"还难度高?两颗星呀,只有两颗星呀!我怕他解不开谜题丢脸,故意选了个低难度的主题,没想到他还是解不开……"

"说够了没有?"男子怒极,摔门而出。

女子怔了一下,连忙追出去:"喂!我随口说说而已嘛,你那么认真干吗呀?"

游戏馆内,聂津2号、宋丝莹2号和曾金福面面相觑。

数秒后曾金福才打破沉默："幸好是先付钱再玩的，否则他们这样跑掉了，我到哪里去找他们交钱呀？"

宋丝莹2号扑哧一笑："老板，你真幽默。"

曾金福咧嘴一笑："现在轮到你们啦，如果解不开谜题，你们可别像他俩那样'内讧'哟。"

接下来，聂津2号和宋丝莹2号走进了"潘多拉魔盒"的房间，曾金福锁上了房门。聂津2号四处打量，果然看到房内还有另一扇房门。

随着语音提示的播放，游戏正式开始，两人开始在房内寻找线索。聂津2号果然是玩密室逃脱游戏的高手，不到十五分钟，便已开启了刚才那对情侣花了一个小时才打开的小房间的门。

"你真厉害。"宋丝莹2号由衷地说道。

聂津2号沾沾自喜："我玩了这么多主题，可不是白玩的。"但他脸上却不动声色，谦虚地说："熟能生巧而已，玩得多了，对于各种套路自然就了解了。"

进入那小房间后，其中一个机关是"人体电桥"。

所谓"人体电桥"，就是人体导电机关。这种机关需要以人或者其他导体把电路连通，从而实现机关的触发。

"潘多拉魔盒"密室内的这个人体导电机关，需要一个人按下小房间内的开关，另一个人同时按下小房间外的开关，然后两人手拉着手，通过人体把机关的电路连通，才能触发。

聂津2号向宋丝莹2号解释了这个机关的原理。宋丝莹

2号在此前所玩的密室中没有见到这样的机关，觉得十分有趣。

"你先按下这个开关吧。"聂津2号一边说一边指了指小房间外的那个开关。

"好的。"宋丝莹2号按下了开关。

聂津2号走进小房间，用左手按下了小房间内的开关。

接着他探出半个身子，把右手伸向宋丝莹2号，尽量用平静自然的语气说道："拉着我的手吧。"

"嗯。"宋丝莹2号一手仍然按着那个开关，另一只手则抓住了聂津2号的右手。

一触碰到宋丝莹2号这柔滑温暖的小手，聂津2号霎时间心中一动，脸颊一阵发热。

这一刻，他似乎喜欢上这个萍水相逢的女子了。

3

聂津2号和宋丝莹2号只花了二十三分钟就解开了所有谜题，打开了密室的门。

在房门"咔嚓"一声打开的时候，宋丝莹2号满脸喜悦："成功啦。"

曾金福也走过来，笑呵呵地道："厉害，真不愧是密室之王呀。""密室之王"是他对聂津2号的戏称。

"游戏时间不到半小时，我觉得你应该退给我们一半钱。"聂津2号开玩笑地说。

"这样吧，下次你们再过来玩，我给你们打个七折。"

曾金福向聂津2号使了个眼色，嬉笑道，"要一起过来玩才能享受这个优惠哟。"

聂津2号听曾金福这样说，心存感激，转头对宋丝莹2号道："那下次我们再一起过来玩吧。"

宋丝莹2号爽快地答应了："好啊。"

两人告别曾金福，走出游戏馆，聂津2号又问："你怎么过来的？"

"走路过来的。"

"我开车过来的。你现在要去哪里？我送你吧。"聂津2号自告奋勇地说。

"会麻烦到你吗？"宋丝莹2号是不愿意麻烦别人的人。

"不会，反正我没事做。"

"嗯，那麻烦你了。"宋丝莹2号顿了一下，又问，"说起来，你是干什么职业的？"

"我是律师。"

"哦？"宋丝莹2号饶有兴致地问，"就是法庭剧中在法庭上大声说'反对'的那种律师？"

聂津2号笑了笑："我只是一名民事诉讼律师，不会参与刑事案件的审理的。"

宋丝莹2号也莞尔一笑："当律师需要脑子很好吧？难怪你玩密室逃脱游戏那么厉害。"

"哈哈，过奖啦。对了，那你是干什么的？"

"我自己开了一家花店。"

"噢！原来是自己当老板娘呀。"

宋丝莹2号摇了摇头:"不怎么赚钱的,只是工作时间相对自由而已。"

两人边走边聊,不一会儿来到聂津2号的小汽车前方。两人上车后,聂津2号问:"你现在要去哪儿?"

"我想回花店,在大东街那边,如果你不顺路,可以在途中放下我。"

"没事,我送你回去吧。"

聂津2号开车把宋丝莹2号送到大东街。她的花店在大东街的一条小路里。花店不大,但却摆放着各种各样的花,玫瑰花、百合花、菊花、郁金香……五颜六色,芬芳馥郁。

"你这花店真漂亮。"聂津2号由衷地说道。

"谢谢。"宋丝莹2号嫣然一笑,如店中的花一样好看。

聂津2号看着她那楚楚动人的样子,心中一动,开玩笑地说:"如果你男朋友送花给你,你就可以放在这儿卖出去,不用浪费啦,哈哈。"

宋丝莹2号低下了头,轻声道:"我没有男朋友啦。"

这正是聂津2号想要的答案。他心中一喜,本想故作惊讶地说一句:"你这么漂亮也没有男朋友?"但又觉得这样说过于油腔滑调,话到唇边,没有出口,只是淡淡一笑:"这样呀。"

此时此刻,他的心中在期盼着宋丝莹2号问自己一个问题。没想到宋丝莹2号还真跟他心有灵犀,微笑着说:"倒是你,如果要送花给女朋友,可以到我这儿来挑,我可以给你优惠价哟。"

"我也没有女朋友啦。"聂津2号连忙说道。

"这样呀……"

两人都心领神会,相视一笑,不再讨论这个话题了。

两人又闲聊了一会儿。聂津2号本想约宋丝莹2号当晚共进晚餐,但转念一想,毕竟才跟她相识,过于主动会显得唐突,于是打消了这个念头。

"好啦,我还有点事要处理,先走啦。"聂津2号向宋丝莹2号告辞。

…………

聂津2号回到车上,离开前最后又向宋丝莹2号看了一眼,只见宋丝莹2号也望着自己,眼神之中充满温柔。聂津2号心中怦然一动,不由自主地想:这个女生,或许就是我要找的另一半了。

4

接下来的一个多月,聂津2号经常在微信上跟宋丝莹2号聊天,也和她一起吃过几次饭,看过几场电影,还玩过一次密室逃脱游戏,两人的关系越来越暧昧。

终于,聂津2号决定向宋丝莹2号表白。

国庆节晚上,聂津2号约宋丝莹2号到小精灵西餐厅吃饭。在此之前,聂津2号特意到商场买了一条钻石项链。

他早早来到西餐厅,等了十多分钟,宋丝莹2号也来了。她今天穿着裙子,打扮得十分漂亮。

"你怎么这么早就来啦?"宋丝莹2号问。

聂津2号微微一笑："我怕堵车，就早点儿出来了。"

宋丝莹2号看了看手表："现在还没到六点半，咱们早点儿吃完饭，还可以去看场电影呢。"

"好啊。"

两人吃过晚饭，宋丝莹2号道："咱们快到电影院吧，还来得及看七点半那场呢。"

"等一下。"

"怎么啦？"

聂津2号想把钻石项链拿出来，却又有些犹豫。宋丝莹2号也喜欢自己吗？如果她拒绝了自己，以后两人就再也不会出来吃饭、看电影了。

"还是看完电影再说吧。"

他轻轻呼出口气，说道："没什么，走吧。"

两人来到附近的影城看了一场《无双》。走出电影院，聂津2号仍然在回味着电影的情节："发哥真是太帅啦！"

而宋丝莹2号则有些感慨地说："秀清真是太可怜了，她在爱的世界里，原来只是个替身。"

聂津2号听她这样说，心念一动，接着说："李问在爱的世界里，也是个失败者，敢爱，却不敢追求。相比之下，我就比他勇敢多了。"

宋丝莹2号"咦"了一声："你？"

此时再不表白，更待何时？聂津2号吸了口气，掏出了那条钻石项链，递给宋丝莹2号："送给你的。"

"啊？"宋丝莹2号轻呼一声，惊喜交织。

聂津2号本想说："当我的女朋友，好吗？"但转念一想，此时此刻，此情此景，宋丝莹自然明白自己的意思，如果她要接受自己，自然会表明态度；如果她要拒绝自己，又何必多此一问？于是改口道："我帮你戴上，好吗？"

宋丝莹2号回过神来，缓缓地点了点头。

聂津2号知道宋丝莹2号接受了自己，心中大喜，用微颤的手把钻石项链戴到她的脖子上。

"戴好了，很好看。"

"谢谢。"宋丝莹2号的声音竟然有些哽咽。

聂津2号见她的眼睛闪着泪光，吓了一跳，连忙问道："你怎么啦？"

"没什么。"宋丝莹2号摇了摇头，微笑道，"从来没有人对我这么好，我觉得……好感动。"

聂津2号记得宋丝莹2号说过，她的父母重男轻女，对她的弟弟千依百顺，对她却十分冷淡、苛刻，她从来没有在家中感受到温暖。她读完高中以后，父母就让她出来打工，供养弟弟。她不想再留在家中，于是独自在L市城区租房子。但为了报答父母的养育之恩，她每个月所赚到的钱，除去日常开销，只会给自己留下五百元，剩余的都会转账给父母。

所以她才说，从来没有人像聂津2号这样对她那么好。

聂津2号心中一酸，一脸认真地道："那些不愉快的日子已经过去了，以后每一天你都会高高兴兴。"

宋丝莹2号听聂津2号这样说，眼泪夺眶而出。

聂津2号拿出纸巾，替她擦掉了眼泪，接着轻轻地拉着她的手："走吧。"

宋丝莹2号没有拒绝。两人就这样拉着手走向停车场。虽然路上两人都没有说话，但全身心地感受着对方手上的温度，却也胜过千言万语了。

聂津2号开车把宋丝莹2号送回家中。两人在楼下告别。

"好啦，你早点儿回去休息吧，我明天再来找你。"

"嗯，你回去以后给我发微信。"

"好的。"

两人依依不舍。聂津2号转过身子，走向自己的汽车，宋丝莹2号忽然叫道："阿津！"

"怎么啦？"聂津2号回过头来。

宋丝莹2号向前走了两步，轻轻地抱住了聂津2号。

聂津2号心中一荡，也把宋丝莹2号搂在怀里。两人不由自主地相拥而吻，便觉得身处静止的时间之中，周围的一切都不再运动。片刻以后，宋丝莹2号在聂津2号耳边轻声道："今晚留下来陪我好不好？"

两人酝酿了一个多月的爱情之花，就在这一夜，层层绽放。

5

聂津2号是宋丝莹2号的初恋，而宋丝莹2号也是聂津2号的初恋。两人全心全意地爱着对方，演绎着一个平淡而美丽的爱情故事。

二〇二一年十一月二十五日，即聂津2号和宋丝莹2号相恋的三年后，两人结婚了。

在两人结婚之前，宋丝莹2号便怀孕了。当时他们两个都没有想到，这个爱情结晶，竟是两人痛苦的开端。

由于宋丝莹2号做了产检，认为没必要再做一次婚检了，所以两人并没有婚检。而在产检的时候，两人又由于一时疏忽，没有做地贫筛查。

结果，不幸的事情就此发生。

二〇二二年三月，聂津2号和宋丝莹2号的女儿出生了。两人为女儿取名为"秀芸"（在这个世界中的聂秀芸应该称作"聂秀芸2号"吧）。

聂秀芸2号刚出生的时候，便脸色苍白，贫血严重。聂津2号和宋丝莹2号多次带女儿到医院检查。终于，在聂秀芸2号半岁的时候，她被确诊患上了重症地贫。

聂津2号和宋丝莹2号也做了地中海贫血基因检测，证实两人都是地贫基因携带者。可是此时知道已经太迟了。

"为什么会这样呀？"宋丝莹2号在医院拿到检测结果的时候，忍不住失声痛哭，"是我们害了芸芸……为什么这种不幸的事要发生在我们身上？"

聂津2号把她紧紧地抱在怀里："阿莹，没事的，相信我，一切会好起来的。"

宋丝莹2号悲咽道："我们不应该把女儿生下来的……我们错了……错了……我们应该早点儿去做检查的……"

聂津2号轻轻地叹了口气，安慰妻子："如果我们早点儿去做检查，自然就不会生下芸芸。可是，芸芸终究是我们的女儿呀,如果让你再选择一次,你真的愿意不把她生下来吗?这样的话,世界上就没有她这个人啦。"

宋丝莹2号怔了一下,觉得丈夫的话还是挺有道理的。想到自己怀胎十月时的经历,想到这半年来跟女儿生活的点点滴滴,她真的舍不得,舍不得让女儿从来没有存在过。

虽然女儿患有重症地贫,等待她的,将是一条崎岖曲折的道路,可是她毕竟在这个世界上活下来了。她患的也不是什么不治之症,又有什么好怕的?只要一家人相互支持,又哪有什么困难是克服不了的?

"阿莹,听我说,"聂津2号紧紧抓住妻子的手,"从此以后,我们三个人一条命,不离不弃,一直走下去。"

宋丝莹2号百感交集,把丈夫紧紧抱住。

扫码了解轩弦
笔下的推理世界

第十章 穿越时空

1

此后,聂秀芸2号要定期输血。医生告诉聂津2号和宋丝莹2号,他们的女儿要么做骨髓移植,要么终身输血治疗。

聂津2号结婚以后,跟母亲住在一起。但他的母亲毕竟年纪大了,无法独自把聂秀芸2号带到医院治疗,所以宋丝莹2号只好把花店转让了,全职照顾女儿。

聂秀芸2号每个月都要到医院输血一次,每次的费用接近一千元,她每个月还要服用近两千元的去铁药。家里的经济负担很重,但又只有聂津2号一个人工作,他的压力极大。

尽管如此,他也没有半句怨言,竭尽全力赚钱,和妻子同心协力救治女儿。只是他们一直没有等到适合女儿的骨髓,暂时只能靠输血治疗来维持女儿的生命。

二〇二三年七月,聂秀芸2号一岁四个月时,她因为病重住院观察,由宋丝莹2号和聂津2号的母亲轮流到医院照顾。

那天下午,聂津2号和母亲在医院看着聂秀芸2号。宋丝莹2号因为前一天晚上通宵照顾女儿,此时在家中休息。

聂母看到聂津2号坐在床边打瞌睡,轻轻地叹了口气:

第十章 穿越时空

"儿子,你昨晚不是加班到十一点多才回来吗?你也回去睡一会儿吧,这儿有我看着就可以了。"

聂津2号打了个哈欠:"没事,我在这儿看着,你回去休息吧。"

"你白天要工作,晚上就好好休息吧。"聂母把聂津2号拉了起来,"走吧,回去吧,听妈的。"

聂津2号看着头发花白的母亲,叹了口气:"妈,你好不容易把我带大,本来都到了享福的年纪了,却又要帮我照顾我的女儿,我……我的心里真的好过意不去……"

聂母摇了摇头:"一家人,说这种话干吗呢?你和阿莹为了照顾芸芸,忙得焦头烂额,这才叫苦呀,妈帮一下你们,又算什么苦呢?快回去吧。"

聂津2号拗不过母亲:"好吧,那晚点儿我让阿莹过来换你回去休息吧。"

"阿莹昨晚没睡,就让她多睡一会儿吧,芸芸有我看着就可以了。"聂母平时跟儿媳妇相处得不错。

"嗯,好吧,那我先回去了。"聂津2号在熟睡中的女儿额上轻轻一吻,接着便告别母亲,走出病房。

在走向停车场的时候,他一直在想,妈妈、阿莹、芸芸,这三个人是他生命中最重要的女人,无论发生什么事,他都要竭尽全力保护她们。

当时他万万没有想到,他即将永远失去她们其中的一人。

2

当时聂津2号全家还是住在英伦豪庭小区第九幢403室。

他回到家门前,用指纹打开了大门,走进屋内,竟然看见一个戴着头罩的男人从自己的卧房中走出来!

这个男人的手上还拿着一根铁棍。

聂津2号呆了一下,喝问:"你是谁?"

蒙面男人没有回答,一步一步地向聂津2号走过来。聂津2号发现,他的左脚似乎是残疾的,走起路来一瘸一拐。

聂津2号皱了皱眉,总算反应过来了:这个蒙面男人是入屋盗窃的小偷!

眼见蒙面男人已经走到大门前,聂津2号一边大喝"站住!",一边伸手去抓他的手臂。蒙面男人侧身避开了。

聂津2号挡在大门前,拿出手机,拨打110报警。蒙面男人连忙去抢他的手机,阻止他报警。聂津2号一脚踢向蒙面男人的下体。蒙面男人吓了一跳,后退了两步。聂津2号没有留给他喘息的机会,挥拳向他打去。蒙面男人也举起铁棍攻击聂津2号。一转眼间,两人便扭打在一起。

聂津2号最近几年缺少锻炼,体力不佳,不一会儿便感到体力不支。但他见蒙面男人也在呼呼喘气,似乎也快要没有力气了。现在,谁能咬着牙坚持住,谁就能击倒对方。

然而就在此时,那蒙面男人却突然挥动铁棍打向聂津2号的脑袋。聂津2号没能避开,只听"砰"的一声,脑袋被铁棍击中,霎时间头晕目眩,双脚发软,整个人跪倒在地。

蒙面男人也不恋战，见聂津2号倒在地上，匆匆逃离。聂津2号想要阻止蒙面男人逃跑，但却感到耳鸣目眩，天旋地转，哪里有追赶的力气？

过了好几分钟，他的意识才逐渐恢复。他定了定神，勉强站起身子，然而此时那蒙面男人早就逃之夭夭了。

"糟了！"聂津2号忽然想到自己的妻子此时应该在家中。刚才他跟那蒙面男人激烈搏斗，为什么妻子没有因为听到吵闹声而出来一探究竟？难道……

聂津2号想到这里，心中一凛，跑进卧房，竟见宋丝莹2号横躺在地，一动不动。

"阿莹！"聂津2号心中骇然，快步走到宋丝莹2号身前，竟见她瞳孔散大！探了一下她的气息，发现她已经没有呼吸了。

"阿莹！阿莹！"聂津2号声嘶力竭，但宋丝莹2号哪里还会回答他？他把这个深爱的女人紧紧地抱在怀里，声泪俱下，心中一阵摧心剖肝般的疼痛。

3

原来，刚才那个蒙面男人不仅是入屋盗窃的小偷，还是杀死了他的妻子的凶手！

聂津2号强迫自己冷静下来，马上拨打110报警。

在等待警察前来的过程中，聂津2号坐在宋丝莹2号的尸体旁边，脑海中回想起这五年来跟宋丝莹2号相处的万千片段，想到终此一生再也不能见到妻子，再也不能跟妻子说一句话，心中柔肠百转，双眼泪如泉涌。

"为什么？为什么会这样？芸芸没有了妈妈，以后要怎么办？我没有了阿莹，我该怎么活？"他只觉得人生似乎一下子失去了方向。

后来法医经过全面检验，断定宋丝莹2号的死亡原因是头部遭到棍棒重击，引起了头盖骨折以及脑部受挫伤。警方推测，当时聂津2号所见到的那个蒙面男人就是凶手，他拿在手上的铁棍，便是杀死宋丝莹2号的凶器。

警方还调取了聂津2号所住的那幢楼房的电梯的监控录像，却没有发现犯罪嫌疑人的踪影。他们还调取了聂津2号所在的小区各个地方的监控录像以及地下停车场的监控录像，但也没有发现。

犯罪嫌疑人来到403室门外，通过冒充某种工作人员，骗宋丝莹2号开门，然后用铁棍袭击宋丝莹2号。宋丝莹2号逃回卧房，想要把房门上锁，可是犯罪嫌疑人却跟着她跑进卧房，最终用铁棒把她打死了。就当犯罪嫌疑人准备搜寻屋内的现金以及值钱的物品之时，聂津2号就回来了。

"如果当时我早点儿回去，或许就能阻止凶手行凶了，这样的话，阿莹就不会死了。"聂津2号自责不已。

宋丝莹2号出事后，女儿每天都在找妈妈，聂津2号又怎么忍心告诉女儿，妈妈已经不在了，永远不会再回来了？他只能骗女儿说，妈妈去了一个很远很远的地方，要很久很久以后才能回来。

"妈妈……妈妈……"

女儿无法理解聂津2号的话，只是哭闹着要妈妈回来。她本来还在喝母乳，宋丝莹2号遇害后，聂津2号只好让她喝奶粉。聂秀芸2号从来没有喝过奶粉，宁愿饿肚子也不肯喝，即使喝下去了也会吐出来，这实在让聂津2号烦恼不已。

每次看着女儿因为找不到妈妈而号啕大哭，聂津2号都会感到心中之痛，痛彻肝脾。"女儿得了这种病，一辈子都要靠输血治疗，现在又失去了妈妈，她还怎么活呀？唉，为什么她的人生这么苦呀？为什么我的人生这么苦呀？阿莹，你怎么那么狠心，把我们父女两人丢下了呀？"

聂津2号万念俱灰，好几次想带着女儿一起自杀，一了百了。有一次他甚至已经抱着女儿来到了医院的天台，想要从那里跳下去，从无穷无尽的痛苦之中得到解脱。可是一低头看到女儿那可爱的脸庞，他却终究不忍心把她杀死。

再说，他也不忍心丢下自己的母亲。如果自己死了，女儿也死了，他的母亲自然也活不下去了。

为了母亲，为了女儿，聂津2号咬着牙坚持下去。他每天仍然回律师事务所工作，而他的母亲则留在医院照顾孙女。

他只有让自己忙碌起来，才能不去想妻子，才能不让自己感到悲痛。可是有时夜深人静，他躺在床上，辗转反侧，还是会不由自主地想起妻子，心还是会痛得撕心裂肺。

4

一转眼就过了一个多月了，可是警方的调查仍然没有进展，杀害宋丝莹2号的凶手仍然逍遥法外。

二〇二三年八月二十四日,是聂津2号三十一岁的生日。

他记得去年他生日的时候,还没发现女儿患有重症地贫,他还带着妻子、女儿和母亲到新威尼斯牛排城吃西餐,庆祝他的生日,一家人尽享天伦之乐。然而现在,只是过了一年,一切却已沧海桑田,时过境迁。

他真的好想回到一年前自己生日的那天,然后让时间静止,把幸福定格。不过他也知道,这是不可能的。时间,又怎么可能倒流呢?又怎么可能静止呢?

前一天晚上下班后,他来到医院,通宵照顾女儿。清晨六点多,他的母亲便来到医院,换他回家休息。

聂津2号走出医院,只见天空中乌云密布,似乎快要下雨。当他开车回到家的时候,周围的空气闷热至极,乌云如排山倒海般的波浪,天空更已漆黑一团,暴风雨即将来袭。

突然电光一闪,紧接着"轰隆"一声雷鸣,惊天动地。

聂津2号匆匆走进第九幢,脱掉了鞋子,刚穿上拖鞋,忽然手机响起,是母亲打过来的。

"妈为什么突然打电话给我?不会是……芸芸出事了吧?"聂津2号心中打了个战,连忙接通了电话。

"阿津,你到家了吗?"

"刚到。"

"好像快要下雨了,我今天早上出门前把芸芸的衣服晾到天台去了,你去收一下吧。"

聂津2号听母亲所说的事跟女儿的病无关,松了口气。

当时他并没有想到,这是他这辈子最后一次听到母亲的声音——这个世界的母亲。

"嗯,我现在去吧。"

他就穿着拖鞋,乘坐电梯来到天台,然而刚走出天台,忽然"唰唰唰"地下起了倾盆大雨。

"这鬼天气……"聂津2号嘟哝着,开始找女儿的衣服。

雨势迅速加大,一转眼间便如银河倒泻一般。聂津2号全身都被大雨淋湿了,狼狈之极。他知道此时哪怕找到女儿的衣服,但衣服也早就被雨淋湿了,需要再洗一遍,既然如此,现在就没必要去收衣服了。

他正想走出天台避雨,忽然天空中又闪过一道耀眼的电光。这一道电光,竟然就在聂津2号眼前!

聂津2号还没反应过来,突然感到一阵巨大的疼痛遍布全身,他觉得自己整个身体都动弹不得,就像静止了一般。

几乎在同一时间,他好像看到自己周围有一道白光,四周的雨点似乎被慢镜播放一般,一滴接一滴地在他的面前落下,他感觉自己好像被困在一个巨型的泡沫之中。

聂津2号的意识快速地消失,最后,整个人倒在地上。

5

也不知道过了多久,聂津2号悠悠醒来。他慢慢地睁开眼睛,只见自己还在天台,躺在地上。雨已经停了,甚至似乎停了很久,因为地上连一点儿水迹也没有。而且,他身上的衣服也已经干了。

"怎么地都干了?难道我已经昏迷了很久?"聂津2号

一边从地上爬起来，一边暗忖道，"刚才发生了什么事？我为什么会突然晕了过去？"聂津2号竭力回想刚才的情景。"难道，我是被闪电击中了吗？"

想到刚才全身似乎充满过电的感觉，聂津2号心有余悸。

他低头看了看手表，此时的时间是七点零二分。

"咦？"聂津2号有些奇怪。他记得自己回到家中时还差十分钟就到七点，而来到天台收衣服时应该是七点左右，为什么现在才七点零二分？难道自己只是昏迷了几分钟？怎么可能？

再说，如果真的是这样，为什么地上一点儿水迹也没有？为什么身上的衣服都干了？

"难道，"聂津2号心中打了个战，"我已经昏迷了一天一夜？"

他一边想一边四处张望，忽然发现天台跟自己昏迷前似乎有些不同。他记得刚才天台的大门旁边堆放着好些纸箱和花盆，然而现在，就只剩下两个花盆。

为什么会这样？难道在自己昏迷的过程中，有人把纸箱和花盆搬走了？可是如果真的是那样，那个人应该也见到昏迷的我，他为什么不把我唤醒呢？

聂津2号定了定神，掏出手机看了一下日期和时间，现在是二〇二三年八月二十四日上午七点零三分。

他并没有昏迷二十四小时。今天仍然是八月二十四日——他的生日。

就在这时候，一个人走上天台。

聂津2号向那个人看了一眼，由不得大吃一惊。

走上来的是一个七八十岁的老人，白发如丝，满脸皱纹。聂津2号认得这个老人，是住在第九幢801室的蔡大爷。

问题是，这个蔡大爷在两年前就已经病逝了呀！

聂津2号还没反应过来，只见蔡大爷向他挥了挥手，跟他打招呼："小聂，怎么这么早就上来啦？晨练对吧？不错，年轻人就该早点儿起床，锻炼一下。"

蔡大爷一边说一边开始打太极。

聂津2号咽了口唾沫。自己不会是见鬼了吧？

但他是唯物主义者，是无神论者，不相信这个世界上有鬼。他吸了口气，向蔡大爷问道："您是……蔡大爷？"

蔡大爷向聂津2号看了一眼："小聂，你今天怎么有点儿奇怪呀？昨天在电梯我们不是还聊过几句吗？"

"咦？"聂津2号心中诧异。昨天他根本没有在电梯里见过蔡大爷——毕竟蔡大爷已经去世了两年。

"我们……"聂津2号心中一寒，用微颤的声音问道，"昨天在电梯里聊了什么呀？"

蔡大爷一脸奇怪地看着聂津2号："聊咱们的小区要提高物管费的事呀。你是真忘了还是耍我呀？"

"提高物管费？我们的小区要提高物管费？"聂津2号根本没有听说过这件事。为了解开这些疑惑，他追问道："物管费要加到多少钱呀？"

"两元呀。"蔡大爷脸孔一板，"你再这样消遣我，咱们就别聊了。"

"两元？"聂津2号一脸惊异。英伦豪庭的小区物管费一直都是每平方米两元呀。蔡大爷不是老糊涂了吧？

聂津2号忽然心中一凛，"以前英伦豪庭小区的物管费好像是一块五的，几年前开始才提高到两元。难道……"

聂津2号觉得这个想法实在是匪夷所思。但他深吸了一口气，还是问道："蔡大爷，您带手机了吗？能借给我打个电话吗？"

"可以呀。"蔡大爷掏出手机，递给聂津2号。

聂津2号抬起颤抖的手接过了蔡大爷的手机。那是一台老人机，但屏幕上也显示着当前的日期和时间。

聂津2号一看到手机上的日期，由不得瞠目结舌。

二〇一八年八月二十四日！

二〇一八年八月二十四日上午七点零六分！

"这……怎么可能？"聂津2号脸色大变。

难道是蔡大爷的手机的日期输入错误？聂津2号抱着最后的希望，颤声问："蔡大爷，今年是哪一年呀？"

"你又来作弄我了！"蔡大爷脸色铁青。

聂津2号无暇顾及他的情绪，激动地问："您先回答我！"

蔡大爷怔了一下，答道："二〇一八年呀。"

"怎……怎么会？"聂津2号呆住了。

难道自己从二〇二三年穿越到五年前的二〇一八年？

穿越？怎么可能？这种只有在科幻小说和科幻电影中发生的事，怎么可能在现实中发生？

对了，手机是从二〇二三年带过来的，如果自己真的穿越到二〇一八年了，那么这台手机应该就无法使用了。

然而这是不可能的。穿越？真逗。聂津2号为自己刚才这个异想天开的想法感到好笑。

可是接下来他却笑不出来了，因为他发现自己的手机真的无法拨打电话，也无法上网。

难道，这里真的是二〇一八年？因为自己穿越到五年前，所以手机卡便失效了？

这怎么可能？

可是如果不是穿越了，为什么自己的手机会突然无法使用？为什么已经病逝的蔡大爷会复活？为什么蔡大爷的手机会显示现在是二〇一八年？

"对了，回家看看就知道了。如果这里真的是二〇一八年，家中的摆设跟二〇二三年家中的摆设，肯定有所改变。"聂津2号想到这里，快步走下天台。

"小聂，你怎么走啦？不锻炼啦？"蔡大爷在身后叫唤，他却没有回答。

他迫不及待要回到家中，确认这件不可思议的事。

6

电梯停在一楼。聂津2号等不及了，直接从楼梯下楼。

他一边走下楼梯，一边整理思绪，在心中暗自分析。

"我是因为被闪电击中了，所以穿越了？我是从二〇二三年八月二十四日上午七点零二分，穿越到五年前的二〇一八年八月二十四日上午七点零二分吗?因为穿越前我在我家所在的这幢楼房的天台,所以穿越后也出现在这里?"

是的,只要承认穿越这件事,一切就变得合情合理。

可是穿越本来就是一件不合情理的事,聂津2号始终无法接受这个事实。

"如果我真回到了二〇一八年,我应该可以看到二〇一八年的自己。当时'我'只有二十六岁,还没结婚。今天是八月二十四日,'我'甚至还没认识这个世界的阿莹。"

聂津2号想到这里,轻吁了口气。如果自己真的穿越了,在现在这个世界中,自己还没认识宋丝莹,还没和她结婚,女儿还没出生,宋丝莹也还没被杀,一切都还那么美好。

"美好?此时此刻,阿莹甚至不认识我这个人,在这个我深爱的女人眼中,我还只是一个陌生人,这叫美好吗?芸芸还没出生,我所深爱的女儿,现在还没有存在于这个世界,这叫美好吗?

"虽然,在我穿越之前的那个世界,阿莹被杀了,但我们至少曾经相爱,至少拥有过一段快乐的时光,至少拥有着毕生难忘的记忆;虽然,在那个世界,芸芸患有重症地贫,要靠输血治疗来维持生命,但至少她在我的身边,我可以抱着她,感受到她的存在。

"但在这个世界呢?这一切都不属于我。"

聂津2号忽然觉得有些惘然若失。

当他想到这里的时候,已经来到他所住的四楼了。

7

聂津2号从楼梯走出来,来到他所住的403室前方,心中不由得打了个战。

此时大门上贴着一张"福"字。聂津2号记得自己的家的大门上,根本没有贴"福"字。他凝神一想,五年前家中的大门上,好像确实是贴着"福"字的。

他家的大门上安装着指纹锁。虽然他是从五年后穿越过来的,但指纹没有变,他应该可以用指纹打开大门。他正要把手指伸向指纹锁,忽然听到在他家对面的404室传来一阵开门声。

聂津2号不禁吓了一跳。404室已经空置了几年,怎么忽然会传来开门声?回头一看,只见一个三十来岁的男人从404室走出来。

说实话,他到现在仍然无法接受自己穿越的事实。可是一见到这个男人,他却不得不相信自己是真的穿越了。

这个男人名叫封帆,是他的邻居,一名公交车司机。

聂津2号记得,在五年前的二〇一八年,封帆因为跟妻子吵架,杀死了妻子,随后在上班时,开着公交车坠江,畏罪自杀。当时车上的三十多名乘客无一生还。这件事轰动了全国,甚至还有记者来采访过作为封帆邻居的他。

自此之后,封帆和他的妻子所住的404室就一直空置了。

现在,这个本来已经葬身江底的封帆,竟然活生生地出现在自己眼前,这难道还不能证明自己真的穿越了吗?

封帆向聂津2号看了一眼,没有说话,径自走向电梯。他一副失魂落魄的样子,甚至忘了关上家中的大门。

聂津2号望着封帆的背影,心中在快速思考。此时此刻,封帆还没开公交车坠江自杀,那三十多名无辜的乘客仍然好好地活在这个世界上。

封帆是什么时候去自杀的呢?

"啊!"聂津2号在心中暗叫一声,"就是今天!"

聂津2号还记得,那天晚上他跟母亲在家中吃饭,母亲做了很多他喜欢的饭菜,庆祝他的生日。两人边吃饭边看新闻报道,看到记者采访那些和封帆一起葬身江底的乘客的亲人,看着他们那伤心欲绝的样子,食不知味,感慨万千。

当时聂津2号只是觉得那些死者的家属十分可怜,却无法体会那种突然失去最亲最爱之人的痛苦。他的父亲虽然也因为肝癌而离开了他,但父亲从确诊到离世,也有三个月时间,这让聂津2号做好了充分的心理准备。

直到后来,他的爱妻遇害,他在毫无心理准备的情况下失去了最爱的人,才深切地体会到那些乘客家属的痛苦。

电梯的开门声打断了聂津2号的思索。封帆要走进电梯了。

此时他应该已经杀死了他的妻子,准备去上班。不久以后,他就会开着公交车坠江自杀。

聂津2号不禁又想起了"当时"那些乘客的家属脸上那悲痛欲绝的表情。

"我要阻止这起惨案的发生!"聂津2号突然胸口一

热。他不想让那些乘客的家属跟他一样,突然失去最亲最爱的人,要感受这种人世间最为煎熬的苦痛。

在封帆准备走进电梯的一刹那,聂津2号拉住了他。

"怎、怎么了?"封帆呆了一下。

聂津2号吸了口气:"封先生,你要去哪儿呀?"

"我……我去上班呀。"封帆眼神闪烁。

"可以耽误你几分钟吗?我有些事想跟你聊一聊。"没等封帆答话,聂津2号拉着他走进了404室,并且关上了大门。

"到底什么事呀?"封帆似乎有些生气,脸上的表情在生气之中还夹杂着恐惧。

聂津2号自然知道他在害怕什么。此时此刻,他妻子的尸体就在屋内。聂津2号也不跟他拐弯抹角了,开门见山地说:"封先生,我知道你杀死了你的老婆。"

"啊?"封帆大吃一惊,颤声问,"你、你胡说什么?"

聂津2号紧紧地盯着他的双眼,一脸严肃地说,"我还知道你现在打算开公交车到彩云三桥坠江,畏罪自杀。"

"这……这……"封帆目瞪口呆。他实在想不明白,这个邻居为什么会知道自己杀死妻子的事,甚至还知道他此刻心中的想法。

聂津2号轻轻地叹了口气:"那些乘客都是无辜的,你自己想死,怎么能这样自私,让他们陪你一起死?"

"我……我……"封帆双眼通红,有些激动地道,"他们是无辜的,那我呢?我也是无辜的呀!为什么上天要这么对我呀？我那么爱我老婆，她为什么要出轨呀？我每天那么辛苦工作为了什么呀？就是为了赚钱养家呀！可是她却……她却……贱女人！贱女人！"他说到这里，面容扭曲，声嘶力竭。

聂津2号摇了摇头："再怎么说，这也只是你跟你老婆两个人的事，你怎么可以把无辜的人牵扯进来呢？"

封帆咬牙道："我杀了我老婆，我也不想活了，我的人生完了，一切都完了！我一辈子勤勤恳恳，也没做过什么坏事，上天却要这样对我！我这么惨，别人凭什么幸福？我死也要找他们陪葬！"

聂津2号冷笑一声："像你这种自私自利，遇到不幸的事就想着自杀和报复社会的人，难怪你老婆会出轨！"

"你说什么？"封帆被说中痛处，怒目圆睁。

"别以为世界上不幸的人就只有你一个。你看我，我女儿患了重症地贫，要一辈子输血治疗，可是我有抱怨过别人吗？我老婆也被入屋抢劫的强盗杀死了，我失去了我最爱的女人，可是我有迁怒于其他人吗？"聂津2号想起亡妻和女儿，心中蓦地一痛。

封帆"哼"了一声："你什么时候结婚了？什么时候有女儿了？胡说八道！"他把聂津2号当成了生活在这个世界的、当前还只有二十六岁的那个聂津了。

聂津2号也懒得跟他解释了，正色道："你自首吧，不要去伤害无辜的人了。"

"自首？"封帆吞了口口水，"哪怕自首我也会被判刑呀！我杀了人，肯定会被判死刑啊！我……我不想死……"

聂津2号冷冷地道："你本来不就打算自杀的吗？"

"我……我现在自杀，那是干净利索，长痛不如短痛，我还能拉几十个人给我垫背！可是如果被警察抓了，还要等候宣判……那种等死的过程，实在太折磨人了……"封帆一脸惶恐地道，"我不要自首！我不要去公安局！"

封帆要开着公交车坠江自杀和杀人，聂津2号当然不能让他害死这三十多名乘客，既然封帆不肯自首，那就只能报警了。

凶手究竟是谁?
快来与主角一起穿越,追寻真相!!!

微信扫描下方二维码,即可获得本书正版专属资源

 智能阅读小书童为您严选以下专属服务

推理笔记　　　　**有声小说**　　　　**创作浅谈**

随时记录阅读　　　声临其境体验　　　了解作者和他笔
中的关键线索　　　本书烧脑剧情　　　下的推理世界

☆ **交流社群**：与大家交流故事的走向
☆ **推荐书单**：阅读更多优秀书籍作品

操作步骤指南

① 微信扫描本书二维码
② 选取您需要的资源,点击获取
③ 如需重复使用,可再次扫描,
　或添加到微信"收藏"功能

第十一章 改变历史

1

聂津2号想到这里,掏出了手机,准备拨打110报警。然而,一看到自己的手机处于没有信号的状态,他这才想起自己的手机在这个世界无法使用。

封帆看到聂津2号拿出手机,紧张地问:"你想干吗?"

聂津2号心想虽然自己的手机不能打电话,但吓一吓他也好,于是说道:"你不愿意自首,我就只能报警让警察过来处理了……"他还没说完,封帆已扑上来抢他的手机。

聂津2号没有料到封帆会突然发难,吓了一跳,后退了两步。

"妈的!敢管老子的事?我先让你垫背!"封帆大喝一声,一手拿起放在茶几上的水果刀,向聂津2号狠狠地刺去。

聂津2号大吃一惊,侧身避开,叫道:"你疯了吗?"

"对!我就是疯了!我老婆死了,我也不想活了,你也陪我们死吧!"封帆似乎已经失去了理智,举起水果刀再次向聂津2号刺去。

聂津2号看准时机,紧紧地抓住封帆的手,想要抢走他手上的水果刀。

第十一章 改变历史

"喂!你冷静一些呀!"聂津2号身陷险境,忽然有些后悔自己出手干预封帆的事了。自己只是一个普通人,能力有限,当什么英雄呢?再说,刚才他完全可以在封帆进入电梯后,再打电话报警,让警察在封帆开公交车之前把他拦下,何必如此不自量力,亲自出手阻止?

"你去死吧!我今天这么惨,也是你害的!"封帆已经失去理智,把自己的不幸怪罪到聂津2号的头上。

他的右手虽然被聂津2号紧紧抓住,但他仍然耗尽九牛二虎之力,把刀子移向聂津2号的喉咙。

"我不能死!"聂津2号在心底呐喊,"我还要想办法回到属于我的世界去。我不能就这样丢下芸芸。芸芸已经失去了妈妈,不能再失去爸爸了!"

想起女儿,聂津2号胸口一热,生出一股莫名的力量,大喝一声,双手一使劲,终于把封帆手上的水果刀抢了过来。

封帆心中焦急,也耗尽全力,想要抢回刀子。混乱之中,忽然"哧"的一声,水果刀刺进了封帆的胸口!

"啊?"聂津2号吃了一惊,松开双手,连退数步。

封帆也呆住了,低头看了看插在自己胸口上的水果刀,神色骇然。数秒后,他忽然双脚一软,倒在地上,扑腾了几下,便一动不动了。

看来水果刀刺入了他的心脏,一刀毙命。

"封……封先生?"聂津2号回过神来,轻声叫道。可是封帆哪里还会回答他?

"他死了?"聂津2号心乱如麻。他只是想阻止封帆去开公交车坠江,他只是想把事情交给警察处理,根本没想过要杀死封帆。现在,他阴差阳错地杀死了封帆,该怎么办?

聂津2号的脑海中冒出了一个字:逃!

他匆匆走到大门前,正要开门出去,忽然看到沙发上有一顶黑色的棒球帽。他走过去,拿起这顶棒球帽,戴在自己头上,把帽檐压低,遮住了自己的眼睛和鼻子。这样一来,他便可以稍微遮住自己的面容。

接着他再次来到大门前,开门走了出去。

然而此时,他却发现有一个人站在门外。

聂津2号稍微抬起头,定睛一看,又吃了一惊。

这个人,跟自己长得一模一样,只是看上去要比自己年轻一些。

他就是五年前的自己!

他就是生活在这个世界的聂津!

在聂津2号确信自己真的穿越到二〇一八年之后,他也知道或许会有机会跟五年前的自己见面,只是万万没有想到会在这样的情景下碰头。

他怕聂津(以下姑且称呼属于这个世界的聂津为"聂津1号"吧)认出自己,于是匆匆走向楼梯。

他一边下楼,一边思考当前的情况。聂津1号很快就会发现封帆和他妻子的尸体,接着聂津1号会报警,警察会前来调查,会查看监控。聂津2号庆幸自己刚才没有通过电梯离开,否则警察一查看电梯内的监控,自己可就无所遁形了。

不一会儿,他便来到一楼了,可是他并没有走出楼梯,因为他知道一楼的大堂也有监控摄像头。于是他继续下楼，来到了位于负一层的停车场。

他记得在这个停车场内，只有几个重要的位置安装了监控摄像头，存在大量拍摄死角。杀死宋丝莹2号的凶手，就是通过这个地下停车场的出入口进入停车场，避开了停车场内的所有监控摄像头，来到第九幢的楼梯，再通过楼梯到达四楼403室的。

现在，只要他小心谨慎一些，应该也可以避开所有摄像头到达停车场的出入口。他一边观察摄像头的位置，一边慢慢地前进，步步为营，不一会儿，便避开了所有监控区域，来到了停车场的出入口。这里的电子栏杆上也安装了摄像头，但聂津2号只要从电子栏杆旁边离开，便不会被摄像头拍下。

就这样，他神不知鬼不觉地离开了英伦豪庭小区，来到了街上。他快速地走进了附近一条没有监控录像的小路。如此一来，警方就无法通过轨迹跟踪来锁定他的行踪了。

2

聂津2号走出小路，来到一个报刊亭前方。

他记得在二〇二三年，这个报刊亭早就被拆掉了。

聂津2号在心中叹了口气。

"我还能回去吗？我之所以穿越了，是因为被闪电击中了。如果我再次被闪电击中，是不是就可以回到二〇二三年，回到属于我的那个世界？

"还是说，我会再次穿越到这个世界的五年前，即二〇一三年？回到那个爸爸还活着的世界？

"三年前爸爸被确诊肝癌的时候，已经是晚期了，医生说，如果能在早期的时候发现，治愈的机会很大。如果我可以回到爸爸还没患上肝癌的二〇一三年，是不是就可以改变爸爸因为肝癌而去世的命运？

"那么，我是无法回到二〇二三年了吗？我是再也没有机会见到女儿了吗？还有在那个世界的妈妈，这辈子我再也不能见到她了吗？

"我穿越了，对她们来说，我就是失踪了。在此以后，我妈要一个人带着患病的孙女，她要怎么生活呀？"

聂津2号想到这里，心中凄苦无比。

"如果我真的再次被闪电击中了，如果可以让我选择是穿越到二〇一三年，挽救病逝的爸爸，或是回到二〇二三年，回到妈妈和芸芸身边，我又该怎么选择？"

聂津2号想得出了神，过了好一会儿才回过神来，不禁苦笑："我想那么多干吗呢？我现在又没有再次被闪电击中。即使真的再次被闪电击中，或许也不是再次穿越，而是直接被电死。即使真的可以再次穿越，也轮不到我去选择是回到五年前，还是回到五年后。"

聂津2号一边想一边向前走，他忽然觉得有些茫然。

"我现在该去哪里？这个世界是不属于我的。对于聂津这个人来说，这个世界是属于聂津1号的，而不是我这个2号的。世界虽大，我却无处可去。

"是的，世界虽大，却没有我所挂念的人……挂念的人?"

聂津2号不禁想到了自己的妻子。

在二〇二三年,他的爱妻宋丝莹2号已经遇害了,再也无法跟他见面;但在二〇一八年,属于这个世界的宋丝莹(就称呼她为"宋丝莹1号"吧),却还生存在这个世界上。

她甚至跟这个世界的聂津1号还没认识。

聂津2号忽然有些挂念妻子,于是步行来到大东街,想要到宋丝莹1号所经营的那家花店附近,见一见宋丝莹1号——哪怕她并非自己所深爱的那个宋丝莹。

但是,在某种程度上,宋丝莹1号跟宋丝莹2号又算是"同一个人",只是,她没有宋丝莹2号所拥有的那段跟聂津2号相处的时光的记忆。

记忆,是一个人的灵魂。

如果你所爱的人跟另一个人交换了记忆,那么,这个记忆中根本没有装载着跟你有关的一切的身体,还是不是你的爱人呢?还是说,那个承载着她的记忆,但对你来说是完全陌生的身体,才是你的爱人?

聂津2号思绪杂乱,魂不守舍地来到了大东街,来到了宋丝莹1号所经营的那家花店前方。

花店还没开门,于是聂津2号在附近找了个隐蔽的地方,蹲在地上,望着花店的大门,怔怔出神,不禁想起了五年前自己第一次送宋丝莹2号回到花店的情景。

"如果你男朋友送花给你,你就可以放在这儿卖出去,不用浪费啦,哈哈。"

"我没有男朋友啦……倒是你,如果要送花给女朋友,可以到我这儿来挑,我可以给你优惠价哟。"

"我也没有女朋友啦。"

这一切,似乎是十分遥远的往事,现在回想,恍如隔世;然而这一切,又宛如昨天发生的事情,历历在目。

想着想着,聂津2号觉得有些心酸。

"到时候,我一定要去提醒他们做婚检,特别是要做地贫筛查。"聂津2号心想。

可是这样,属于这个世界的聂秀芸1号就无法出生了。

但对于聂津1号和宋丝莹1号来说,是不会为此感到难过的。还没出生,甚至应该说是还没影儿的女儿,他们对她自然没有丝毫感情。

"芸芸……"聂津2号想起女儿,心中一阵忧伤。

这时候,只见一个女子走向花店的大门。

聂津2号向那女子看了一眼,心中忽然怦怦直跳。

那女子清秀美丽,淡雅宜人,正是五年前的宋丝莹。

"阿莹……"聂津2号怔怔地望着她,由不得痴了。

3

聂津2号就这样在花店附近待了一整个上午。他本想走进花店跟宋丝莹1号聊几句,却又怕破坏"历史"。

根据他所在的那个世界的"历史",四天后聂津1号和宋丝莹1号会在那家奇门遁甲密室逃脱游戏馆初次见面。如果他现在出现在宋丝莹1号面前,到时候宋丝莹1号初次见到聂津1号,会不会误以为聂津1号是他?他现在如果走进花店,会不会引发蝴蝶效应,最终导致聂津1号和宋丝莹1号没有像"历史"那样成为情侣?所以,他不敢轻举妄动,随意干涉"历史"。

可是,他真的好挂念妻子,此前也好多次在梦中梦见妻子。哪怕面前这个宋丝莹1号并非他的妻子,但他也很想跟她聊几句。

他终于忍不住了,站了起来。以防万一,他把帽檐压低,让宋丝莹1号无法看清自己的样子,以免四天后她会误以为聂津1号曾去过他的花店。

他吸了口气,一步一步地走进花店。

"先生,要买花吗?"宋丝莹1号热情地问聂津2号。

聂津2号一听到宋丝莹1号的声音,心中百感交集,两眼竟情不自禁地湿润起来。

"嗯。"他低低地应答了一声。

"要买什么花呢?是送给女朋友吗?"

"嗯。"他怕宋丝莹1号记住自己的声音,不敢多说。

"要不我给你介绍一下?"

"好。"

"你女朋友是什么性格呢?如果是小家碧玉型的,可以送白玫瑰,表达你对她的怜爱;如果是温柔贤淑型的,可以送粉玫瑰加百合花;如果是可爱型的,可以送小熊花束;如果她比较热情活泼,可以送红玫瑰;如果是比较要强、独立的,则可以送蓝玫瑰哟。"宋丝莹1号如数家珍。

聂津2号心想,他的妻子性格温柔平和,于是压低了声音说道:"粉玫瑰加百合花吧。"

"好的。是现在拿走吗?"

"是的。"

"嗯,请稍等一下。"

聂津2号看着宋丝莹1号包装花束的时候,忽然想到自己身上连一元钱也没有。

在二〇二三年,网络支付已经非常普及了,大部分人上街都不会带钱包,而只会带上手机。那天聂津2号从医院回到家中,随后到天台收衣服的时候,身上也只有手机。

他的电子钱包里当然也有零钱,问题是,他的手机卡无法使用网络。

聂津2号沉吟了一下,问宋丝莹1号:"你这儿有无线网吗?"

"有啊。"宋丝莹1号把花店无线网的名称和密码告诉了聂津2号。

聂津2号无线网连接了网络。可是这些属于二〇二三年的零钱,到底能不能在二〇一八年使用,他的心里却没有底。

"可以了。"此时宋丝莹1号已经把花束包装好了,"总共是一百三十八元。"

"嗯,微信支付。"

"扫这个二维码就可以了。"宋丝莹1号指了指贴在墙上的一个收款码。

聂津2号扫码付款,系统却提示零钱不足,无法交易。

果然二〇二三年的钱无法在二〇一八年使用。

"不好意思,我的微信有点问题。"聂津2号用手机拍下了墙上的收款码,"花先放在这里,我晚点儿直接付款给你,可以吗?"

宋丝莹1号点了点头:"好的,谢谢惠顾。"

"付款以后我不会过来取花了。"聂津2号说完,准备走出花店。

宋丝莹1号"咦"了一声:"为什么?"

"因为那花是送给你的。"

聂津2号说完这句话,没等宋丝莹1号答话,便匆匆离开了花店。

此时他喉头酸楚,眼泪在眼眶里打转。他和宋丝莹2号认识了五年,结婚了两年,他却从来没有送给她一束花。他现在送了一束花给宋丝莹1号,算是补偿,尽管他心里也知道,这个宋丝莹1号,根本就不是他的妻子。他所深爱的妻子,从来没有收过他送的花,也再也没有机会收了。

4

此时已是中午时分。聂津2号觉得有些饿了,可是却没钱吃饭。

"这样不行呀,没有钱,在这个世界里便寸步难行了。"聂津2号决定以聂津1号的身份去找一下在这个世界中的朋友,向他们借钱应急。

想到聂津1号，聂津2号的心情有些不安。

"他发现了封帆的尸体以后，自然就会报警了，现在警察已经勘查过案发现场了吧？他们查得怎样了？会不会已经发现了我就是杀死封帆的凶手？"

突然，聂津2号想到一件事，吓得差点儿整个人跳了起来。他想起在和封帆抢夺水果刀的时候，自己的指纹应该留在了那把水果刀上！

他没有犯罪前科，警方的指纹库没有他的指纹。

然而问题是，他的指纹跟聂津1号的指纹一模一样。

如果警方在调查的过程中采集了作为封帆邻居的聂津1号的指纹，就会误认为聂津1号是杀死封帆的凶手！

这可怎么办？

聂津2号当然不能让"自己"当自己的代罪羔羊。他要尽快打电话通知聂津1号逃跑。

可是他的手机不能使用。

那要怎样提醒聂津1号逃跑呢？向路人借用手机？可是事后如果警察找到这个路人，自己的样貌便会暴露。

要不偷一部手机？可是街上到处都是监控摄像头，事后警察只要查到打给聂津1号的那个手机号码，找到机主，再查看机主当时所在的地方的监控录像，自己同样会暴露。

即使真的要偷手机，也要找一个没有监控摄像头的地方。

在这座城市里，哪里才没有监控摄像头，而又容易下手盗窃手机呢？聂津2号凝神思索片刻，终于想到了一个地方——公园。

他知道在大东街附近的湖畔公园是没有安装监控摄像头的,平时公园内有不少老人在下棋、闲聊,要在那里偷取一部手机,应该并非难事。

于是聂津2号匆匆来到湖畔公园。

这天是周五,公园内人不多。树荫下有几个老人在打牌,还有一些大妈在跳舞,此外就只有稀稀疏疏几个游客了。

聂津2号在湖畔公园内溜达了一圈,并没有找到偷取手机的机会。

"也不知道警察是否已经开始怀疑聂津1号了。如果警察已经抓走了他,那么即使偷到手机也没用了。"聂津2号心中有些焦急。

他再次四处查看,寻找下手的机会,忽然发现在一棵大树下,有个少妇正在给一个几个月大的婴儿换尿片。

那少妇的手机就放在身旁。聂津2号不禁双眼一亮:这真是一个千载难逢的机会!

聂津2号蹑手蹑脚地走到那少妇身后,只见此时少妇把注意力集中在婴儿身上,根本没有注意到自己的手机。他知道机不可失,快速地拿起了少妇的手机,匆匆离去。他走到远处,躲到一块大石头后方,尝试打开那少妇的手机。

幸好少妇的手机没有设置任何密码。聂津2号松了口气,打开了拨号的页面,拨打了自己的手机号码。过了好一会儿,电话才接通了,只听手机中传出来了聂津1号的声音:"你好。"

他的声音似乎有些倦意,看来此前他正在午睡,却被手机的来电铃声吵醒了。

聂津2号压低了声音道:"快逃!快!"现在已经是下午三点了,警察随时都会来抓聂津1号。

"什么?"聂津1号的语气中充满疑惑。

聂津2号一时之间也不知道该怎样向他解释,有些着急地道:"警察马上就要来抓你了!再不逃就来不及了!"

聂津1号不解地问:"警察干吗要抓我?你是谁?"

"因为他们怀疑是你杀死了封帆。"

"警察怎么会怀疑我呢?"聂津1号似乎完全不相信聂津2号的话,"你到底是谁呀?"

"在这种情况下,如果是我,我要怎样才会相信对方的话呢?"聂津2号快速思考,"对了,以退为进。"

聂津2号是个戒备心较强的人,对于这种陌生来电,自然充满警惕。对方越想说服他,他反而越会怀疑对方的话。但如果对方一副满不在乎的样子,那么对于对方的话,他反而会相信几分。聂津1号和聂津2号是"同一个人",他们的想法自然是十分相似的。

"反正我已经提醒过你了,"于是聂津2号故意装出一副漫不经心的样子,淡淡地道,"信不信由你,就这样吧。"

没等聂津1号答话,聂津2号已经挂掉了电话。

"这样就可以了,"聂津2号叹了口气,"如果他真的不理会我的提醒,最后被警察抓住了,那也只好认了。"

接下来,聂津2号想把那部手机还给那个少妇,然而在接近她的时候,却看到她已经发现自己的手机不见了,正在四处寻找。聂津2号不想节外生枝,于是决定不再归还手机。他怕事后警方在查到这个曾经打过电话给聂津1号的手机号码后,会对这个手机号码进行跟踪定位,于是他趁自己还在没有监控摄像头的湖畔公园内,把那少妇的手机关机后扔到了垃圾桶里,如此一来,警方便难以发现他的行踪了。

5

聂津2号走出湖畔公园,漫步在大街上,忽然心中一片迷惘。他根本不知道自己该去哪里。

这个世界根本不是属于他的。这里没有他的家,没有他的朋友,没有他所爱的人,也没有爱他的人。

可是,他也无法回到二〇二三年了,而只能留在这里,留在这个对于他来说没有爱的世界。

没有爱吗?是的,现在确实没有,但不代表将来没有。

聂津2号心里忽然冒出一个想法。

"阿莹,我所深爱的阿莹,她现在虽然不认识我,但我可以去认识她呀。我在属于我的那个世界中跟阿莹2号所做过的事,在现在这个世界中,我可以跟阿莹1号再做一次。

"我可以去认识阿莹1号,跟她表白,和她交往,与她结婚,和她一起生活。当然,这一次,我们不会再要孩子了……唉,这样一来,芸芸就不会出生了。"

聂津2号想起身处另一个世界中的女儿,黯然神伤。

但他转念又想,自己并非聂津1号,即使跟宋丝莹1号生下一个孩子,这个孩子也不会是聂秀芸。但是,这个孩子患重症地贫的概率很大,既然如此,何必要孩子?

聂津2号定了定神,又想,如果我改变了"历史",代替聂津1号去认识了宋丝莹1号,那聂津1号怎么办?他的人生会因此被改写吗?

改变"历史"?事实上,他现在已经改变了"历史"了。在他的那个世界中,封帆开着公交车坠江自杀,车上三十多名乘客也因此命丧黄泉。而在现在这个世界中,他失手杀死了封帆,阴差阳错地挽救了那三十多名乘客的性命。

哪怕他们永远不会知道这件事。

而且,正因为聂津2号杀死了封帆,并且在水果刀上留下了指纹,聂津1号才会遭到警察的怀疑。他如果被警察抓住了,四天后自然就不会到那家奇门遁甲密室逃脱游戏馆去玩游戏,也不会认识宋丝莹1号;即使他听聂津2号的话逃跑了,但在被通缉的情况下,也应该不会现身去玩密室逃脱游戏吧?

也就是说,因为聂津2号改变了"历史",所以聂津1号跟宋丝莹1号在四天后也不会认识。本该走进对方生命的两个人,现在却失去了或许是这辈子唯一有交集的机会。

"既然如此,就让我代替他去认识阿莹1号吧,就让我代替他走进阿莹1号的生活之中吧。"聂津2号想到这里,心情有些激动。

宋丝莹2号遇害后,他以为自己已经永远失去了她,没想到现在竟能"失而复得"。

至于聂津1号,他没有跟宋丝莹1号认识,以后自然会认识别的女人，跟别的女人结婚。现在两人也没有共同的记忆，即使让他俩失之交臂，他们也不会感到惋惜和难过。

但是聂津2号不同，他跟宋丝莹2号深深爱过，爱得刻骨铭心，他拥有着跟宋丝莹2号相处时的记忆，毕生难忘，他比聂津1号更需要宋丝莹1号。

他决定了，反正聂津1号四天后不会去玩密室逃脱游戏，那就顺其自然吧。他要在奇门遁甲密室逃脱游戏馆中"再一次"认识宋丝莹1号，他要让"历史"重演。

6

接下来，聂津2号来到高中同学谢嘉的家中。

聂津2号读高中时是在学校住宿的，而谢嘉不仅是他的同桌，还跟他住同一个寝室，两人关系极好。虽然高中毕业后两人不常见面，但也经常微信联系，偶尔也会出来聚餐叙旧。

在聂津2号所在的那个世界中，他跟宋丝莹2号结婚时，谢嘉——应该说是那个世界的谢嘉2号——还当了他的伴郎。

"咦，阿津？"谢嘉见到聂津2号，微微一怔，"什么风把你吹来啦？怎么来找我之前也不先给我打个电话呀？"

谢嘉比聂津大一岁。在聂津2号所在的那个世界中，谢嘉2号已经三十二岁了。但在现在这个世界中，这个谢嘉却只有二十七岁。聂津2号看到自己的朋友突然"变"年轻了，心中有一种颇为奇妙的感觉。

"阿嘉，我遇到了一些麻烦，"聂津2号煞有介事地说，"你能不能借我一万块？"真正的朋友，即使很久没有见面，再见面时也不需要寒暄，可以直奔主题。以他对谢嘉的了解，谢嘉是不会拒绝他的。

果然谢嘉爽快地说："借钱给你没问题呀，只是你要告诉我你遇到了什么麻烦呀。"

聂津2号苦笑了一下："不是吸毒，不是赌钱，是一些私事，你别问了。"

"好吧，那我微信转账给你吧。"

"不，"聂津2号摇了摇头，"你给我现金可以吗？"

"现金？"谢嘉皱了皱眉，"我哪有这么多现金在家呀？要到银行取钱，挺麻烦的。现在消费都是网络支付，你要现金干吗呀？"

聂津2号当然也不想在身上带着一万块现金，只是他的手机无法使用，又怎样网络支付呢？他在心中微一琢磨，向谢嘉问道："你有没用的手机卡吗？"

谢嘉略一思索，说道："我之前开了一张什么卡，本来是上网用的，但现在已经好久没用了，也不知道被注销了没有。"

"你把那手机卡借我用一段时间吧。"

谢嘉满脸疑惑："你自己的手机号码呢？不用啦？"

"也用呀。"聂津2号吸了口气，"阿嘉，别问那么多了，以后我再慢慢跟你解释吧。"

"好吧。"

谢嘉回到卧房，取出一张手机卡交给聂津2号。聂津2号掏出自己的手机,把原来的那张手机卡——来自二〇二三年的手机卡取出,换上谢嘉的手机卡,然后给谢嘉打了个电话。

谢嘉的手机响了。聂津2号喜道:"呵呵,还能用。"

接着他用这个手机号码新注册了一个微信账号:"好了,阿嘉,现在你把那一万块转到我这个微信号来吧。"

"无缘无故,你怎么要注册一个新微信号呀?"谢嘉不解地问,"要换手机号码,还要换微信号,你不会是借了高利贷,现在要跑路了吧?"

聂津2号哭笑不得:"当然不是呀。"

"说起来,咱们才半年不见,"谢嘉紧紧地看着聂津2号的脸,"你怎么好像老了这么多呀?"在这个世界中的聂津1号,只有二十六岁,但聂津2号却已经三十一岁了,这五年他为了医治女儿的病而忙得焦头烂额,岁月在他的脸上留下了无情的痕迹。

聂津2号轻吁了口气:"一言难尽呀,以后有机会再慢慢告诉你吧。好了,我先走了,钱我会尽快还给你的。"

"这钱我也不急着用,你什么时候还都可以。"谢嘉拍了拍聂津2号的肩膀,"兄弟,如果还有什么需要帮忙,一定要来找我呀。"

"一定。"聂津2号一脸感激。他忽然觉得,在这个世界中,自己其实也不算孤单,至少还有这样一个两肋插刀的好朋友。当然,严格上来说谢嘉并不是他的朋友,而是属于这个世界的聂津1号的朋友。

扫码查看
轩弦的推理宇宙

第十二章 无名英雄

1

离开谢嘉的家,聂津2号首先向宋丝莹1号的花店的收款码支付了一百三十八元。

接着他来到一条名叫浣纱巷的小巷。

如果聂津1号被警察通缉,那么跟聂津1号长相一样的他,自然也成了警方的通缉对象,在街上抛头露面十分危险。

他来到浣纱巷内一间毫不起眼的,名叫千丽宾馆的小旅馆,想以这里作为藏身之所。聂津2号在千丽宾馆的一间客房里住了下来,每天叫外卖解决吃饭问题,基本上没有踏出客房半步。

在这几天里,他也数次在网上搜索"穿越""闪电""平行宇宙""平行世界"等关键词,想要看看在此之前有没有人跟自己一样,因为被闪电击中而穿越了,然而最后他并没有搜索到任何有价值的信息。

终于到了八月二十八日。在聂津2号所在的那个世界上,他就是在这一天跟宋丝莹2号认识的。

一整个上午,他的心情都十分激动。"阿莹,没想到我们会通过这样的方式再续前缘呀。"

好不容易等到下午,聂津2号离开了千丽宾馆,来到奇门遁甲密室逃脱游戏馆。

"阿津,来玩新主题吗?"游戏馆的老板曾金福误以为聂津2号是聂津1号。

"是呀,福哥。"聂津2号看着久违的曾金福,不禁有些感慨,"好久不见啦。"

曾金福满脸疑惑:"你不是两个星期前才来过吗?"

聂津2号一笑不语。

"你是要来玩新出的那个'潘多拉魔盒'主题,对吧?"曾金福问。

"对啊。"

"现在有两个人正在玩哟,你要稍等一会儿了。"

"没问题。"

两人闲聊了几句,曾金福问:"对了,你今天还是自己一个人玩,对吗?"在聂津2号原来的那个世界上,在二〇一八年八月二十八日这天,属于那个世界的曾金福2号也问过聂津2号这个问题。

"是的。"

"这可有点儿麻烦呀。"曾金福有些为难地说。

"咋啦?"聂津2号明知故问。

"这个密室主题,至少要两个人才能玩哟。"

"里面有需要两个人才能触发的机关,对吧?"聂津2号知道宋丝莹1号很快就会来了,但还是说道,"那么到时就请你进来'客串'一下吧。"

曾金福嘻嘻一笑:"那我可要收'客串费'哟。"

又过了一会儿,一个长发女子走进游戏馆。这长发女子的年纪比聂津2号要小好几岁,容貌清秀,端丽文雅,正是属于这个世界的宋丝莹1号。

聂津2号看到宋丝莹1号,由不得心中一动。

曾金福则马上迎上去:"美女,是来玩游戏吗?"

"嗯。"宋丝莹1号轻轻地点了点头。

"想玩哪个主题呢?"曾金福指了指挂在墙上的密室主题介绍,"有三个主题可以选择哟。"

宋丝莹1号先后看了一下每个密室主题的介绍,说道:"我就玩那个'潘多拉魔盒'吧。"

曾金福呵呵一笑,看了看聂津2号,开玩笑地说:"你们真是心有灵犀呀。"他接着说:"这位小姐,你是一个人来玩吗?"

宋丝莹1号"嗯"了一声:"是的。"

"真不巧呀,这个'潘多拉魔盒'主题密室,至少需要两个人才能玩呢。"

"这样呀……"宋丝莹1号面露踌躇之色。

曾金福指了指聂津2号:"不过刚好这位帅哥也想玩这个密室,如果你们都不介意,可以组队玩呀。"

接下来,一切就跟"五年前"的情景一样。

"我没问题呀。"聂津2号笑着说。

宋丝莹1号看了看聂津2号,也嫣然一笑:"我也没问题,只是我不太会玩,怕拖你后腿。"

"没事儿,大家一起研究一下吧。"

如此一来,就跟"五年前"一样,等待区中只剩下聂津2号和宋丝莹1号两个人了。

"你也经常玩密室逃脱游戏吗?"聂津2号说完,忽然想起"五年前"自己也向宋丝莹2号说过这句话。虽然眼前的人也是宋丝莹,却已并非自己所深爱的那个宋丝莹2号了。那个他所深爱的她,已经永远离开了,再也不会回来了。聂津2号想到这里,心中凄然。

"玩过几次而已。"宋丝莹1号的回答打断了聂津2号的回忆。她的回答跟"当时"宋丝莹2号的回答一模一样。

两人又聊了几句,聂津2号问道:"对了,我还不知道你的名字呢。我叫聂津,多多指教。"

"我叫宋丝莹。"宋丝莹1号顿了一下,又问,"我总觉得以前好像在哪里听过你的声音。我们是不是见过面?"

聂津2号一听,吓了一跳。四天前他到宋丝莹1号的花店买花的时候,为了不让宋丝莹1号记住自己的声音,故意低声说话,没想到宋丝莹1号还是对他的声音留下了印象。

"没有吧,"聂津2号连忙否认,"可能你记错了。"

"或许吧。"幸好宋丝莹1号也不再纠结于这个问题了。

"要不咱们交换一下微信,以后可以再约出来一起玩密室逃脱?"聂津2号认为宋丝莹1号是不会拒绝的,毕竟"当时"的宋丝莹2号也没有拒绝自己的要求。

宋丝莹1号爽快地说:"好啊。"

聂津2号的微信号是新注册的,在他的朋友圈相册中只有两篇从某些公众号转载的文章。这是他昨天特意转载的，以免添加了宋丝莹1号的微信后，宋丝莹1号看到他的朋友圈相册空无一物，会以为他设置了不让她看朋友圈。

后来，两人聊起了侦探推理小说。宋丝莹1号说她最喜欢看的是东野圭吾的《白夜行》——这当然跟宋丝莹2号一样。聂津2号听她这样说，不禁想起了《白夜行》中的情节。在《白夜行》中，男女主角终究没能在一起，最后更是阴阳相隔。而在现实中，他跟宋丝莹2号的结局也是如此，宋丝莹2号撒手人寰，给他留下了无穷无尽的痛苦和孤独。

然而两人虽然无法一起把一辈子走完，但终究拥有过一段快乐的时光，这跟《白夜行》中的男女主角相比，或许已经幸福多了。而且，现在聂津2号更有一种"失而复得"的感觉。

因为他将和宋丝莹1号再一次演绎这个爱情故事。

"阿莹，"他在心中默念着"远方"的那个她，"'你'终于又回到我的身边来了……"

在"潘多拉魔盒"这个主题密室中，有个"人体电桥"的机关，两人必须拉着手才能触发机关。聂津2号把手伸向宋丝莹1号："拉着我的手吧。"

"嗯。"

聂津2号一触碰到宋丝莹1号那柔滑温暖的小手，刹那间心中一动，不禁想起"当时"宋丝莹2号接受了自己的表白后，两人第一次携手逛街的情景，心中又是甜蜜，又是酸楚。

2

两人离开奇门遁甲密室逃脱游戏馆后,聂津2号就像五年前一样开车把宋丝莹1号送回花店。在聂津2号所在的那个世界中,当时宋丝莹2号已经对聂津2号有好感了,那么,宋丝莹1号对面前这个比她大几年的男人,又是否有好感呢?

只见宋丝莹1号看了看聂津2号,呆了数秒,接着才低下头,轻声道:"我没有男朋友啦。"

聂津2号心中大喜。看来宋丝莹所喜欢的就是聂津这种性格的人,跟外貌以及年龄关系不大。

接下来宋丝莹1号也像"当时"宋丝莹2号那样说出了她的试探对白:"倒是你,如果要送花给女朋友,可以到我这儿来挑,我可以给你优惠价哟。"

"好啊。"聂津2号笑道。"当时"他并不是这么说的,而是迫不及待地向宋丝莹2号表明"我也没有女朋友啦"。此时"再次"经历这件事,他觉得自己游刃有余,因此跟宋丝莹1号开了个玩笑。

"哦。"宋丝莹1号微微一怔,露出了失望的表情。

聂津2号此时才说:"哈哈,我开玩笑的啦,我也没有女朋友啦。"

宋丝莹1号又呆了一下,这才展颜一笑。两人心领神会,不再讨论这个话题了。

接下来这几天,聂津2号经常跟宋丝莹1号在微信聊天,两人聊得火热。

到了周日晚上,聂津2号给宋丝莹1号发过去一条微信文字消息:"明天晚上有空吗?要不咱们出来吃个饭,然后一起去看场电影吧?"

宋丝莹1号很快就回复了一条文字消息:"不好意思呀,明天我要参加一个朋友的生日派对呀。要不咱俩后天晚上再去吃饭、看电影,好不?"

这本是一条极为寻常的回复,也可以明显看出宋丝莹1号是愿意跟聂津2号一起吃饭、看电影的,只是明晚真的有事,无法赴约。然而聂津2号在看到这条微信消息的时候,却突然心中一凛。

他立即看了看手机的日历,显示当天是二〇一八年九月二日,星期日。他记得在他所在的那个世界中,二〇一八年九月二日晚上,他也发过微信给宋丝莹2号,约她九月三日晚上去吃饭、看电影——这也是聂津2号第一次约宋丝莹2号出来约会。

当时宋丝莹2号也说她那天晚上要参加一个朋友的生日派对。不过最后宋丝莹2号并没有去参加生日派对,因为在九月三日上午,她的朋友的弟弟被杀了。

3

在聂津2号所在的世界中,二〇一八年九月三日,即全国中小学生开学的日子,一个名叫马祯的男人潜入L市育才中学,用菜刀砍死了十五名中学生和一名教师,随后逃离学校。宋丝莹2号那个朋友的弟弟,就是其中一名遇害的学生。

案件发生后,警方全力抓捕犯罪嫌疑人马祯,当天下午就将他抓获。经过调查,警方发现马祯有黑恶势力背景。经审讯,马祯对自己的犯罪事实供认不讳。

这起校园凶杀案发生后,在网上迅速激起轩然大波,全国人民都为此感到震惊和愤怒。它触痛了社会的敏感神经,引发了社会各界对校园安全问题的反思,不少人质疑学校的安保措施形同虚设。

关于这起案件的各种消息在网上不胫而走,网友们的讨论铺天盖地,热度甚至远远超过了封帆开公交车坠江一案。

与此同时,全国各大中小学也对学生们开展法制宣传教育和安全教育,有些学校还对学生们进行了反恐防暴演练。

可是尽管如此,在往后数年间,全国竟相继发生了多起重大校园砍人事件,一百余人遇害。专家分析,制造这些校园血案的凶手之所以犯案,有可能是受到"九三育才中学凶杀案"的影响。

也就是说,马祯砍杀学生和教师,可能是诸恶之源。

此时聂津2号想起这起惨案,心情复杂之极。

他现在已经来到了另一个世界。在这个世界中,今天只是二〇一八年九月二日,那起惨案尚未发生。

现在,除了准备行凶的马祯本人,全世界就只有聂津2号一个人知道明天上午马祯要潜入育才中学行凶这件事。

"要不要去阻止马祯呢?"聂津2号在心中问自己。

数天前他为了阻止封帆开公交车坠江自杀,失手杀死了封帆,甚至因此让属于这个世界的聂津1号遭到警察的怀疑,这让他不禁对自己产生了质疑：我这样去改变"历史"，真的是正确的吗？

可是每当他想到自己救下了那些本来葬身江底的乘客，挽救了三十多个家庭，他又感到十分欣慰。虽然没有人知道他是英雄，可是他并不介意。他本来就是一个充满正义感的人。

"那么这次呢？我是不是也要去阻止马祯行凶？"

聂津2号思索了一会儿，便做出了决定："去！"明知道明天会有十五名学生和一名教师被杀，他无法袖手旁观。

"这些孩子，都是他们的父母的希望，如果不阻止马祯，那么这些失去孩子的父母就会崩溃，这些家庭就会被摧毁得支离破碎。"聂津2号深吸了一口气，心中暗道，"就让我再去当一次无名英雄吧。"

4

翌日清晨，聂津2号早早离开千丽宾馆，来到育才中学后门所在的德兴街。

在育才中学的后门前方，有一段极长的楼梯，看上去至少有五六十个台阶，而且这些台阶都是连在一起的，中间并没有平台。要到达育才中学的后门，必须经过这段楼梯。聂津2号一口气爬上楼梯，来到育才中学的后门前方，已累得上气不接下气。

"唉，以前我每天都去晨跑，偶尔还去健身房锻炼，身体还算不错，但在芸芸出生后，却没时间锻炼，身体越来越差。如果不是因为身体状况不佳，我或许就能制伏杀害阿莹的那个蒙面男人了，而不会让这个杀人凶手逍遥法外。如果我的体力好一些，几天前跟封帆搏斗的时候，也许我就不会这么狼狈，甚至差点儿被封帆杀死了。"

想到这里，聂津2号有些担心："马祯可是将要杀死十六个人的凶手，身上还带着菜刀，我真的能阻止他吗？"

可是马祯现在还没把他"砍杀学生报复校方"的想法付诸行动，聂津2号又不能报警，让警察来抓他。

再说，即使警察真的把他带走了，但他毕竟尚未犯下刑事案件，很快又会被放出来。只要他的心中仍然存在报复的想法，那些学生终究危在旦夕，人们对他防不胜防。

聂津2号不禁叹了口气，摇头道："英雄还真不好当呀。"

他在这里等候了一个多小时。到了上午九点左右，天空下起了蒙蒙细雨，聂津2号的头发和衣服都被打湿了。但他没有理会，因为他知道马祯随时都会来到，他不敢掉以轻心。

又过了一会儿，一个四十岁出头的男子走上来。那男子留着平头，长了一张瘦猴脸，鼻子平塌，尖嘴猴腮。聂津2号曾在网上见过马祯的照片，依稀认得眼前这个男子正是马祯。

"就是他了！"聂津2号面对着这个"准凶手"，不禁四肢颤抖，还忍不住咽了口唾沫。

此时马祯已经走上楼梯，来到育才中学的后门前方。他瞥了聂津2号一眼，没有理会他，径直向育才中学后门走去。

育才中学的后门是一扇铁艺门，虽然此刻门是上锁的，但由于后门不高，一个成年人要翻门而入并不困难。

马祯来到门前,抓住铁艺门上的铁栏,想要爬进学校。聂津2号知道一旦被他潜入学校,就难以阻止他行凶了,连忙走过来,大声道:"喂!你干什么呢?"

马祯回头向聂津2号白了一眼,冷冷地道:"朋友,不要多管闲事。"

聂津2号知道他不仅有黑恶势力背景,甚至是个杀人不眨眼的恶魔,心中恐惧至极。他硬着头皮,颤声道:"你要潜入学校干什么?快下来!否则我报警!"

马祯"哼"了一声,没有理会他,继续往上爬。

眼见马祯马上就要翻过铁艺门了,聂津2号情急之下,伸手抓住了他的右脚,使劲地拉了一下。

马祯又惊又怒,跳到地上,瞪着聂津2号,气呼呼地道:"你他妈干什么呀?活得不耐烦了吧?"

"你快走,不要在这里闹事,否则我报警。"聂津2号说罢拿出手机。

马祯冷笑一声:"那你报警呀,叫警察来抓我呀!"

聂津2号一怔。如果自己真的报警了,那该怎么说?说自己见到一个可疑男子想要潜入育才中学吗?这样警察会出警吗?

马祯鉴貌辨色,知道聂津2号不知所措,得意地笑了两声,一脸嚣张道:"朋友,你走吧,不要自讨没趣了。"说罢不再多瞧聂津2号一眼,转过身子,再次抓住了那扇铁艺门。

聂津2号知道自己确实无法对付马祯,本想放弃,可是一想到那些将被他杀死的人，想到那些即将失去亲人的人，他的心中又突然冒出一股莫名的勇气。

"站住！"他大声喝道。

"妈的！"马祯粗声粗气地骂道，"看来你真是活得不耐烦……"

聂津2号打断他的话："你想进去杀人报复，对吧？"

马祯吓了一跳，声音微颤："你、你说什么？"

聂津2号索性豁出去了，他指了指马祯挂在胸前的肩包，朗声道："你这个肩包里藏着一把菜刀，你想进去砍杀学生，对不对？"

马祯一听，脸上陡然变色，惊讶得目瞪口呆。

聂津2号乘胜追击："你之所以要来砍人，是因为你儿子聚众斗殴，被校方勒令退学，于是你便来砍人报复，对吧？"

马祯这一惊更是非同小可。他定了定神，阴沉地问道："朋友，你到底是谁呀？"

"哼！你不用管我是谁！知趣的你就快走，否则我真的要打电话报警……"其实聂津2号也知道这次即使赶跑了马祯，也无法彻底解决问题。

他清楚地知道马祯心中的杀意。可是如果马祯不杀人，警方就不能抓捕他；如果马祯杀了人，虽然警方可以抓捕他，但一切已经太迟了，逝去的生命已经无法回来。

"要怎样才能彻底解决这件事呢？除非……"

聂津2号还在思索，忽见马祯目光一凛，森然道："你知道了我想干什么也没关系，反正我要进去杀人，现在就先杀一个练练手吧。"他一边说，一边把手伸进了肩包中。

聂津2号吃了一惊，连忙抓住他的双手，阻止他把菜刀拿出来。

马祯大喝一声，使劲地甩开了聂津2号的手。

聂津2号知道此时生死一线，不敢怠慢，还没站稳身体，便再次向马祯扑去。

"去你的！"马祯举起右手，向聂津2号的手臂狠狠地抓去。霎时间，聂津2号的手臂被抓出了几道血痕。

但聂津2号没有躲避，他硬着头皮，忍着疼痛，死死地抓住了马祯胸前的肩包。

马祯破口大骂，两手紧抓着聂津2号的肩膀，接着使劲地往前推，想把他推下楼梯。

聂津2号知道马祯的意图，右腿一伸，迈出了一大步，紧接着膝关节一弯，腿成弓步，与此同时身体向前，紧紧地抵着马祯的双手。

但马祯力气极大，聂津2号虽然全力抵抗，却也被他一步一步地推向楼梯的边沿。他又惊又惧，与此同时心中有些懊恼："唉，我不就是一个普通人吗？干吗偏要去逞英雄呢？那天我去阻止封帆，差点儿就被他用刀子捅死了，也是因为我运气好，才捡回了一条命，怎么我还是这样不自量力，现在又来当什么'救世主'？这次真的没命了……"

眼看自己即将要被推下楼梯，凶多吉少，聂津2号的脑海中忽然冒出无数零碎的片断。他想起了爱妻："阿莹，我要来陪你了。唉，我终究没能帮你把那个杀害你的凶徒揪出来，无法让你安息呀……"

他还想到了母亲和女儿："芸芸现在怎么样了？她的妈妈死了，爸爸也突然不见了，她一定十分难过吧？还有我妈，她怎能承受我突然失踪的打击呀？

"虽然我穿越了，但如果我还活着，或许有一天我可以穿越回二〇二三年，回到她们身边。但现在我要死了，死了就一切都完了……啊！我不要死！"

聂津2号想到这里，双手忽然生出一股强大的力量。他紧抓着马祯的肩包，想把他推开。

这时，聂津2号无意中摸到马祯放在肩包中的菜刀，不禁心中一凛："如果我被他推下了楼梯，他接下来就会用菜刀去砍杀那些无辜的人。不！决不能让他这样做！"

他大喝一声，耗尽全身力气，想要把马祯推倒在地。马祯"哼"了一声，一记后腿冲膝，用膝盖狠狠地撞击聂津2号的腹部。聂津2号吃痛，身子一侧，一个趔趄，险些跌倒。然而聂津2号如此一侧身，马祯由于惯性，身体前倾，一时踏空，竟然失足掉下楼梯。

过了十多秒，马祯滚到楼梯的第一个台阶旁边，整个人瘫倒在地，一动也不动。

聂津2号连忙走下楼梯，逐步走向马祯，却见他双目圆睁，面容扭曲，但表情却似乎凝固了一般，没有丝毫变化。

难道马祯因为头部受到撞击而死掉了？聂津2号怕在现场留下足印，不敢再接近马祯，匆匆逃离现场。

5

聂津2号回到千丽宾馆,走进自己的房间,回想起刚才的惊险情景,不禁心有余悸。

"马祯死了?我又杀了人……怎么会这样呀?"聂津2号心乱如麻。

但他转念又想:"不过这样一来,马祯就无法潜入学校砍杀学生了,在我的那个世界中,被马祯2号所杀死的教师和学生们,在这个世界中逃过了一劫。"

想到这里,他又觉得欣慰无比。

"我失手杀死马祯的时候,会不会在现场留下什么重要线索呢?会不会导致这个世界的聂津1号再次遭到怀疑呢?"

聂津2号凝神思考。育才中学的后门附近应该没有安装监控摄像头。但是,在阻止马祯掏出菜刀的时候,聂津2号曾抓住了他的肩包,因此可能在肩包上留下了指纹。

"肩包的表面凹凸不平,应该很难提取到完整的指纹吧……咦?"聂津2号想着想着,忽然发现自己右手的手臂上有数道血痕,不禁吓了一跳,"这是……马祯在我手上抓的血痕!这么说,他的指甲中残留着我的皮屑。我和聂津1号是'同一个人',我们的DNA是相同的,如果警察真的怀疑聂津1号,到他家去采集他的毛发和皮屑,做DNA比对,那么就会认为马祯指甲中的皮屑是聂津1号的了。唉,希望他不要被警察抓到才好。"

可是尽管聂津1号暂时可以逃过警方的追捕,却始终无法回家，他的妈妈也会因此担忧不已。聂津2号当然不希望聂津1号一辈子都在逃亡中度过，也不希望"自己"的母亲终日愁眉苦脸，以泪洗面。

"难道，我要到公安局自首，以此证明聂津1号的清白吗？警察会相信我是从二〇二三年穿越过来的吗？警察会相信被我失手杀死的封帆和马祯，在我所在的那个世界中，是制造了惊天惨案的凶手吗？"聂津2号摇了摇头，心中嘀咕道，"穿越？这种听上去荒谬至极的事，如果我不是亲身经历过，恐怕我也不会相信。"

到了下午，聂津2号果然看到L市公安局的官方微博发布了一则警情通报，通报说今天上午指挥中心接到群众报警称，在育才中学附近发现一具男性尸体，经初查，死者为马某，四十二岁，L市本地人，市公安机关对此高度重视，目前已经成立专案组全力侦办此案。

"马祯真的死了……"确证了马祯死亡的讯息后，聂津2号心中百感交集。

到了晚上，他在房间里吃过外卖，给宋丝莹1号发过去一条微信文字消息："阿莹，在干什么呢？"

宋丝莹1号很快就回复了一条文字消息："正在参加朋友的生日派对呢。"接着她给聂津2号发了两张派对的照片。

她的朋友的生日派对没有取消，那自然是因为马祯死了，宋丝莹1号的朋友的弟弟没有因此惨遭毒手。

"我成功了，我再一次改变了'历史'。"聂津2号心中倍感欣慰，但同时又感到有些不安，"我这样频频改变

'历史',真的没有问题吗?"

他本来只是想要阻止封帆和马祯制造惨案,没想到却阴差阳错地杀死了他们。当然,他也因此挽救了数十人的生命。

尽管,这一切只有他自己知道。

"那么,接下来我要干什么?还要继续当英雄吗?还要继续阻止在'历史'中发生过的那些惨剧吗?不……我累了……"

聂津2号轻轻地叹了口气。他并非什么拥有超能力的超级英雄,他只是一个体能一般的普通人而已。他先后杀死了封帆和马祯,只是侥幸而已。他知道运气不会永远跟着自己。如果自己继续去阻止这些惨剧,那么下一次,死的人可能就是他自己了。

不过,他还要去阻止一起惨剧——宋丝莹被杀的惨剧。

在他所在的那个世界中,二〇二三年七月,宋丝莹2号被一个入室盗窃的蒙面男人杀死了。现在,在这个世界中,他要阻止这件事发生,他要好好地保护宋丝莹1号。

"我要和阿莹1号交往,和她结婚,和她过上平淡而幸福的生活。当然,我和她不会要孩子了……"

他想到这里,不禁又一次想起了远在另一个世界中的女儿和母亲,心中柔肠百转。

"我真的无法回去,只能在这个世界一直生活下去了吗?我再也不能见到妈妈和女儿了吗?妈……芸芸……"

他喉咙一酸,再也忍不住了,眼泪夺眶而出。

第十三章 难以改变的命运

1

本来，在聂津2号所在的那个世界中，他是在认识宋丝莹2号的一个多月后才跟宋丝莹2号表白的。但是现在，聂津2号怕事情有变——毕竟这个世界中还有一个聂津1号，所以决定提前跟宋丝莹1号表白。反正她也对自己有好感，又何必拖到一个月后再向她表明心意？

在马祯被杀的数天后，聂津2号约宋丝莹1号到小精灵西餐厅吃饭。在"历史"中，聂津2号也是在小精灵西餐厅跟宋丝莹2号表白的。

这天下午，聂津2号到一家珠宝店买了一条钻石项链——这几乎花光了他向谢嘉借的那一万元。傍晚，他早早来到小精灵西餐厅，等了十多分钟，宋丝莹1号也来了。

"你怎么这么早就来啦？"宋丝莹1号问。

聂津2号想起"当时"宋丝莹2号也问过他这个问题，现在物是人非，心中不禁有些酸楚。他定了定神，微笑着说："我怕堵车，所以就早点儿出来了。"

宋丝莹1号也淡淡一笑："上次你不是说想看电影吗？要不待会儿吃完饭，咱们去看场电影吧？"

"好啊。"

"那咱们快点餐吧。"

"等一下。"

"嗯?"

聂津2号微微吸了口气:"阿莹,我有东西想送给你。"

"是什么?"宋丝莹1号有些好奇地问。

聂津2号取出那条钻石项链,递给宋丝莹1号:"这个……"他发现自己的心在怦怦直跳。他不确定宋丝莹1号是否会接受这份礼物,是否会接受自己的表白。

"啊?这是……"宋丝莹1号受宠若惊。

聂津2号鼓起勇气说:"阿莹,我喜欢你。虽然我们认识的时间不长,我这么快跟你说这样的话,好像有些唐突。不过,我是真的喜欢你,不想错过你,不想留下遗憾。"

"我……我……"宋丝莹1号双颊通红。

聂津2号鉴貌辨色,猜到宋丝莹1号也喜欢自己,一鼓作气地道:"我帮你戴上,好吗?"

宋丝莹1号回过神来,缓缓地点了点头。

"她接受我了,她'再一次'接受我了。"

聂津2号心情复杂:似乎是喜悦,喜悦中却又夹杂着一些感伤;好像是激动,却又蕴藏着一丝酸楚。他一边胡思乱想,一边用微颤的手把钻石项链戴到了宋丝莹1号的脖子上。

"戴好了,很好看。"

"谢谢。"宋丝莹1号的声音竟然有些哽咽。

"你怎么啦?"聂津2号紧张地问。

"没什么。从来没有人对我这么好,我觉得……好感动。"

似曾相识的对话。

在这个世界中的宋丝莹1号,自然跟宋丝莹2号的经历一样,因为父母重男轻女,她从来没有在家中感受到温暖。

在那个遥远的世界中,聂津2号曾对宋丝莹2号说过:"那些不愉快的日子已经过去了,以后每一天你都会高高兴兴。"他下定决心,要让宋丝莹2号幸福快乐,然而最后,他却没能保护宋丝莹2号,让她惨死家中。

"这一次,我一定不能再失去你了!"聂津2号望着眼前的宋丝莹1号,心中暗下决心,"一定不能!"

2

吃晚饭的时候发生了一段小插曲:在宋丝莹1号上洗手间的时候,忽然有个戴着帽子和口罩的奇怪男子,把一个巴掌大小的蓝色铁盒扔到聂津2号所在的那张桌子上。接着那个男子走了过来,捡起了铁盒,然后竟然一把抢走了聂津2号的手机。聂津2号以为他是抢手机的,马上站了起来。但男子紧接着却又把手机还给了聂津2号,最后匆匆离去。

宋丝莹1号从洗手间出来后,聂津2号把这件事告诉了她。两人讨论了几句,却猜不透那个奇怪的男子想干什么。

"不会是警察已经盯上我了吧?"聂津2号有些惴惴不安。聂津1号现在正被警察通缉,跟聂津1号长相一致的他,处境也非常危险。如果不是为了见宋丝莹1号,他肯定不会出门。

两人吃过晚饭,正准备去看电影。在等待服务员结账的时候,聂津2号无意中看到餐厅的电视正在播放一个综艺节目。

此时出现在画面中的是女歌手傅新晴。

一看到傅新晴,聂津2号的心不由得打了个战。

傅新晴是L市本地的一名歌手,是聂津2号最喜欢的歌手,她在L市举办的每一场演唱会,聂津2号都去看了。不过在聂津2号所在的世界中,傅新晴早在数年前就遇害身亡了。

聂津2号微一凝思,记起傅新晴遇害的时间是二〇一八年九月九日——教师节的前一天。那天晚上,傅新晴在外出时,被埋伏在她家门外的一名女子持刀行刺,刀子刺进了她的胸部,她因为心脏出血而引起了失血性休克,当场死亡。

犯罪嫌疑人很快就被警方逮捕了,她叫冯雪怡,行凶的动机十分荒谬——心疼自己的偶像。

傅新晴的丈夫林元昱也是一位明星。在案发前不久,微博上有人爆料,说傅新晴出轨了。接着,傅新晴跟另一个男人携手走进酒店的照片也曝光了。此事引起了轩然大波,网络上铺天盖地地报道着傅新晴、林元昱和第三者的事,网友们纷纷指责傅新晴出轨,为林元昱抱不平。冯雪怡就是林元昱的狂热粉丝,因为心疼自己的偶像被妻子背叛,所以来到傅新晴家中把她杀害,为林元昱"报仇"。

但傅新晴遇害后,林元昱却出面证实傅新晴并没有出轨,并说他跟傅新晴因为性格不合,两人早已协议离婚。傅新晴和那个所谓的"第三者",只是正常交往。

聂津2号记得，傅新晴遇害后，他也难过了很长一段时间，毕竟那是他喜欢了多年的歌手。后来每年在傅新晴的忌日那天，他在网上看到悼念傅新晴的消息时，心中还会感到隐隐作痛。

"咦？等一下！"聂津2号想到这里，心中暗叫一声。

宋丝莹1号见聂津2号神色有异，问道："你怎么啦？"

聂津2号回过神来："阿莹，今天是几号？"

宋丝莹1号打开手机看了看："九月九日啊。"

九月九日！二〇一八年九月九日！在"历史"中，傅新晴就是在今天遇害的。

此时是晚上七点多了，聂津2号记得傅新晴遇害的时间是八点左右。

"我要去救她吗？"聂津2号心中有些踌躇。在失手杀死了封帆和马祯之后，他已下定决心，不再当什么英雄，不再去阻止那些曾在"历史"中发生过的惨剧。

可是，傅新晴是他最喜欢的歌手，他曾为她的死而感到无比惋惜。现在既然有这样的机会，为什么不改变这段悲惨的"历史"，挽救傅新晴的性命？

再说，封帆和马祯都是成年男性，聂津2号阻止他们制造惨剧，十分危险，但在"历史"中杀死傅新晴的凶手冯雪怡只是个女孩子，他有信心把她制伏，阻止她伤害傅新晴。

那么，到底要不要再次改变"历史"呢？

"唉——"聂津2号在心中叹了口气。他忽然觉得，提前知道了"未来"的事，有时候也十分烦恼。既然自己知道惨剧即将发生，不去阻止惨剧，良心不安；如果去，自己也或许会遇到危险。

"阿津，你脸色好像不太好，你不舒服吗？"宋丝莹1号觉察到聂津2号的异常，关切地问道。

聂津2号定了定神："没什么。"

他一边说一边看着宋丝莹1号，忽然想到，五年后，如果宋丝莹1号像"历史"中那样遇到危险，自己一定会奋不顾身地保护她，不会再让她死于非命。

那么傅新晴呢？阿莹的命是命，难道傅新晴的命就不是命？傅新晴也有家人，如果她死了，她的家人会因此悲痛欲绝。既然我知道她即将遇到危险，怎么能不去救她？

想到这里，聂津2号终于下定决心："再当一次英雄吧。"

于是他站起了身子："阿莹，不好意思，我突然想起有些急事要去处理。"

宋丝莹1号微微一怔："怎么这么突然呀？"

聂津2号歉然道："我也是突然想起。不好意思，不能陪你看电影了。"

宋丝莹1号淡然一笑："没事，你先忙你的事吧，咱们改天再去看电影吧。"

"嗯，真对不起！"聂津2号再次道歉。

"知道啦！"宋丝莹1号笑道，"我是你女朋友，这点儿小事，用不着跟我道歉。快去忙吧，回家后给我打电话。"

聂津2号心中一甜,说道:"好,我晚点儿找你。那我先走了。"

在走出小精灵西餐厅的时候,聂津2号忽然想,在挽救了傅新晴以后,要不要把这件事的来龙去脉如实告诉宋丝莹1号呢?要不要告诉她自己来自五年后的未来,告诉她,自己曾经和"她"有过一段刻骨铭心的故事?她会相信吗?

又或者,把这个秘密永远藏在自己心中?

3

接下来,聂津2号乘坐出租车来到傅新晴父母所住的雪梅山庄别墅区。此时傅新晴"出轨"的照片已经曝光,傅新晴也搬回了父母家中居住。

走下出租车后,聂津2号步行来到雪梅山庄第二十八幢,傅新晴的父母就住在这里。

根据"历史",傅新晴现在就在父母家中,待会儿她会外出,而埋伏在附近的冯雪怡就会持刀行刺。

"冯雪怡要动手的时候,我真的能阻止她吗?"聂津2号有些担心。可是他又不能现在就按门铃,把傅新晴叫出来,告诉她会有一个女人即将刺杀她,叫她小心。事情还没发生,傅新晴是不会相信他的,只会把他当成神经病。

"算了,还是躲起来静观其变吧。"

聂津2号四处张望,周围没有半个人影,看来此时冯雪怡还没到达。于是,他走到别墅左边的那面侧墙的旁边,以侧墙作为掩护,监视着别墅的大门。

第十三章 难以改变的命运

"这是最后一次了,真的,救下傅新晴后,我就不会再当什么'救世主'了,不会再去当什么超级英雄了。"聂津2号真的累了,甚至有些心力交瘁了。

他等了一会儿,忽然听到附近似乎有一阵轻微的脚步声传来。聂津2号双眉一蹙,东张西望,最后把目光落在不远处的一棵小树上。

他似乎察觉那棵小树后面躲藏着什么人。

"难道冯雪怡已经来了?"聂津2号心中一凛,提高了警惕,"站在那棵小树后面,是可以看到我的位置的。难道现在我在明,敌人在暗?"

就在此时,那棵小树后方传出一阵女子歌声:"如果时光可以倒流,我们能不能再爱一次?如果可以回到过去,我们能不能重新来过……"

那是傅新晴的单曲——《我们能不能重新来过》。

聂津2号听到树后突然传来歌声,吓了一跳。

"咦?"他思维突然一跳,"这首歌……有段时间我曾把它设为来电铃声和闹钟铃声的……难道……是聂津1号?现在躲在树后的人是聂津1号?他怎么会在这里?是跟踪我过来的吗?难道他已经知道了我杀死封帆和马祯的事?"

聂津2号知道自己的处境十分危险,如果聂津1号报警了,自己或许已在警察的监视之下。他当机立断,拔腿就跑。

"别跑!"身后传来了一个男子的大叫声。

聂津2号认得那声音,和自己的声音十分相似。

"看来躲在树后的人真的是聂津1号!"

聂津2号跑了几步,回头一看,竟见身后有三个人在追赶自己。他吃了一惊,脸色微变,跑得更加快了。

身后三人紧追不舍。聂津2号知道一旦落在他们手上就完了,于是耗尽九牛二虎之力,拼命狂奔。

但聂津2号今年已经三十一岁了,体力自然比不上比自己年轻五岁的聂津1号。他向前跑了一会儿,已经感到筋疲力尽了,脚步不由自主地慢了下来。他听到身后的脚步声越来越大,知道自己马上就要被追上了。

"跑不动了,算了。"聂津2号有些泄气,接着又想,"我干吗要跑呢?就是因为我杀了人吗?我杀封帆,是为了救公交车上的乘客;我杀马祯,是为了救校园里的教师和学生。我挽救了这么多人的性命,现在他们却要把我抓到公安局去?哼!真是荒谬!"他越想心中越是郁闷。

此时他已跑出了雪梅山庄,快速回头一看,只见身后一人跟自己相距只有几米。

聂津2号一瞥之间,只见这个人戴着一顶黑色的帽子和一个黑色的口罩,不禁心头一震:"是他?他不就是刚才我和阿莹在餐厅的时候,莫名其妙地把一个蓝色铁盒扔给我的那个男人吗?他当时还想抢走我的手机呢!"

聂津2号只感到胆战心惊:"原来我在餐厅时,就已经被盯上了。他到底是谁?是聂津1号找来的帮手吗?"

这时候,聂津2号马上就要被这个戴帽男子抓住了。他知道自己逃不掉了,想要停下来,束手就擒。然而就在此时,忽然一阵摩托车的引擎声从远到近地传来。

第十三章 难以改变的命运

聂津2号向远处一望，只见一辆摩托车快速驶来，向那个正在追赶自己的戴帽男子撞去。

戴帽男子反应极快，身子一晃，便避开了摩托车。与此同时，摩托车停在聂津2号身前。

"上车！"骑摩托车的人向聂津2号挥了挥手。那是一个男人的声音。聂津2号一看，这个神秘人戴着一个摩托车全盔，而且镜片是茶色的，让人无法看到他的面容。

虽然不知道对方是谁，但如果不上车，肯定就会被戴帽男子抓住。聂津2号杀了两个人，一旦落入警方手中，就没有机会出来了。

"法官只会认为我杀了两个人，不会相信我的话，哪怕那两个人本来是要去制造惨剧的。即使法官相信我，那也没什么用，因为那两个人只是'想去'而已，却没有付诸实行。嗯，应该说在付诸实行之前被我阻止了。既然如此，他们就是无罪的。而我杀了人却是事实，我杀了两个无罪的人。"

聂津2号不及细想，猛地跳上摩托车，抓住了骑摩托车的那个神秘人的肩膀。戴帽男子见状，向摩托车扑来。聂津2号吃了一惊，身子一缩，想要躲避。电光石火之间，他看到那戴帽男子的帽子掉落在地，对方是一个头发杂乱的男子，虽然此时他仍然戴着口罩，但聂津2号也看到他的部分面容，只见他双眉斜飞，面容清瘦，年龄似乎在三十岁左右。

"这个人我以前见过！"聂津2号心中一凛。他认得这个头发杂乱的男子的眼睛，那是一双看上去呆滞无神，但目光之中又暗藏锋芒的眼睛。

头发杂乱的男子马上就要抓住聂津2号的手臂了。幸好此时那骑摩托车的神秘人转动油门,摩托车疾驰而去。

聂津2号回头一望,那个头发杂乱的男子已经没有追来了。在他身后还有另一个男子,看样子似乎便是聂津1号。

神秘人骑着摩托车把聂津2号带到一条小巷,把摩托车停下,压低了声音道:"下车吧。"

聂津2号从摩托车上走下来,感激地道:"朋友,谢谢了。"

"嗯。"神秘人低低地应答了一声。

"对了,朋友,你认识我?"聂津2号好奇地问。

神秘人却没有回答聂津2号的问题,向他挥手告别。

"等一下!"聂津2号连忙叫住了他,"你救了我,至少让我见一见你的样子吧。"

但神秘人没有理会聂津2号,转动油门,骑着摩托车朝巷口驶去。

"咦?"此时聂津2号忽然发现神秘人所骑的这辆摩托车有些眼熟,自己似乎在哪里见过。

"到底是在哪里见过呢?"聂津2号竭力思索,然而却终究没有半点头绪。

4

聂津2号没有停留,快步离开,他怕自己的行踪已经暴露了,不敢再回千丽宾馆,打算前往另一间位置偏僻的小宾馆落脚。

他一边走,一边东思西想。

他也不知道雪梅山庄后来发生了什么事。聂津1号和那个头发杂乱的男子后来有没有阻止冯雪怡刺死傅新晴呢?

穿越到这个世界以后,他曾三次想改变"历史",头两次,他都成功了;那这一次,他还能成功吗?

"如果这次失败了怎么办?如果傅新晴真的被冯雪怡杀死了怎么办?我明明是一个来自未来的人,明明知道傅新晴的命运,却终究无法帮助她改变命运,我真是太无能了。"

然而,此时此刻,他除了在心中祈祷傅新晴平安无恙之外,什么也做不了。

聂津2号又想,刚才和聂津1号一起追赶自己的那个头发杂乱的男子是谁呢?那个男子聂津2号是见过的。他凝神思索片刻,总算想起来了。

那个男子叫慕容思炫,是一名侦探。

在聂津2号所在的那个世界中,二〇一八年六月,他的表侄子"走丢"了,当时聂津2号曾求助于夏寻语,以及她的"助手"慕容思炫。

聂津1号和自己一样,见识过慕容思炫强大的推理能力。

"如果是我遇到这样的事,也确实会去找慕容思炫求助。"聂津2号心想。毕竟他和聂津1号是"同一个人",虽然他比聂津1号多出了五年的经历,但心中很多想法还是和聂津1号一致的。聂津2号接着想:"他们为什么会找到我呢?"

聂津2号想到了宋丝莹1号。

"他们会不会是跟踪着宋丝莹1号来到了小精灵西餐厅,所以找到了我?"

聂津2号想到这里,想打个电话向宋丝莹1号求证,但又怕此时警方已经监听了宋丝莹1号的手机,自己一旦打电话给她,便会暴露行踪。

"还是以后有机会再问她吧。"

聂津2号回过神来,又开始想另一件事:"刚才追赶我的总共有三个人,其中两个是聂津1号和慕容思炫,剩下那个自然就是慕容思炫的那个朋友夏寻语了。"

想到夏寻语,聂津2号有些感慨。

因为,在他所在的那个世界里,夏寻语早已死亡。

5

在聂津2号原来所在的那个世界中,大概在二〇二〇年下半年——当时聂津2号和宋丝莹2号正在恋爱之中,宋丝莹2号曾告诉聂津2号,她的一个名叫徐楚翘的闺密被杀死了。

徐楚翘是宋丝莹2号的高中同学,她在读高中的时候成绩差,又经常违反纪律,是问题学生的代表。但由于她跟宋丝莹2号住在同一间寝室,两人接触得比较多,成了好朋友。高中毕业后两人也经常联系,成了无所不谈的闺密。

当时,徐楚翘准备和一个富二代结婚,还邀请宋丝莹2号当她的伴娘。然而在她结婚前一个月,她却离奇被杀。警方对徐楚翘生前的熟人和亲戚都进行了深入调查,但却全部排除作案可能,案件陷入了僵局。

第十三章　难以改变的命运

宋丝莹2号对聂津2号说，如果可以找到杀人凶手就好了，否则她的闺密死不瞑目。可是，连警察的调查也没有结果，又有谁能找到凶手呢？聂津2号想到了曾帮他找到"走丢"的表侄子的慕容思炫。

于是他来到夏寻语侦探事务所——那间出租屋，果然找到了慕容思炫。

"慕容先生！"当时聂津2号乍见故人，心情有些激动。

"有事？"慕容思炫也认得聂津2号，但脸上没有任何表情。

"是呀，有个案子想委托你们调查。"聂津2号在出租屋中四处张望，"夏小姐呢？她外出了吗？"

慕容思炫脸色一沉，淡淡地说："她死了。"

聂津2号大吃一惊："你说什么？"

"你听不懂普通话吗？"慕容思炫一脸冷漠地重复道，"她、死、了。"

"这……"聂津2号目瞪口呆，"怎么死的呀？"

"被炸死的。"慕容思炫冰冷如水的脸上此时也掠过一丝悲伤。

"被炸死的？"聂津2号更加惊讶了，"为什么会被炸死呀？这是什么时候的事呀？"

"两年前的那场足球比赛。"

慕容思炫这样一说，聂津2号恍然大悟。

在聂津2号所在的那个世界中，二〇一八年秋季，L市飞龙队和K市建设精英队，曾在飞龙队的主场赛场——L市人民体育场——进行过一场足球比赛。

然而，在这场比赛中，一个凶徒在观众席中安放了四个炸弹。在上半场结束之前，四个炸弹同时爆炸，观众有七十三人在爆炸中丧生，还有一百五十多人受伤。

爆炸现场的照片很快就被发布到网上了。现场血肉横飞，附近的地面以及墙壁都布满血迹、人的肢体以及各种被炸坏的物品，令人惨不忍睹。

此事引起全球轰动，各国媒体也争先报道。

L市警方很快就把安放炸弹的犯罪嫌疑人抓获了。这个嫌疑人名叫邓唯泰，二十八岁，因为滥交而染上了艾滋病，心中愤恨，产生了报复社会的念头，于是从一名不法分子手中购买了四个定时炸弹，安放在体育场的观众席中。

"夏小姐……也是那次爆炸事件的遇难者？"此时聂津2号向慕容思炫确认道。

"是。"慕容思炫向聂津2号瞥了一眼，面无表情地说，"所以，夏寻语侦探事务所已经不存在了，我也不会再接受任何委托。"

"好吧。"

聂津2号也不想强人所难。最后，他也没有帮宋丝莹2号揪出杀死徐楚翘的凶手，而徐楚翘被杀一案也成了悬案。

6

在聂津2号现在穿越过来的这个世界中，那场足球比赛还没开始，那场惨绝人寰的爆炸事件还没发生，所以夏寻语还没死。

他想到这里,马上用手机查询了一下L市飞龙队和K市建设精英队的比赛时间:二〇一八年九月十五日下午三点。

今天是九月九日。属于这个世界的夏寻语,应该已经买好了入场券,准备六天后去观看足球比赛吧。

可是她不知道,那张入场券,是她通往地狱的门票。

"要不要救她?"聂津2号只在心中犹豫了一刻,便做出了决定,"当然要!明知道会发生爆炸,明知道会有七十多人被炸死,我怎能不去阻止?""当时"他也在网上看过爆炸现场的照片,哪怕现在想起,仍然觉得触目惊心。七十三个活生生的人一瞬间被炸得支离破碎,数十个家庭瞬间被毁于一旦。而现在,自己就有机会改变这一切,又怎能坐视不理?

后来他来到位于太平一巷的一间小宾馆,在微博中看到傅新晴遇刺身亡的消息,心中悲痛之余,更加坚定了阻止爆炸事件的决心:"我救不了傅新晴,一个生命就这样永远地消逝了。我不能让这样的悲剧再次发生。我要去拯救夏寻语,我要去拯救那些无辜的观众!"

他知道慕容思炫会把发现自己行踪的事告诉警察,警察则会去监控宋丝莹1号的手机号码,还会通过她的号码查到自己的手机号码,从而锁定自己的位置。所以在前往太平一巷之前,他便把手机卡取出来了,并先后走进了几条没有监控摄像头的小巷,让警方事后无法通过监控录像对自己展开轨迹跟踪。

虽然他可以使用宾馆的无线网上网,但接下来这几天,他也不敢用手机叫外卖了。幸好太平一巷内有几家快餐店,他每天到那些快餐店去吃饭。

随着飞龙队和建设精英队比赛的日子越来越近,他的心中感到强烈的不安。

到了那天,会发生什么事呢?

扫码关注
轩弦的推理宇宙

# 第十四章 聂津2号现身

1

霍奇侠最后还是接受了慕容思炫的推理，认为杀死封帆和马祯的凶手，便是从五年后的世界穿越过来的聂津2号。

"如果真的像你推理的那样，那么在'历史'中，封帆开公交车自杀，不少无辜的乘客也遇害了，聂津2号出手干预'历史'，杀死了封帆，结果改变了'历史'，挽救了这些乘客的性命；同样地，马祯潜入育才中学行凶，造成不少伤亡，聂津2号又一次干预'历史'，杀死了马祯，也因此挽救了那些学生的性命；在'历史'中，今天晚上，傅新晴会被冯雪怡杀死，聂津2号试图再一次干预'历史'，阻止傅新晴被杀，然而这一次因为你们惊动了聂津2号，最后他没能成功改变'历史'，傅新晴就像'历史'中那样被冯雪怡杀死了。"霍奇侠说到这里，轻轻地叹了口气。

聂津（应该称呼他为聂津1号了）和夏寻语听霍奇侠这样说，也黯然神伤。

慕容思炫冷不防说道："聂津2号还会再联系宋丝莹的。"他所指的宋丝莹，自然是属于这个世界的宋丝莹1号。

霍奇侠点了点头："我会派人二十四小时监视着宋丝莹

的，同时还会监控她的手机，只要聂津2号一联系她，我们就会立即锁定聂津2号的位置，把他抓获。"

"抓到他以后呢？"夏寻语忍不住问道，"他杀了两个人，会被判刑吗？"

"这……"霍奇侠怔了一下，如实答道，"会的。"

"可是，"夏寻语有些不服气，"他是为了救人呀！"

"但这无法改变他杀人的事实。"霍奇侠正色道。

"怎么可以这样呀？"夏寻语心中不忿，提高了声音说道，"今天晚上，那个叫冯雪怡的女人杀死了傅新晴。霍警官，如果你有机会去阻止傅新晴被杀，但条件是'杀死冯雪怡'，你会去做吗？"

"这……"

没等霍奇侠回答，夏寻语紧接着又说："你可别忘了，傅新晴是无辜的，而冯雪怡，可是杀人凶手！"

"如果你的这个假设成立，那么在我杀死冯雪怡的时候，她还没成为杀人凶手……"霍奇侠虽然如此反驳夏寻语，但也知道自己的反驳毫无力量。

"等她成为杀人凶手之后，傅新晴不是已经死了吗？一切不是太迟了吗？"夏寻语理直气壮地说。

霍奇侠神情复杂，无从反驳。屋内众人陷入了沉默。

十多秒后，聂津1号打破了沉默："你们的讨论让我想起了D市的那起反杀案。"

D市一名年轻女子在工厂打工时认识了一个男子，男子对女子展开热烈追求，多次请求女子和自己进一步交往，均被女子拒绝。后来,男子携带刀具来到女子家中滋扰,以自杀威胁女子跟自己交往,未果。随后他又向女子发送含有死亡威胁内容的手机短信,并且扬言要杀害女子全家。

再后来,男子的滋扰升级,他多次到女子的住宅及学校对女子及其家人进行骚扰和威胁,女子报警了,D市警方也多次出警,但对男子的训诫无效。

后来,男子带着水果刀翻墙潜入女子家中,惊动了女子的家人。女子的家人见男子手持凶器,跟男子展开打斗。在激烈的搏斗之中,男子被女子的家人打死了。

此时只听聂津1号接着说道:"在那起案件中,检察院最后不是说那女子的家人属正当防卫,不予起诉吗?我觉得,这跟寻语刚才提出的假设十分相似吧?冯雪怡要杀死傅新晴,如果我们为了阻止冯雪怡行凶而杀死了她,这难道不是正当防卫吗?"

霍奇侠沉吟了一下,说道:"是的,冯雪怡的案子跟那起反杀案确实有相似之处,如果在冯雪怡持刀行凶之时,有人为了阻止她行凶而把她打伤,甚至失手杀死了她,确实应该属于正当防卫。

"可是,这起案子跟封帆和马祯的案子的性质根本不一样呀。封帆和马祯被杀时,根本还没有进行不法侵害行为。"

霍奇侠虽然这样说,但其实他心里也清楚,封帆和马祯的案子,跟冯雪怡杀害傅新晴的案子,现象虽然不同,但本质是一样的。因为,聂津2号是从未来穿越过来的,他经历过"历史",他知道封帆和马祯心中的真正想法。

这一刻，霍奇侠不禁再次想到了"电车难题"。

2

封帆被杀案和马祯被杀案已经并案调查，由霍奇侠担任专案组的组长。

在傅新晴被杀的翌日，专案组的成员开始全面追查聂津2号的行踪。霍奇侠派出两组人二十四小时监视着宋丝莹1号，并且吩咐他们，只要聂津2号跟宋丝莹1号一接触，立即把聂津2号控制住。

技侦部门也对宋丝莹1号的手机进行监控，只要聂津2号联系宋丝莹1号，便可锁定聂津2号的位置。

与此同时，专案组的成员还取得了通信部门的协助，对聂津2号所使用的手机号码的通信情况、话务情况、电信资料等进行分析和研究，并且获取了机主的相关资料。

根据调查，这张手机卡的机主是聂津1号的同学谢嘉。警方走访谢嘉，得知聂津2号曾来向他借钱、借用手机卡等事，而慕容思炫的推理，也因此得到了进一步证实。

警方还查到了聂津2号曾入住位于浣纱巷的千丽宾馆，可是当他们来到千丽宾馆的时候，已经人去楼空。

此外，霍奇侠还调查了那天晚上救走聂津2号的神秘人的摩托车。然而，这辆摩托车使用的是套牌，无法查到车主信息，骑摩托车的人又戴着全盔，根本看不到他的样貌。

霍奇侠通过街道上的监控录像对摩托车展开轨迹跟踪，发现摩托车在离开雪梅山庄后，经过了几条街道，最后进入了白玉巷。白玉巷内没有监控摄像头,偏偏又有不少分岔路,警方要逐一排查这些分岔路所通往的街道的监控录像,才能找出摩托车再次出现的地点。

但并不是每条街道都安装了监控摄像头。如果白玉巷其中一个出口可以通往另一条没有监控摄像头的街道,而摩托车又刚好是通过那条街道离开的,那么警方便又要排查这条街道附近的所有街道。这需要耗费大量的时间以及警力。

经过排查,警方总算在城南公路再次找到了那辆摩托车的踪影,可当时聂津2号已经不在摩托车上了,看来把聂津2号救走的神秘人已在某条没有监控摄像头的街道内放下了他。而这个神秘人最终也骑着摩托车开往了郊外,就此脱离了城市监控系统覆盖的范围。对于摩托车的调查,就此中断。

至于对聂津2号的轨迹跟踪,倒是有一些进展。

白玉巷内有一条小路可通往翠楼路,然而翠楼路内也没有监控摄像头。警方在排查翠楼路附近的街道时,总算通过翠楼路旁边流莺街内的一个监控摄像头发现了聂津2号的影踪。

可是聂津2号在经过了两条街道以后,又进入了没有监控摄像头的朝烟巷。朝烟巷周围也有不少没有安装监控摄像头的小路,而这些小路往往又不止一个出口,警方只好继续夜以继日地排查朝烟巷各个方向的街道。

3

转眼间又过了几天。这天已经是二〇一八年九月十五日了。此时,警方已经证实封帆和马祯被杀的案件跟聂津1号无关,撤销了对他的通缉,聂津1号也告别了慕容思炫和夏寻语,回到了自己家中。

这天下午,律师事务所没什么工作,于是聂津1号离开事务所,来到了百岁路,想要问问慕容思炫和夏寻语,警方的调查是否有什么进展。

他来到慕容思炫和夏寻语的住宅楼下时,刚好看到夏寻语从楼房里走出来。

"阿津?你怎么来啦?"夏寻语一边说一边走到聂津1号身前。

"我想来跟你们了解一下情况,霍警官他们有没有找到聂津2号?"如果可以,聂津1号真的很想跟这个五年后的自己好好地聊一聊,他很想知道在未来五年自己将会经历一些什么事。可他不知道,因为他没有像聂津2号那样认识了宋丝莹,所以他未来五年的人生轨迹,和聂津2号经历过的人生轨迹,将会截然不同。

没有宋丝莹,没有女儿,也就没有后来发生的一切。

"好像还没有呀。"夏寻语看了看手表,"好啦,我先不跟你聊啦,我要去看飞龙队啦。"

"飞龙队?"

"对啊。飞龙队和K市的建设精英队今天下午在体育场有比赛嘛,我可是飞龙队的粉丝呀。"夏寻语兴致勃勃地说。

"噢,那我不耽搁你的时间啦,你快去吧。"

夏寻语点了点头:"思炫在家里呢,你去找他吧。我先走啦!"没等聂津1号答话,夏寻语已匆匆离去。

于是聂津1号来到慕容思炫的家中。

开门的人正是慕容思炫。他看到聂津1号来了,脸上也没什么表情,只是淡淡地问:"下棋吗?"

聂津1号笑了笑:"慕容先生,我不是来下棋的啦。"

慕容思炫"砰"的一声关上了大门。

聂津1号愣了一下,苦笑着再次按下门铃。

慕容思炫再次把大门打开,一脸木然地问:"下棋吗?"

"好吧,待会儿跟你下一局吧。"

"三局。"

"好吧。"

慕容思炫这才让聂津1号进来。

聂津1号跟着慕容思炫走进他的房间,只见桌子上摆放着陈海鸿和陆梦蓉被杀案件的侦查卷宗。

聂津1号微微吸了口气,问:"这起案子有进展吗?"

慕容思炫没有回答聂津1号的问题,而是说道:"我现在打算去找一下陈海鸿和陆梦蓉的邻居谢嘉,就是当时打电话告诉你陆梦蓉死讯的那个人。"首先发现陈海鸿和陆梦蓉的尸体并且打电话报警的人,就是谢嘉。

聂津1号点了点头:"要我一起去吗?我跟他挺熟的。"

"好。"慕容思炫想了想,问,"那等回来再下棋?"

聂津1号笑了笑:"可以呀。其实也没什么好下的,因为无论是下什么棋,我们都早就知道结果——肯定是你赢。"

"早知道结果的棋局,就不下啦?"慕容思炫斜眼看了看聂津1号,似有深意地说,"人也早知道自己会死呀,干吗还要过日子?"

"那倒是呀。"聂津1号颔首。

与此同时他在心中寻思道:"我不仅知道自己的人生的结局,如果能找到聂津2号的话,我还能知道过程呢。只是,无论我是否知道过程,也无论我是否去改变这个过程,最后的结局都是一样的。既然如此,做人何必如此执着?"

4

聂津1号和慕容思炫离开出租屋,前往谢嘉所住的白莲新村。路上慕容思炫说道:"对了,前几天霍奇侠去找过谢嘉。"

聂津1号问:"他还在调查陆梦蓉的案件吗?"

慕容思炫摇了摇头:"他是在调查聂津2号。"

"聂津2号?"聂津1号还不知道聂津2号找谢嘉借钱的事,"谢嘉跟聂津2号有什么关系?"

于是慕容思炫把聂津2号冒充聂津1号向谢嘉借钱和借手机卡的事告诉了聂津1号。聂津1号听后摇头苦笑:"是呀,我跟谢嘉是铁哥们儿,如果我穿越到五年前,身无分文,我也会去找那个世界的谢嘉借钱的。"

但他接着又心中一凛，暗想："聂津2号和我长得一样，连谢嘉也分不出，如果他冒充我去做什么坏事，我岂不是要成为他的替罪羔羊？"

不过他转念一想，又觉得这是杞人忧天："聂津2号再怎么说跟我也是同一个人，又怎么会无缘无故去害我呢？如果我穿越到五年前的二〇一三年，我也不会去害那个世界的聂津0号吧？

"聂津2号杀死了封帆和马祯，但警察却怀疑我，那也只是阴差阳错，跟他无关。他不是还打电话通知我逃跑吗？如果当时不是他让我逃跑，我就被警察抓住了，就无法找到慕容思炫了，或许现在还不知道穿越这件事呢。"

他想到这里，却又有些感触："可是，如果是这样的话，在聂津2号去拯救傅新晴的时候，就不会有人阻止他了，这样一来，傅新晴被杀的命运或许就可以改变了……"

"你是在想聂津2号的事吧？"慕容思炫的话打断了聂津1号的思索。

聂津1号回过神来，点了点头。

"如果可以找到聂津2号，"慕容思炫突然说道，"就可以抓到杀死陈海鸿和陆梦蓉的凶手了。"

聂津1号"咦"了一声："为什么啊？"

"你认为我会花五年的时间调查却抓不到凶手吗？五年后的世界，我肯定已经侦破了这起案子。聂津2号应该会关注那起案件的，所以他知道杀死陈海鸿和陆梦蓉的凶手是谁。"慕容思炫解释道。

聂津1号颔首："有道理。对了，你这么一说，我倒想到了一件事挺有趣的事。"

"是什么？"慕容思炫好奇地问。

"假设我们现在这个世界叫世界A，而聂津2号原来的世界叫世界B吧。如果你最后抓到杀死陆梦蓉的凶手，是因为从世界B穿越到这个世界A的聂津2号把凶手的名字告诉你的话，那么在世界B中的慕容思炫2号，又是怎么知道凶手的身份的呢？会不会是有个从世界C穿越到世界B的聂津3号告诉他的呢？"聂津1号异想天开地说道。

"不会。"慕容思炫分析道，"如果存在世界C以及来自世界C的聂津3号，那么在世界B中，聂津3号已经阻止了封帆和马祯制造惨剧了，而如果惨剧没有发生，聂津2号就不知道封帆和马祯心中那制造惨剧的想法，那么他在穿越到我们这个世界A以后，就不会去阻止封帆和马祯了。"

聂津1号搔了搔脑袋，皱着眉道："好复杂呀。"

慕容思炫冷冷地说："不是你自己先提出这种复杂的问题的吗？"

聂津1号干笑了两声："算了，不讨论这个了，何必为难自己的脑袋呢？"

慕容思炫却不依不饶地说道："根据我此前的推测，在世界B的二〇二三年八月二十四日，聂津2号穿越到对于他来说五年前的世界A，当时世界A的时间是二〇一八年八月二十四日。

"那么，在我们这个世界A中，到了五年后的二〇二三年八月二十四日这天,你是否会因为闪电的原因穿越到对于当时的你来说五年前的二〇一八年八月二十四日?"

"我……我不知道。"聂津1号已经跟不上慕容思炫的思路了。

慕容思炫自问自答:"不会,因为你没有认识宋丝莹,你跟聂津2号的人生轨迹是不一样的,蝴蝶效应让你的生活产生了巨大的变化,二〇二三年八月二十四日那天闪电的时候,你可能在一个安全的地方,不会被闪电击中。

"那么,到底是否存在世界C和聂津3号呢?如果存在,那么世界C和世界B一样,封帆和马祯都制造了惨剧。只是,在世界C到了二〇二三年八月二十四日那天,属于世界C的那个聂津3号为什么没有因为被闪电击中而穿越到世界B呢?是的,他确实没有穿越到世界B,否则世界B中就不会发生封帆和马祯制造惨剧的事了。

"也就是说,世界C中的聂津3号跟世界B中的聂津2号的生活轨迹也是不同的,所以在世界C中,二〇二三年八月二十四日那天,聂津3号也在一个不会被闪电击中的地方,他因此没有像聂津2号那样被闪电击中,没有穿越到对他来说五年前的世界B,而是一直生活在属于他的世界C……"

"慕容先生,"聂津1号举起了双手,苦笑道,"我投降了,对不起,我不该提出这样的问题,我们别再讨论了,我的脑袋快要爆炸了。"

5

不一会儿,聂津1号和慕容思炫来到白莲新村第三幢601房,谢嘉就住在这里。这天是周六,谢嘉不用上班,门铃响了没多久,他便来开门了。

"聂津?"谢嘉看到聂津1号,微微一惊,"你怎么还敢出现呀?"

聂津1号"咦"了一声:"什么意思?"

"你不知道吗?警察在找你呀。前两天他们来找过我,我把你跟我借钱和借手机卡的事跟他们说了。"谢嘉看了看聂津1号,一脸不安地问,"你到底做了什么事呀?你之前跟我借钱,不会真的是要跑路吧?"

聂津1号苦笑了一下:"没事了,警察已经弄清楚了,只是一场误会而已。"

"真的吗?"谢嘉将信将疑。

"骗你干吗呀?对了,之前我借你的那一万块,我现在微信转给你吧。"

虽然实际上借钱的人是来自五年后的聂津2号,但谢嘉并不知道穿越的事,以为借钱之人便是聂津1号。聂津2号杀了两个人,现在被警察通缉,恐怕是还不了钱的了,聂津1号不想自己的声誉受损,不想失去谢嘉这个老朋友,只好代替聂津2号还钱了。

"急什么呀?你有闲钱再还我吧。"谢嘉毫不担心聂津1号会不还钱。

但聂津1号还是给谢嘉转账了一万元，接着指了指慕容思炫，对谢嘉说："对了，跟你介绍一下，这位是L市公安局外聘的刑侦专家，慕容先生。"

"哦？"谢嘉打量了一下慕容思炫，只见这个男子头发杂乱，两目无神，表情呆滞，哪有半分刑侦专家的样子？不禁脸露怀疑之色。

聂津1号接着说："慕容先生正在调查陆梦蓉和她老公的案子，所以来找你问一些问题……"

他还没说完，慕容思炫的手机忽然响了起来。

慕容思炫把手机掏出来一看，不禁斜眉一蹙。

是霍奇侠打过来的。

"说。"慕容思炫接通了电话。

"慕容！"霍奇侠的语气有些激动，"找到了！找到聂津2号了！"警方通过排查街道上的监控录像，终于追踪到聂津2号最后出现的地点了。

"在哪里？"慕容思炫问。

"根据监控录像，他最后进入了太平一巷，我们怀疑他这几天就住在太平一巷内的某个地方。"

太平一巷就在慕容思炫和聂津1号身处的白莲新村附近。

"我现在在白莲新村，我先过去看看。"

"好，我们也正在赶过去，保持联系。"霍奇侠结束了通话。

慕容思炫一边收起手机，一边转身就走。

聂津1号在后面叫道："慕容先生，怎么啦？"

"走吧，找到2号了。"慕容思炫在谢嘉面前没有说出"聂津2号"这几个字，但聂津1号已经明白他的意思。

"阿嘉，我们有急事，先走了。"没等谢嘉答话，聂津1号便追上了慕容思炫。

6

离开白莲新村，慕容思炫和聂津1号匆匆来到太平一巷，却在巷口看到一个和聂津1号长得一模一样、只是年纪比他稍微大一些的人。

是聂津2号！

他站在路边，四处张望，似乎正在等待着出租车经过。

慕容思炫首先发现了聂津2号，快步向他走去。

聂津1号见慕容思炫突然快步走向远处，"咦"了一声，转头一看，也发现了聂津2号。

此时慕容思炫离聂津2号只有十多米了，但聂津2号还没有发现慕容思炫。

眼看慕容思炫马上就能抓住聂津2号了，聂津1号的心怦怦直跳。这一次，终于要跟五年前的自己正面接触了吗？

然而就在这时候，一辆摩托车忽然疾驰而来，快速地向慕容思炫撞去。

慕容思炫身子一闪，后退了两步，避开了摩托车，定睛一看，正是上次救走了聂津2号的那辆摩托车。

此时骑着摩托车的神秘人仍然和上次一样，戴着一个遮盖住面容的全盔。

摩托车的引擎声也惊动了聂津2号。他回头一望,见聂津1号、慕容思炫和上次救走自己的神秘人都在自己身后,脸上露出了诧异至极的表情。

"上来!"神秘人一边向聂津2号叫喊,一边把摩托车横在聂津2号身前。

聂津2号略一踌躇,便跳上了摩托车。慕容思炫以极快的速度跑过来,可是终究迟了一步,在他距离摩托车还有两三米的时候,神秘人已骑着摩托车带走了聂津2号。

聂津1号跑到慕容思炫身旁,跺脚道:"可恶!又被他跑掉了!这个神秘人到底是谁呀?"

慕容思炫没有回到聂津1号的问题,他望着快速离去的神秘人和聂津2号的背影,斜眉紧锁,若有所思。

☆ 推理笔记
☆ 有声小说
☆ 创作浅谈
☆ 交流社群

扫码立领

第十五章 爆炸前夕

1

二〇一八年九月十五日。

这天是L市飞龙队和K市建设精英队进行足球比赛的日子,同时也是"历史"中邓唯泰在L市人民体育场炸死了七十三人,炸伤了一百五十多人的黑色日子。

聂津2号决定再当一次英雄,改变这七十三个在爆炸中遇难的人的命运。其中包括他所认识的夏寻语。

而且这一次他不再是无名英雄了,因为他不是要阻止邓唯泰安放炸弹,而是要在炸弹爆炸前让那些观众逃离。这样的话,事后炸弹也会爆炸,所有人都会相信他的话。

"到时候,警察真的会相信我的话吗?"此前聂津2号的心中也有过一些顾虑,"他们会相信我是从五年后的世界穿越过来的吗?他们会相信我之所以知道体育场内有炸弹,是因为我经历过这件事吗?还是说,他们会怀疑我跟爆炸事件有关?甚至会认为我就是安放炸弹的凶徒?"

但最后他还是决定去改变"历史":"这可是七十三条人命呀,哪怕最后会被别人误会、污蔑,我也要去救他们!"

他知道从谢嘉那里借来的手机卡已经被警方监控了,

于是到宾馆附近的一个报刊亭买了一张手机卡，尝试在网上购买这场足球比赛的入场券，然而却发现入场券早已销售一空。直到比赛前两天，他才在一个二手交易网站上高价收购了一个网友手上的入场券，并且让他把入场券寄给自己。

这天下午，聂津2号离开宾馆，走出太平一巷，准备乘坐出租车前往L市人民体育场。

他站在巷口，等了好一会儿，也不见有出租车经过。他正想打开手机预约快车，不远处忽然响起一阵摩托车的引擎声。引擎声自远至近，越来越大，一转眼间已经从自己身后传来。聂津2号微微一惊，回头一望，那是一辆摩托车，开车的人戴着一个摩托车全盔，正是几天前在雪梅山庄救走自己的那个神秘人。

聂津2号凝神一看，这一看真是非同小可！此时在神秘人身后还有两个人，竟然是这个世界的聂津1号，以及协助聂津1号的慕容思炫。

"他们为什么会找到我？"聂津2号心下骇然，"我当时在进入太平一巷之前明明已经关机了，他们应该无法通过手机锁定我的位置呀。难道是监控摄像头暴露了我的行踪？但当时我在进入太平一巷之前，特意先经过了几条没有监控摄像头的小巷呀……"

"上来！"神秘人的喊声打断了聂津2号的思索。他一边叫喊，一边把摩托车开到聂津2号身前。

聂津2号稍微犹豫了一下，便跳上了摩托车。炸弹即将爆炸，现在正是性命攸关之际，他又怎能被慕容思炫抓住？

与此同时，慕容思炫以极快的速度跑过来。聂津2号回头一看，眼见慕容思炫离摩托车的距离只有两三米了，一颗心真是提到了嗓子眼。幸好就在此时，摩托车启动了，神秘人带着聂津2号逃之夭夭。

在慕容思炫和聂津1号消失于自己的视线之中以后，聂津2号才稍微松了口气。

再过了一会儿，神秘人的车速也逐渐慢了下来。

"朋友，你又帮了我一次。"聂津2号感激地说。

神秘人没有回答，只是低低地"嗯"了一声。

"现在我们去哪里？"聂津2号接着问。

但神秘人却不再回答，片刻以后，把摩托车停下，低声说道："下车吧。"

聂津2号向前一望，竟见人民体育场就在前方。

他的心中诧异至极："为什么他知道我的目的地是人民体育场？"

"下车吧。"神秘人再一次说道。

"朋友，你到底是谁呀？你救了我两次，总该让我见见你的样子吧？至少，也要让我知道你的名字吧？"聂津2号对于这个神秘人的身份真是好奇极了。

"别问了，"神秘人的语气似乎有些不耐烦，"快去做你要做的事吧。"

聂津2号心念一动，忍不住问道："你知道我要来人民体育场？你知道我要到体育场干什么？"

神秘人没有回答。

聂津2号吸了口气，一字一顿地问："你是不是知道封帆和马祯的事？"

他看到神秘人听到这句话时，肩膀似乎稍微颤抖了一下。

聂津2号追问道："你是不是知道'被闪电击中'的事？"他所说的"被闪电击中"，自然是指穿越之事。如果神秘人真的知道这件事，自然会明白他的意思。

"好了！别问了！"神秘人怫然道，"快下车吧！"

"好吧。"聂津2号不想强人所难，从摩托车上下来。

神秘人准备开车离开，聂津2号叫住了他："等一下！"

神秘人脑袋微动，似乎向聂津2号看了一眼："怎么啦？"

"我们还会见面吗？"聂津2号充满期待地问。

"或许吧。"神秘人的语气却十分平静。

"下次见面的时候，你可以让我见见你的样子，或者只让我知道你的名字吗？"

"下次再说吧。"神秘人不等聂津2号答话，转动油门，骑着摩托车离开了人民体育场。

"这辆摩托车我到底在哪儿见过呢？"聂津2号总觉得神秘人骑的摩托车颇为眼熟，却始终想不起在哪儿见过。

但是时间却容不得聂津2号多想。因为此时，L市飞龙队和K市建设精英队的足球比赛已经开始了。

2

聂津2号进场以后，直接来到了C区的观众席，在他的记忆里,"历史"中的邓唯泰就是在此处安放那四个炸弹的。

此时C区的观众席人山人海,座无虚席,观众们正在为自己支持的球队打气加油。

聂津2号抬头望着这些欢呼雀跃的观众,想到他们即将在爆炸中丧生或者受伤,想到某些观众此刻还生龙活虎,片刻以后却将成为一具冰冷的尸体,心中不寒而栗。

"就像傅新晴那样,当我来到雪梅山庄的时候,她还是一个活生生的人,一个热爱着这个世界的人,一个年轻的、充满活力的生命,可是片刻以后,她却一下子从活着跳跃到死亡,跟这个她所热爱的世界再也没有任何关系。"聂津2号心中感慨万千,"人的生命,真的好脆弱呀。"

他不禁又想起了在他原来的那个世界中的宋丝莹2号。

那天清晨,聂津2号正准备出门上班,看到宋丝莹2号从医院回来。前一天晚上,她留在医院通宵照顾病重的女儿。

"阿津?你还没出门吗?"

聂津2号点了点头:"正准备走。芸芸怎样啦?"

宋丝莹2号欣慰地笑了笑:"昨晚输血以后,情况已经稳定了很多,医生说应该很快就可以出院了。"

"那就好了。"聂津2号也微微一笑,心疼地说,"你昨晚肯定没睡吧?辛苦你了。"

宋丝莹2号摇了摇头:"你不是更辛苦吗?妈说你昨晚加班到十一点多才回家,现在这么早又要出去了,唉。"

"没事,我是男人,扛得住。"聂津2号把宋丝莹2号轻轻地搂在怀里,"有你们在,再苦再累也值得。"

第十五章 爆炸前夕

宋丝莹2号嫣然一笑,柔声道:"我也不怕苦,有你,还有芸芸,我也觉得自己好幸福。"

夫妻两人相拥片刻,宋丝莹2号催促道:"好啦,你要迟到啦,快走吧。"

当时聂津2号万万没有想到,这竟然是自己所听到的妻子所说的最后一句话。他还来不及跟她道别,两人便已阴阳相隔,终此一生,再也没有见面的机会。

"阿莹……"

虽然在这个世界中,他也认识了和宋丝莹2号的长相、性格完全一致的宋丝莹1号,跟她成了情侣,可是在他心中,她永远代替不了宋丝莹2号——他的妻子、他女儿的母亲。

"我不能让你们的亲人跟我一样,要承受这种突然失去最亲最爱的人的痛苦!你们都不会死的!一个都不会!"聂津2号回过神来,大步走到C区中间。

"我可以成功阻止惨剧的发生吗?这是我最后一次当'救世主'吗?希望是吧,我真的累了……"

聂津2号回过神来,深吸了一口气,大声叫道:"大家听着!这里有炸弹!马上就要爆炸了!大家快点儿离开!"

他的叫喊声自然引起周围的观众们的一阵骚动。有几名胆子小的观众一听到他这么说,马上站了起来,匆匆离开,但大部分观众都没有站起来,而是望着聂津2号,静观其变。

这些观众的表情或嘲笑,或怀疑,或不屑,或害怕。

聂津2号见大部分观众都没有离开,心中有些着急,又叫道:"我说真的!这里有四个炸弹!马上就要爆炸了!"

"你他妈是谁呀?"此时坐在聂津2号旁边的一个男人狠狠地推了他一把,"别吵着老子看球!"

聂津2号一个踉跄,跌倒在地,一些观众哈哈大笑。

"飞龙队攻进禁区了!"忽然一名观众大叫。

这样一来,C区内的大部分观众都不再理会聂津2号,而是把注意力转移到球场上。

飞龙队的一名前锋右足一抬,大力一脚,足球如闪电一般飞向球门。建设精英队的守门员猛地扑向足球,却终究迟了一步。只听"哐当"一声,足球击中门框弹进球门。

"进了!进了!""厉害!""飞龙队!好样的!"观众们欢呼起来。

"别喊了!快跑呀!"聂津2号声嘶力竭,但他的声音瞬间便被观众们的欢呼声所掩盖。

聂津2号记得在"历史"中,炸弹是在上半场结束前数分钟爆炸的,现在还有二十多分钟上半场就要结束了。

观众们命悬一线。

聂津2号心急如焚,从地上爬起来,一把抓住身旁一个男生的手臂,叫道:"快跑呀!求你了!求你们了!"

这男生是和女朋友一起来的,他的女朋友就坐在他身旁。聂津2号突然抓住男生,男生吓了一跳,轻呼一声,整个身体都颤抖了一下。他接着回过神来,觉得自己有些丢脸,不禁恼羞成怒。为了在女朋友面前挽回面子,他使劲地甩开了聂津2号的手,喝道:"你干吗呀?神经病吗?"

聂津2号咬着牙,又对男生的女朋友说:"相信我!再不跑你们会死的！快劝你男朋友和你一起离开吧！"

女生咽了口唾沫，怯生生地对男朋友道："不如我们走吧。"

男生"哼"了一声："不用怕他，他就是个神经病！"接着他向聂津2号瞪了一眼，气呼呼地道："滚开！"

眼见时间一分一秒地过去，聂津2号心急如焚，他开始失去理智，走到一个妙龄女郎面前，拉住她的手腕，喝道："快跑！快呀！"女郎吓得失声尖叫。

就在此时，两名保安闻声赶来。其中一名个子较高的保安大步走到聂津2号身前，一手抓住了他的肩膀，厉声道："这位先生，请你不要打扰其他观众观看球赛！"

聂津2号回头向这个高个子保安看了一眼，气急败坏地道："这里有炸弹，马上就要爆炸了，再不驱散这些观众，他们就会被炸死！"

高个子保安怔了一下，随即冷笑道："炸弹？先生，你有妄想症吗？"

另一个看上去四十来岁的中年保安则皱了皱眉，将信将疑地问："炸弹？为什么有炸弹？"

聂津2号见这个中年保安似乎相信自己的话，心中大喜，连忙对他道："大哥，是真的，有四个炸弹，在上半场结束之前就会爆炸，你们快叫这些观众离开吧。"

中年保安紧紧地盯着聂津2号："你为什么知道这里有四个炸弹？"

聂津2号心中暗忖："如果我告诉他我来自五年后的未来，在今天下午曾发生爆炸事件，有七十三个人在事件中丧生,他肯定会认为我在痴人说梦。"

难得这名保安相信他的话,他怎能错过这个机会?他咬了咬牙,索性说道:"因为炸弹是我放的!"

此言一出,两名保安和附近的观众都大吃一惊。

高个子保安喝问:"你说什么?"

"我说,炸弹是我放的!"

"你为什么要放炸弹?"中年保安紧接着问。

"因为我染上了艾滋病,早晚要死,我不甘心,所以安放炸弹,报复社会!"聂津2号"借用"了"历史"中的真正爆炸犯邓唯泰的真实动机。

他快速地吸了口气,接着说道:"但在安放了炸弹以后,我却突然良心发现,于是回来叫你们逃跑。"

他说到这里,还故意以退为进,满不在乎地说:"我现在回来通知你们逃跑,已经仁至义尽了,如果你们自愿留下来等死,那也跟我无关啰。"

他刚才歇斯底里地叫众人离开,众人并不买账,但此时他这样一副漫不经心的态度,却反而让一些观众相信了他的话。他话音刚落,已有十多名观众站了起来,匆匆离开。

那高个子保安质问道:"炸弹在哪里?"

聂津2号又怎么知道邓唯泰把炸弹安放在C区观众席的什么地方?他摇了摇头,说道:"我自己也忘了把炸弹放在哪里了,反正就在C区里,而且那是定时炸弹,现在已经启动了,即使找到炸弹,也阻止不了它们爆炸了。"

他说完这句话,又有几名观众站起来离开。聂津2号心中有些欣慰："哪怕最后无法阻止爆炸惨剧发生，但至少我救下了已经离开的那些人。"

与此同时，高个子保安心道："也不知道这个男人的话是真是假，如果是假的，现在我们驱散观众离场，到时候爆炸没有发生，他们让我们赔偿球赛的门票怎么办？"

他的心中没有主意，于是向中年保安看了一眼，询问道："鼎哥，现在怎么办呀？"

中年保安沉吟了一下，说道："先把他带出去吧。"

聂津2号见还有这么多观众留在观众席，自己一旦被带走，此事不了了之，他们便将非死即伤，他着急地叫道："喂！你们还等什么呀？快跑呀！你们真的不怕死吗？"

一些本来对他的话半信半疑的观众，此刻见他又激动起来，心中却反而怀疑："如果你真的安放了炸弹，后来良心发现，那么来叫我们逃跑就是了，为什么要对我们的安危如此紧张？难道其中有诈？难道这只是个恶作剧而已？"

"好了！别吵了！跟我们出去吧！"高个子保安拉住聂津2号的手臂，想要带他离开C区观众席。

聂津2号望着仍然留在观众席的观众，想到片刻以后他们便会从一个个活人变成一具具尸体，心中一震，死死地抓住其中一张座椅的靠背，死活不肯离开。

"再不跑就来不及了！你们真的想永远见不到自己的亲人吗？"聂津2号怒声吼叫，但大部分观众无动于衷。

此时此刻，中年保安也认定了聂津2号根本没有安放什么炸弹，而只是在捣乱而已，连忙走过来和高个子保安合力把他强行带走。

刚才把聂津2号推倒的那个男人此时也走过来,协助保安掰开了聂津2号紧抓着座椅靠背的双手。两名保安把聂津2号拖倒在地。

聂津2号被两名保安拖动到C区观众席最前方的过道上。眼看自己即将被迫离开C区观众席,聂津2号心中万念俱灰:"谋事在人,成事在天,我想救人,却不一定能如愿以偿。我救了本该被封帆害死的乘客,我也救了本该被马祯砍死的那些老师和学生,但我却救不了傅新晴。今天,我虽然不能救下所有观众,但至少有部分观众因为我的到来而逃过一劫。算了,我已经尽力了……"聂津2号想到这里,索性放弃抵抗。

然而就在此时,却见一个女子快步走过来,又惊又奇地说:"阿津?你怎么在这儿?"

聂津2号一看,不由得心中一喜。

这个女子正是夏寻语。

3

夏寻语是L市飞龙队的忠实粉丝,今天独自来到这里观看L市飞龙队和K市建设精英队的足球比赛。刚才聂津2号在C区观众席"闹事"的时候,她刚好上洗手间去了,因此错过了这一幕。现在看到两名保安拖着一个男人离开,因为好奇,便走过来一探究竟。如果她再晚三十秒回来,聂津2号已经被带走,那么事情又将朝另一个方向发展。

"夏小姐,"聂津2号知道夏寻语的出现是最后的转机了，连忙大声说道，"帮帮我！"

此时夏寻语见到的虽然是聂津2号，但她误以为他是不久之前在她家楼下跟她碰过面的聂津1号，一脸疑惑地问："你不是去找思炫了吗？怎么到这儿来啦？"接着她又向那两名保安问道："保安大哥，我朋友怎么啦？"

高个子保安向夏寻语瞥了一眼，一脸轻蔑地问："他是你朋友啊？"

夏寻语点了点头："对啊，他们干吗抓住他呀？"

高个子保安"哼"了一声："因为他是神经病……"

"这位小姐，"中年保安打断了高个子保安的话，"你的朋友刚才在观众席大吵大闹，影响了其他观众正常观看比赛，所以我们把他带出去，请你理解。"

"这中间肯定有什么误会吧？你们先放了我朋友再说嘛。"夏寻语请求道。

高个子保安满脸不屑，中年保安则沉吟不语。

聂津2号见事情有转机，连忙说道："两个保安大哥，对不起，我保证不会再捣乱了，你们让我继续看比赛吧。"

高个子保安向他瞪了一眼："你想得美！"

中年保安则皱了皱眉，问道："你刚才说安放了四个炸弹，是真的还是假的？"

"是假的，只是恶作剧而已。"聂津2号讪讪地说。

中年保安听他这么说，微微地松了口气，又问："你保证不再影响其他观众看球赛？"

"是的，我保证！保安大哥，给我一个机会吧。"聂津

2号一脸诚恳地说。

"好吧,"中年保安放开了聂津2号,接着又对高个子保安说,"放了他吧。"

"鼎哥呀……"高个子保安一脸不乐意。

"放了他吧,大事化小,小事化无。"中年保安不想惹事上身。高个子保安虽然不情愿,却也放开了聂津2号。

两名保安刚离开,夏寻语便迫不及待地问:"阿津,你怎么到这儿来了呀?你说放了什么炸弹,是怎么回事呀?"

聂津2号吸了口气,一脸严肃地道:"夏小姐,我不是这个世界的聂津。"

"什么?"夏寻语微微一怔。

"我是来自五年后的聂津。"

"啊?"夏寻语轻呼一声,颤声道,"你是……聂津2号?"

"聂津2号?"聂津2号微微一怔,接着便明白慕容思炫已经推理出自己穿越的事,并且把自己称为"聂津2号",于是点头承认道,"是的。"

夏寻语认真地打量聂津2号,果然发现他的样貌虽然跟聂津1号一模一样,但是面容确实比聂津1号要苍老一些。而且她记得刚才见到聂津1号的时候,聂津1号是穿着一件蓝色的衣服的,而眼前这个聂津却穿着白色的衣服。

"你真的是从二〇二三年穿越过来的?"夏寻语问。

聂津2号点了点头,正色道:"是的。"

"看来思炫的推理是正确的,"夏寻语喃喃地道,"穿越真的存在。"

没等聂津2号答话,她紧接着又问:"这么说,封帆和马祯,真的是你杀死的?"

"嗯。"聂津2号舔了舔嘴唇,加快了语速说道,"夏小姐,现在先别说这些了,你要认真听我接下来的话:在我所在的那个世界中,二〇一八年九月十五日——就是今天,就在这场足球比赛上半场结束前数分钟,C区观众席发生了大爆炸,七十三人在爆炸中丧生,其中包括……"

聂津2号还没说完,夏寻语已失声大叫:"什么?你说真的吗?"

聂津2号苦笑了一下:"我像是在开玩笑吗?"

"那怎么办呀?"夏寻语掏出手机看了看上面的时间,"还有十来分钟上半场就结束了!"

聂津2号无奈地摇了摇头:"刚才的情况你也看到了,我去劝他们离开,他们却把我当成疯子,最后我还被保安强行带走。"

"不!我们不能眼睁睁地看着他们被炸死,我再去劝劝他们……"夏寻语说罢走向C区的观众席。

聂津2号一把拉住了她的手臂:"别去!"

"为什么?"夏寻语回头看了看聂津2号,满脸疑惑。

聂津2号指了指不远处:"你看那边。"

夏寻语向着聂津2号所指的方向望去,竟见那两名保安此刻就站在他们附近,监视着他们的一举一动。

"他们怎么还没走呀?"夏寻语秀眉一蹙。

"一来,他们怕我出尔反尔,还会回到观众席去捣乱,所以留下来监视着我;二来,我刚才说在观众席安放了四个炸弹,虽然最后他们并不相信我的话,但万一观众席真的发生了爆炸,他们也可以立即跑过来把我控制住,然后把我交给警方。"聂津2号摇了摇头,一脸无奈地说,"如果我们现在回到观众席,他们是肯定会过来干涉的,到时候我们再一次被强行带走,就再也没有人能救这些观众了。"

"那我们要怎么办呀?"夏寻语急得没了主意。

聂津2号心中却早有想法:"慕容先生和这个世界的聂津此刻应该就在体育场附近,你快打电话给慕容先生,让他来帮忙吧。"

在这千钧一发的时刻,夏寻语确实也只能向慕容思炫求助了:"好,我马上打给他。"

她刚拨通慕容思炫的手机,电话便接通了,她还没说话,只听手机另一端的慕容思炫劈头就问:"你是不是见到了聂津2号?"

"啊?你怎么知道的?"夏寻语满脸诧异。

4

霍奇侠也带着数名刑警来到太平一巷。

"霍警官,你们来晚了一步了,"聂津1号愤愤不平地说,"聂津2号刚被救走了。"

"被救走了?"霍奇侠皱了皱眉,"被谁救走了?"

"就是那个骑着摩托车的神秘人。说起来,"聂津1号皱了皱眉，喃喃地说，"那辆摩托车我好像在哪里见过。"

慕容思炫斜眉一蹙："你见过？"

"好像是。"聂津1号的语气不太肯定。

"在哪里？"慕容思炫追问。他认为这是一个极为关键的问题。

聂津1号双眉紧锁："我……我想不起。"

"你们刚才是在哪里见到聂津2号的？"霍奇侠问。

聂津1号指了指太平一巷的巷口："就在那里，他好像在等车，应该是在等出租车吧。"

霍奇侠沉吟了一下，说道："他要去哪里呢？他明明正在被我们通缉，为什么还要冒险现身呢？难道他知道自己所在的位置暴露了，所以要逃跑？"

"他之所以冒着暴露的危险现身，是因为，"慕容思炫咬了咬手指，猜测道，"他今天要去改变'历史'。"

"改变'历史'？"聂津1号微微一惊，"难道今天又会发生什么惨剧吗？"

"或许吧。"慕容思炫并不肯定。

"那我们要尽快找到他。"霍奇侠说罢左右张望，想要看看附近有没有监控摄像头。

慕容思炫早就观察过周围的环境了，此时指了指巷口的一个监控摄像头，向霍奇侠盼咐道："以这个摄像头为起点，对聂津2号展开轨迹跟踪吧。"

"好！"

霍奇侠立即拨打一名同僚的电话："华哥，你马上带几个人到交警支队去,追踪一下聂津2号的行踪……"交警支队的监控是联网的,在交警支队指挥中心可以调取到L市内大部分街道摄像头的监控录像。只要警方通过太平一巷的监控摄像头找到聂津2号和救走他的那个神秘人的身影,再通过其他街道的监控摄像头对他们展开轨迹跟踪,便可以找到他们最终出现的地方。

不一会儿,华哥来电,说查到那个骑着摩托车的神秘人在人民体育场门外放下了聂津2号,随后离开,而聂津2号则走进了体育场。

霍奇侠让华哥继续追踪那神秘人接下来的去向。

结束通话后,霍奇侠把华哥的调查结果告诉了慕容思炫和聂津1号。

"人民体育场?"聂津1号双眉一蹙,"今天下午在体育场有一场足球比赛,寻语好像也到体育场去看那场比赛了,对吧,慕容先生?"

"是。"慕容思炫微微点头,"L市飞龙队和K市建设精英队的比赛。"

"寻语去了体育场看足球比赛,而聂津2号也到体育场去了,这应该不是巧合吧?"霍奇侠沉吟道。

"聂津2号这次要干涉的'历史'事件,恐怕跟夏寻语有关。"慕容思炫猜想道。

"那我们快去体育场看看吧!"聂津1号的心情有些紧张。这一次,终于可以跟未来的自己正面接触了吗?

接下来,慕容思炫、聂津1号、霍奇侠以及和霍奇侠一起来的那几名刑警,匆匆来到人民体育场,刚走到体育场大门外,慕容思炫便收到了夏寻语的电话。

"你们在哪里?"

"C区观众席。"

在慕容思炫、聂津1号、霍奇侠以及霍奇侠的同僚前往C区观众席的途中,夏寻语把聂津2号刚才告诉她的事情,快速地告诉了慕容思炫:"历史"中的今天下午,在这场足球比赛上半场结束前数分钟,在C区观众席发生了爆炸,有七十三人在爆炸中丧生。

之后慕容思炫向聂津1号、霍奇侠等人转述了夏寻语的话。他们也来到了C区的观众席跟夏寻语以及聂津2号会合。

"走吧!"事不宜迟,霍奇侠还没站稳身子,便又带着那几名刑警向C区观众席走去。

与此同时,聂津1号看向聂津2号,表情复杂地说:"我们终于正式见面了。"

聂津2号笑了笑,没有答话。

这时候霍奇侠等人已经走到C区观众席中间。霍奇侠掏出了警察证,朗声说道:"我们是L市刑警支队的刑警!我们收到可靠情报,这里即将发生爆炸,请大家听从我们的指挥,迅速有序撤离!"

连警察都出现了,有炸弹的事自然不容置疑,如此一来,观众们哪里还会留下等死?不到二十秒,C区观众席的观众们已全部站了起来,在霍奇侠等人的指挥下迅速撤离。不一会儿,观众们都来到了安全的区域,足球比赛也被迫暂停了。

在观众们撤离的过程中,聂津2号轻轻地呼出一口气,一脸欣慰地说:"总算成功了。"

聂津1号微微一笑:"恭喜你,又一次成了'救世主'。"他本来对这个聂津2号稍有敌意,这种敌意不是来自聂津2号无意中让他成了警方的嫌疑对象,而是因为他觉得同一个世界中不应该有两个聂津同时存在,聂津2号的出现让他产生某种危机感。但此时见到聂津2号,不知怎么,聂津1号心中对他的敌意却消失了,反而对他产生了一种亲切的感觉。毕竟他在一定程度上也算是"自己"。

"在'历史'中,"慕容思炫看了看聂津2号,冷不防问道,"夏寻语是不是在这场爆炸中被炸死了?后来,是你原来所在的那个世界里的'我'把这件事告诉你的,对吗?"

聂津2号呆了一下,感叹道:"慕容先生,你竟然连另一个世界发生的事情也可以推断出来,真是令人惊讶!"

"我……我被炸死了?"夏寻语吃了一惊。

聂津2号点了点头,神色有些黯然:"是的,所以在我的那个世界里,夏寻语侦探事务所已经不存在了。"

"这么说,你是为了救我才到这里来的?"夏寻语满脸感激。

聂津2号淡淡一笑,向众人道出事情的始末:"在我原来的那个世界中,二〇二〇年时,我老婆的一个朋友被人杀死了,我想去找慕容先生调查此案,慕容先生却告诉我夏小姐在二〇一八年的爆炸中遇难了，他也不再接受委托。

"穿越以后，我本来是忘了这件事的。直到一周前我到雪梅山庄的时候，看到夏小姐，这才想起她在我原来的那个世界中被炸死的事，想起'历史'中发生在二〇一八年九月十五日的那场爆炸，所以便决定过来阻止。"

夏寻语想到在另一个世界中"自己"竟然被炸死了，虽然说那个世界跟她毫无关系，但也不由得不寒而栗。

接着她又想，在另一个世界中的慕容思炫，会不会为"她"的死亡而感到伤心呢？聂津2号说他不再接受调查委托了，看来"自己"的死亡，对他也有一定打击。

夏寻语想到这里，向慕容思炫看了一眼，想着自己和他"同居"的九年中共同经历的事，心中百感交集。

此时，C区观众席的最后一名观众也撤离到安全区域去了，整个C区空空如也。十多秒后，C区观众席果然发生了惊天动地的爆炸！虽然此时观众们都已经撤离到安全区域，但还是感觉到一股炽热的气浪迎面袭来。与此同时，在震耳欲聋的爆炸声中，滚滚浓烟腾空而起，被炸飞的座椅碎片以及混凝土碎片四处飞溅。爆炸过后，整个C区观众席一片狼藉，不少座椅都被炸得支离破碎。

夏寻语看着这个土崩瓦解的爆炸现场，心想如果聂津2号没有出现，或者在自己从洗手间回来之前他已经被保安带走了，那么此时自己也和这些座椅一样被炸成碎片，不禁心有余悸。

至于那些观众们，更是目瞪口呆。一些观众注意到此刻聂津2号也在安全区域内,不禁向他投去厌恶、憎恨的目光,因为他们认为这几个炸弹就是聂津2号放的。聂津2号对于这些充满敌意的目光倒是不怎么在意。

"我成功了!"他在心中暗想,"我成功阻止了爆炸惨剧的发生,我成功救下了所有观众。太好了……这真是太好了……"

他甚至喜极而泣:"阿莹,你看到了吗?我救下了这许多人,我让他们的亲人不会像我这样,要去承受失去挚爱的痛苦。可是,哪怕我救下了这么多人,又有什么用呢?我始终没能救下你……没能救下我这辈子最深爱的女人……"

第十六章 血染之花

1

人民体育场爆炸事件至此告一段落,负责增援的警察陆续赶到现场处理善后工作,而慕容思炫、夏寻语、聂津1号、聂津2号和霍奇侠五人,则走出了体育场,来到了附近的一家咖啡馆。

五人坐下以后,面面相觑,心中都有些难以形容的奇怪感觉,谁也没有首先开口。

大半个月前,聂津2号为了阻止封帆开公交车坠江自杀,为了挽救公交车上的那些无辜的乘客,失手杀死了封帆;随后霍奇侠作为封帆被杀一案的负责人,对此案展开全面调查,并且对聂津1号产生了怀疑;聂津1号为了洗刷嫌疑,向慕容思炫和夏寻语求助,而这正是一切的开端。

至于后来发生的马祯被杀案、傅新晴被杀案,以及今天在人民体育场发生的爆炸案,都跟在座的五个人有着这样或那样的关系。

而在这些案件之中,五人的关系也一直在转变着:起初,霍奇侠通缉聂津1号,而慕容思炫和夏寻语则收留了聂津1号;聂津2号虽然间接让聂津1号成了通缉犯,但又曾通知聂津1号逃跑,避开了警方的追捕,两人的关系似敌似友;后来慕容思炫推理出聂津2号的存在,霍奇侠、慕容思炫、夏寻语和聂津1号又处于同一阵线,全力追捕聂津2号;片刻之前,聂津2号又在夏寻语、霍奇侠等人的协助下,成功疏散了观众,阻止了爆炸惨剧的发生。

现在一切终于尘埃落定,而他们五个人也"化敌为友",同坐一张桌前。

"那么,"首先打破沉默的是霍奇侠,只见他看了看聂津2号,微微一笑,"我们是该称呼你为聂津2号吧?"

聂津2号点了点头,看了看聂津1号:"至于他,属于这个世界的聂津,则应该是聂津1号了。"

聂津1号看着聂津2号,轻轻地吁了口气,他的心中有千言万语,却不知道从何说起,最后说道:"说真的,我现在看着'自己'在自己面前说话,感觉就像做梦一样。"

慕容思炫从口袋里掏出了一筒薄荷糖,一边把薄荷糖分给众人,一边用毫无抑扬顿挫的声音说道:"假设我们现在身处的这个世界叫世界A,它目前的时间是二〇一八年九月十五日;聂津2号之前所在的那个世界叫世界B,在聂津2号离开世界B的时候,它的时间是二〇二三年八月二十四日。"

他说到这里向聂津2号看了一眼,淡淡地说:"接下来,该由你来告诉我们你在世界B的经历,以及穿越到世界A以后所发生的事情了。"

聂津2号深吸了口气,把事情的始末向众人娓娓道来。

他首先把他在世界B中跟那个世界的宋丝莹2号相识、相知、相恋、结婚、生孩子等事告诉了众人。

聂津1号得知"未来"的"自己"和宋丝莹2号生下了一个患有重症地贫的女儿时,心中庆幸在这个世界里这一切尚未发生。然而在聂津2号心中,这却是甜蜜的负担,因为他跟女儿已经有了深厚的感情,有着一段毕生难忘的记忆,他对此无悔无怨,即使让他再选择一次,他也会毅然让女儿出生。

当聂津2号说到宋丝莹2号被入室抢劫的蒙面男人杀死的时候,声音哽咽,神情哀伤。然而聂津1号在听到这里的时候,却没什么悲伤的感觉,毕竟他跟宋丝莹1号只见过一面,还没开始相恋——大概也不会开始。

倒是夏寻语有些感伤,毕竟宋丝莹是她的高中同学。

"在世界B里,我被炸死了,阿莹也被杀死了,还有公交车上的那些乘客、育才中学里的那些老师和学生、体育场里的那些观众,都死了。那个世界,真是太悲惨了。而我身处的这个世界A,之所以变得如此美好,就是因为聂津2号的干预。"

夏寻语想到这里,向聂津2号投去了感激的目光。

接着聂津2号又把穿越前后的事告诉了众人。

此前慕容思炫已经推断出穿越的一些"规则":一个人被雷电击中后,有一定概率发生穿越,而一旦穿越,就会穿越到从他所穿越的那天算起的五年前的平行世界,穿越前后的地点也应该是一致的。

现在聂津2号的讲述证实了慕容思炫的推测是完全正确的：在世界B中，于二〇二三年八月二十四日早上，聂津2号在英伦豪庭第九幢的天台被雷电击中，并且发生了穿越，从世界B穿越到世界A，二〇一八年八月二十四日早上。除了聂津2号当时所穿的衣服和拖鞋，和他一起穿越过来的还有他的手表和手机，这些物品本来都是属于世界B的。

聂津2号穿越到世界A以后所发生的事情，也跟慕容思炫此前的推理基本一致。当然，他也把自己去认识了宋丝莹1号的事告诉了众人，说完以后他还一脸歉意地对聂津1号道："对不起，我抢先认识了你的女朋友。"

聂津1号倒是毫不介怀："没关系，或许我以后还能认识更适合我的女生呢。"他觉得自己和宋丝莹1号都是地贫基因携带者，有生下重症地贫的孩子的可能性，因此宋丝莹1号对他来说也并非理想对象。

聂津2号又提到了傅新晴的事。聂津1号黯然道："这回该我说对不起了，如果不是我们跟踪你，你或许就能阻止傅新晴被杀那件事的发生了。"

聂津2号叹了口气："这或许是她的命吧。"

"那么，那个骑着摩托车两次救走你的人，是谁？"慕容思炫淡淡地问。

聂津1号、夏寻语和霍奇侠也望向聂津2号，他们也对这个神秘人的身份十分好奇。

然而聂津2号却摇了摇头："我不知道他是谁，也不知道他为什么要救我。"

慕容思炫略一思索，问道："你对那个神秘人所骑的摩托车有印象吗？"

聂津2号点了点头："是的，我以前好像是在哪里见过这辆摩托车，但一时之间却想不起来。"

聂津1号"咦"了一声："我也觉得见过这辆摩托车。"

夏寻语呵呵一笑："毕竟你们是'同一个人'嘛，在二〇一八年八月二十四日之前，你们拥有相同的经历和记忆。"

最后，聂津2号又把邓唯泰在体育场安放四个炸弹的事讲述了一遍。霍奇侠向他询问这个爆炸犯邓唯泰的详细信息，但聂津2号对邓唯泰也不是十分了解，只是"当时"在网上了解到邓唯泰是一个富二代，因为滥交而染上了艾滋病，心中愤恨，产生了报复社会的念头，爆炸案发生后，邓唯泰很快就被警方抓获了。

于是霍奇侠立即打电话给一名同事，让他对这个邓唯泰展开全面调查，并且把他逮捕归案。虽然在聂津2号的干涉下，C区观众席的观众们全部都逃过一劫，但邓唯泰购买、安放炸弹，却是不容置疑的事，他必须接受法律的制裁。

待聂津2号把所有事情都讲述完毕，已经过了一个多小时了。慕容思炫、夏寻语、聂津1号和霍奇侠，仿佛跟着他的讲述而进行了一次"穿越"，从世界B穿越到世界A来，此时他讲述结束，众人都有一种恍如隔世的奇妙感觉。

2

"聂津2号，"霍奇侠吸了口气，脸色沉重地说，"虽然你杀死封帆和马祯，是为了阻止他们行凶，虽然你挽救了不少无辜市民的性命，但你毕竟杀了两个人，我需要带你回去接受审讯。"

聂津2号点了点头："我明白。"

夏寻语嚷了起来："霍警官，这对他太不公平了吧？如果他没有出手干预这些事，现在公交车上那些乘客都死了，育才中学里的那些师生也被砍死了，体育场上那些观众也被炸死炸伤了。聂津2号救下了这么多人，现在你却要抓他回去？"

霍奇侠轻叹一声："寻语，我并没有否认这些事，但这些事都不能改变聂津2号曾经杀人的事实。我是一名警察，把犯罪嫌疑人抓捕归案，是我的职责。"

"法理不外乎人情嘛。"夏寻语据理力争。

霍奇侠微微颔首："你说得对，法理不外乎人情，但这个'人情'不是由我来定义的。我会把整件事的始末如实报告检察院和法院，希望他们可以对聂津2号从轻处罚吧。"

聂津2号苦笑了一下："他们会相信穿越的存在吗？"

"我会让他们相信的！"霍奇侠信誓旦旦地说，"尽管在我们这个世界A中，这两件事没有发生过，但我会全力寻找相关证据，证明这两件事是确实存在的。"

聂津2号向霍奇侠点了点头："谢谢你，霍警官。"

"你有后悔过吗？"此时聂津1号向聂津2号问道。

聂津2号淡淡一笑："如果是你呢？"

他这么一说，聂津1号豁然开朗。两个聂津心领神会，相视一笑，不再说话。

"可是，"夏寻语还是有些不服气，"我总觉得这对聂津2号不公平！"

聂津2号莞尔一笑："夏小姐，谢谢你一直在帮我说话。你刚才说，法理不外乎人情，我也认同这句话。作为一名律师，我对于这句话也有自己的理解。我认为，法律是道德的底线，而道德，就是这句话中的'人情'，是人类的情感，是基本符合社会的伦理道德的。法律的存在就是为了维护'人情'的存在。

"我相信，到时候两个机关会考虑到整件事的来龙去脉，再做综合处理，而不会只凭封帆和马祯被杀的结果就做出判断、定罪。

"当英雄，就是要付出代价的，而我付出的代价并不大，但却救了这么多人，我无怨无悔。如果让我再选择一次，我也会这样做。"

他这番话让慕容思炫、夏寻语、聂津1号和霍奇侠都对他肃然起敬。

3

五人走出咖啡馆，霍奇侠正准备把聂津2号带回公安局，却听他说："霍警官，在跟你回去之前，我可以先去一个地方吗？"

"哦？"霍奇侠有些好奇地问，"你想去哪里？"

"我想再去见一下宋丝莹，"聂津2号轻轻地叹了口气，有些无奈地说，"以后也不知道还有没有机会见到她了。"

霍奇侠还没答话，夏寻语说道："霍警官，你就满足一下人家的心愿嘛。他救了那么多人，现在也愿意跟你回去接受调查，你可不能这样不近人情，连他这个简单的要求也不答应吧？"

霍奇侠苦笑了一下："我又没说不答应。寻语，难道在你心中，我真的这样不近人情吗？"

五人一同前往大东街。

"终于可以见到阿莹了，终于可以跟她解释那天晚上我从小精灵西餐厅匆匆离去的理由了，终于可以跟她说明我这个星期没有跟她联系的原因了。"聂津2号心中颇感欣慰，"我从世界B穿越到这里来，救了公交车上的乘客，救了育才中学的学生和老师，救了足球比赛中的观众，我还认识了阿莹1号，成了她的男朋友，尽管现在，等待我的是一条未知的路，但我也没什么遗憾了。"

他微微地吸了口气，接着又想："待会儿我要不要把事情的始末告诉阿莹呢？要不要告诉她我是从五年后的世界穿越过来的呢？要不要告诉她，在那个世界里，我跟那个世界的她结婚了，还生下了一个女儿？还是不要了吧，如果她知道五年后她将被一个入室抢劫的匪徒杀死，她会害怕的。提前知道未来发生的事，特别是自己的命运，真是一种悲哀。

"如果我要坐牢,那么在这个世界上,五年后,谁去保护阿莹呢?对了,我要坐牢的话,就不能跟阿莹结婚了,她自然也不会住进英伦豪庭,'历史'将因此改变,她不会再被那个入室抢劫的劫匪杀死。"

想到这里,聂津2号大大地松了口气。

"希望她以后可以幸福快乐吧……"

"对了,在未来,"聂津1号的话打断了聂津2号的思索,"妈的身体还好吧?"

聂津2号点了点头:"挺好的,还能帮我照顾芸芸呢。"

"那么,"一直一言不发的慕容思炫此时冷不防问道,"在五年后的世界,'我'是否已经抓住了杀死陈海鸿和陆梦蓉的凶手?"

属于世界B的慕容思炫2号应该也接受了那个世界的霍奇侠2号的委托,调查陈海鸿2号和陆梦蓉2号被杀一案。陆梦蓉2号是聂津2号的同学,聂津2号自然会关注这起案子,如果在世界B凶手已被逮捕归案,聂津2号肯定会知道的。

"陈海鸿?陆梦蓉?"聂津2号微微一怔。

聂津1号解释道:"现在慕容先生在协助警方调查这起案子。我们认为,在世界B中,那起案子后来应该也是由那个世界的慕容先生2号接手调查的。"

聂津2号"哦"了一声,摇了摇头:"很遗憾,直到我穿越时的二〇二三年,那起案子还没侦破。"

"是吗?"慕容思炫冰冷如水的脸上掠过一丝失望。

"连慕容也侦破不了吗?"霍奇侠叹了口气,"看来那起案子的侦破难度很大，最终很有可能成为悬案了。"

夏寻语呵呵一笑："思炫，没想到这个世界竟然存在连你也侦破不了的案子啊。"

慕容思炫不屑地说："那又不是'我'。"

霍奇侠接着说："这起案子最奇怪的地方就是，凶手在杀害陈海鸿的时候，先用棍棒重击他的头部，杀死了他，然后再用棍棒虐打他的尸体，造成多处瘀伤；而在杀害陆梦蓉的时候，凶手却先用棍棒殴打她的身体，造成多处瘀伤，最后再用棍棒重击她的头部，给予了她致命一击。"

夏寻语沉吟了一下，推测道："可能凶手十分痛恨陈海鸿，所以杀死他以后，还要继续折磨他的尸体。"

慕容思炫打了个哈欠："明天再找谢嘉了解一下情况吧。"

众人又讨论了一会儿，但对于这起案件仍然没有丝毫头绪。此时，众人已经来到宋丝莹1号的花店门前了。

4

这时候已是傍晚时分。夕阳西下，晚霞洒在花店门外的鲜花上，花店四周洋溢着一种温馨的气息。

"一周前我和思炫、聂津1号还曾在这里监视过阿莹呢。"此时夏寻语呵呵笑道。

"后来你们跟着阿莹来到了小精灵西餐厅，对吧？"聂津2号淡淡地问。

夏寻语点了点头。

聂津2号轻叹一声:"如果当时你们直接现身,我跟你们说明原委,或许就能救下傅新晴的性命了。"

"是呀,"聂津1号也有些感慨地说,"如果我们现身跟你见面,如果在雪梅山庄监视你时我的手机没有响起,如果你即使听到我的手机铃声也没有逃跑,如果我们没有追赶你,如果我们能及时回到傅新晴父母的住宅门前……这些'如果',只要其中一个成立,傅新晴也可以逃过一劫,只可惜……唉,或许,冥冥之中确实是早有主宰吧。"

"我认为,人的命运还是掌握在自己手中的。"霍奇侠拍了拍聂津2号的肩膀,"譬如说聂津2号跟宋丝莹1号的相识,就不是命运的安排,而是他自己的选择。"

聂津2号微微苦笑:"那是因为我来自五年后,所以在对抗命运时具备一些优势。五年后,我不再具备这些优势,到时不就跟其他人一样,只能被命运玩弄于股掌之中吗?"

"希望接下来你可以好好地发挥这些'优势',尽可能回忆这五年中发生的大事,让我们可以挽救更多的人。"霍奇侠笑了笑,"只是,这一次,你不再是孤胆英雄,我们局里所有人都会根据你所知道的'历史',展开行动,阻止各种悲剧的发生。"

"我会尽力的。"聂津2号忽然觉得自己之前的做法有些傻。当时在见到封帆离家之际,就应该打电话报警,为什么要自己去阻止他呢?

"好了,"霍奇侠指了指花店的大门,"快去见她吧。"
"嗯。"聂津2号大步走向花店的大门。

"我也去跟阿莹打个招呼。"

夏寻语也想跟着走进花店,却被聂津1号一把拉住:"寻语,现在天还没黑,暂时还不需要你这个'电灯泡'哟。"

聂津2号走进花店后,却发现店里空无一人。

在花店里还有一个洗手间,此刻洗手间的门是关上的,难道宋丝莹1号在洗手间里?聂津2号走到洗手间门前,叫了一声:"阿莹,你在里面吗?"

洗手间内无人应答。

聂津2号敲了敲洗手间的门,又问道:"阿莹,我是聂津,你在洗手间里吗?"

洗手间内仍然没有回应。

难道洗手间里没人?宋丝莹1号不在洗手间里,又会在哪里呢?

聂津2号觉得有些不对劲,轻轻地转动了一下门把手,发现洗手间的门并没有上锁。

"阿莹?"

聂津2号慢慢地把门推开,探头一看,霎时间,看到了意料之外的一幕。突如其来的画面,只把他惊得瞠目结舌。

他看到宋丝莹1号倒在地上,双目圆睁,面容扭曲,一动不动。她的喉咙似乎被割断了,颈部鲜血淋漓,头部周围也有一大摊血。在这些鲜血之中,有一把染满了血的尖刀。

5

"啊——"聂津2号不禁失声大叫。

花店外的慕容思炫斜眉一蹙,几个箭步走进花店。霍奇侠、聂津1号和夏寻语三人先是一愣,紧接着也回过神来,跟着慕容思炫走进了花店。

四人来到聂津2号身后,看到躺在洗手间里的宋丝莹1号。

"这……这是阿莹?"夏寻语花容失色,颤声道,"她……她怎么啦?"

"阿莹……阿莹……"聂津2号定了定神,想要走进洗手间查看宋丝莹1号的情况,却被霍奇侠拉住了。

与此同时,慕容思炫从肩包中掏出帽子、口罩、橡皮手套和硬底鞋套,全部戴好,以防止自己的毛发、唾液、指纹和足印留在现场,然后才走进洗手间,进行勘查。

他来到宋丝莹1号身前,蹲下身子,探了一下她的鼻息,接着又摸了一下她的脉搏……各种指标都表明她已经没有任何生命体征了,慕容思炫回头对众人道:"死了。"

"啊?"霎时间,聂津2号大脑一片空白。

他不禁想起在他原来的那个世界中,他在家里发现宋丝莹2号的尸体时的情景了。

当时宋丝莹2号也跟现在的宋丝莹1号一样,躺在地上,纹丝不动。失去最爱的女人,那是一种撕心裂肺的痛。那种痛,刻骨铭心,聂津2号永远不会忘记。

他没有想到,短短的两个月后,自己竟然要再一次承受这种痛。他也万万没有想到,自己竟然会两次失去宋丝莹。

夏寻语也黯然神伤。一周前,在同学聚会上,她才跟宋丝莹1号见过面，当时大家还谈笑风生，她做梦也没有想到，那竟然是自己这辈子最后一次跟宋丝莹1号一起吃饭。

聂津1号跟宋丝莹1号只有一面之缘，宋丝莹1号遇害，在他的心中本来是震惊大于感伤。但此时他看到另一个"自己"如此伤心欲绝，心中也掠过一丝莫名的悲痛。

在其他人都在为宋丝莹1号的死而震惊、难过的时候，慕容思炫简单地检查了一下宋丝莹1号的尸体。此时只见他站了起来说道："死亡原因是喉咙部位的颈动脉被切断，初步推断凶器就是她的尸体旁边的那把刀子。它的尸僵和尸斑已开始出现，初步推断死亡时间在一个半小时到两个半小时之前，即今天下午三点半到四点半之间。"

霍奇侠点了点头："我已经打电话回局里请求增援了，等侦查员和技术员过来后，再进行详细的勘查和化验吧。"

"凶手为什么要杀死她呀？"聂津2号咬了咬牙，怒目圆睁地道，"她只是一个手无缚鸡之力的女人，而且也没有得罪别人，凶手为什么要狠下毒手？"

他此时的神情怒不可遏，双眼通红，眼眶湿润，愤怒中夹杂着丝丝痛苦。在世界B中，他失去了他深爱的妻子——宋丝莹2号，随后因为穿越而离开了他所爱的母亲和女儿；没想到在来到这个世界A以后，他再一次失去了宋丝莹1号。他真的失去了太多太多。

他救下了公交车上的乘客，救下了育才中学的学生和老师，救下了足球比赛中的观众，却连续两次没能救下自己深爱的女人。

慕容思炫、霍奇侠、夏寻语和聂津1号望着这个来自未来的可怜男人，面面相觑，心中满不是滋味。

不一会儿，侦查员和技术员到达花店，封锁了现场，并且对现场展开勘查。霍奇侠要留下来指挥勘查工作，于是他让两名同事先把聂津2号带回公安局进行审讯。

聂津2号离开之前，对着慕容思炫深深一揖："慕容先生，请你务必要找到杀死阿莹的凶手。"

慕容思炫"哦"了一声，算是回答。

夏寻语紧接着说："你放心吧，我和思炫一定会把这个可恶的凶手揪出来的，我保证。"

6

法医对宋丝莹1号的尸体进行了简单的尸表检验，检验结果跟慕容思炫所推断的一样，宋丝莹1号的死亡时间是今天下午三点半到四点半之间。当时慕容思炫、夏寻语、霍奇侠、聂津1号和聂津2号五人在体育场处理爆炸事件，随后又前往体育场附近的咖啡馆。

尸表检验完毕后，宋丝莹1号的尸体被送回L市公安局的法医中心，与此同时法医也回到法医中心的尸体解剖室，对尸体进行进一步检验。

接下来，现场的勘查工作基本结束了，所有现场物证也处理完毕，花店被贴上封条，大部分办案人员回到了公安局，侦查员开始整理勘查记录，技术员则开始对提取到的物证进行分析。

第十六章 血染之花

慕容思炫、夏寻语和聂津1号随霍奇侠回到了公安局。

到了晚上十点左右,所有物证才全部处理结束,参加了宋丝莹1号被杀一案的现场勘查的技术员,会同负责调查这起案件的办案人员,在公安局内的一个会议室,召开案情分析会。

慕容思炫也以公安局外聘刑侦专家的身份一起参加了案情分析会,而夏寻语和聂津1号则在另一个会议室等候。

会议开始。侦查员文兴清了清嗓子,讲述案情:"今天傍晚六点零七分,我们收到霍奇侠警官的电话,得知他在大东街的幸福花店内发现了一具女性尸体,于是我们立即出警,赶到现场。经过调查,死者名叫宋丝莹,一九九三年出生,现年二十五岁,L市本地人,是幸福花店的老板娘。她有一个比她小四岁的弟弟,目前她的父母和弟弟住在L市的南山村。

"根据调查,宋丝莹在高中毕业后就出来工作了,工作不久以后,在L市城区租了一间房子,独自居住。我们走访了死者的朋友和同学,还到南山村走访过宋丝莹的家人,试图寻找死者生前与之有矛盾的人,但暂时没有发现嫌疑对象。目前我们正在对死者的家人、亲戚和朋友进行深入调查。"

接下来,法医、物证提取员和痕迹检验员先后报告检验结果,众人讨论了侦查方向,随后案情分析会便结束了。

霍奇侠和慕容思炫走出会议室后,霍奇侠问:"慕容,对这起案子你有什么看法?"

慕容思炫打了个哈欠，淡淡地说："刚才痕迹检验员说在花店里提取到的足印中，其中一组右脚的足印比较深，左脚的足印比较浅，可见足印的主人应该是左脚残疾的。"

霍奇侠点了点头，拿出笔记本翻看了一下："根据足印分析，这组足印的主人，身高在一米七九左右，正负误差三厘米，体重一百四十斤，正负误差不超过五斤……"

"别说这些没用的。我强调的是，这个人是左脚残疾的。"慕容思炫面无表情地说。

"左脚残疾怎么啦？"霍奇侠双眉一蹙，若有所思。

"在跟聂津2号有关的人物中，不是有一个左脚残疾的人吗？"慕容思炫提醒道。

霍奇侠凝神一想，忽然叫出声来，"啊？是他？"

"是的，"慕容思炫点了点头，一字一顿地说，"在世界B中，杀死宋丝莹2号的那个入室抢劫的蒙面男人，就是左脚残疾的。"

微信扫码
听有声小说，与聂津
一起穿越，追寻真相

第十七章 最后的受害者

1

聂津2号确实说过,那个杀死宋丝莹2号的蒙面男人的左脚似乎是残疾的,走起路来一瘸一拐。

虽然他行动不便,但因为当时他手上拿着铁棍,并且用铁棍击中了聂津2号的头部,所以最后顺利逃离。

此时霍奇侠听慕容思炫这样说,不禁瞠目结舌,甚至声音微颤:"你是说,今天下午杀死了宋丝莹1号的凶手,就是在世界B中杀死了宋丝莹2号的那个蒙面男人?"

慕容思炫微微点头:"有这种可能性存在。"

"如果凶手真的是那个蒙面男人,难道他和聂津2号一样,是从世界B穿越过来的?"霍奇侠推测道。

"是的,他在世界B的二〇二三年杀死了那个世界的宋丝莹2号,随后又穿越到我们这个世界A的二〇一八年,并且杀死了这个世界的宋丝莹1号。"

"这么说,他在世界B的时候,根本不是因为入室抢劫被发现而杀死宋丝莹2号灭口,他潜入聂津2号家中本来就是为了杀死宋丝莹2号!"霍奇侠跟慕容思炫讨论着一宗他们所没有去过的世界中所发生的案件,心中感觉十分奇妙。

"是。"慕容思炫的回答简短,但语气却颇为肯定。

"难道这个蒙面男人也被雷电击中了,所以穿越到对他来说五年前的世界A来?"

慕容思炫"嗯"了一声:"在世界B中,宋丝莹2号是在二〇二三年七月被杀的,当时这个蒙面男人还在世界B;今天是二〇一八年九月十五日,由于穿越会回到五年前,所以他是在二〇二三年九月十五日当天或之前穿越的。也就是说,他穿越的时间是二〇二三年七月到九月十五日之间。"

霍奇侠点了点头:"聂津2号是从世界B的二〇二三年八月二十四日穿越到世界A的二〇一八年八月二十四日的,那么这个蒙面男人穿越的时间是在聂津2号之前还是之后呢?"

"我猜测蒙面男人是在聂津2号穿越到世界A之后才穿越过来的,他到达世界A的时间应该是在九月八日之后。"

"九月八日之后?"霍奇侠大奇,"依据是什么?"他很好奇慕容思炫的推理为什么能准确到这种程度。

慕容思炫咬了咬指甲,有条不紊地解释道:"因为蒙面男人穿越到世界A之后,马上就做出了'杀死这个世界的宋丝莹1号'这个决定,如果他在聂津2号穿越到世界A之前就来了,那么他早就去杀死宋丝莹1号了,不会等到今天才动手。"

"嗯,你这样说也有道理,只是,"霍奇侠提出了自己的疑问,"如果真的是这样,那他应该是在昨天或今天才来到世界A的呀,你为什么会认为他是在九月八日之后来到世界A的呢?九月九日到今天有一个星期时间,他为什么要等今天才去杀死宋丝莹1号?"

"你忘了吗?"慕容思炫冷冷地说,"为了抓住聂津2号,从九月九日晚上——就是傅新晴被杀的那个晚上——开始,你就派人二十四小时监视着宋丝莹1号了,所以这个蒙面男人即使已经来到了世界A,也没有动手的机会。"

霍奇侠点头:"原来是这样呀。"他接着叹了口气,又说道:"今天下午,因为发现了聂津2号的行踪,我便撤掉了对宋丝莹1号的监视,没想到却让这个蒙面男人有机可乘。"

慕容思炫微微吸了口气,说道:"这个蒙面男人一定十分痛恨宋丝莹,所以在世界B杀死了她,来到世界A以后又杀了她一次。"

霍奇侠摇了摇头,脸上的表情在不解中带着一些感慨:"是怎样强烈的仇恨,才能促使凶手'两次'杀死'同一个人'呢?这样吧,我派人继续深入调查宋丝莹的人际关系,把所有跟她存在矛盾关系的人都找出来。"

然而慕容思炫却摇了摇头,淡淡地说:"蒙面男人杀死宋丝莹的动机,不一定发生在对于我们这个时间点来说的'过去',也有可能发生在对于我们来说的'未来'。"

霍奇侠皱了皱眉:"什么意思?"

慕容思炫向霍奇侠瞥了一眼,满脸不屑地说:"这种问题你也问我'什么意思'?是因为我在这里,你就全部依赖我,自己都懒得动脑子了吗?"

"我……"霍奇侠有些尴尬。

慕容思炫打了个哈欠:"算了,别浪费时间了,还是我来说吧。譬如说,在世界B的二〇二三年的某天,因为发生了某件事，蒙面男人对宋丝莹2号心生杀意，所以杀死了宋丝莹2号。杀死了宋丝莹2号以后，蒙面男人仍然觉得不解恨，所以在穿越到世界A的二○一八年以后，又把这个世界的宋丝莹1号也杀死了。如果情况真的是这样，那么在我们这个世界A中，在目前的时间点，宋丝莹1号还没得罪这个蒙面男人，所以你是查不到蒙面男人的杀人动机的。"

"姑且不讨论世界B的宋丝莹2号做了什么事得罪了蒙面男人，招来杀身之祸，但至少在世界A中，宋丝莹1号是无辜的。"霍奇侠狠狠地咬了咬嘴唇，"这个蒙面男人为了发泄心中的恨意，连无辜的宋丝莹1号也不放过，真是一个败类！"

慕容思炫面无表情地说："与其说这些气话，不如想办法把这个蒙面男人抓住吧。"

"可是如果你的推论成立，那么就无法从动机着手展开调查了……"

"为什么不可以？"慕容思炫打断了霍奇侠的话，"我们这边不也有一个来自未来的人吗？"

霍奇侠恍然大悟："聂津2号！"

慕容思炫点了点头："他也是曾经生活在世界B的二○二三年的人，而且他还是宋丝莹2号的丈夫，对宋丝莹2号十分了解，如果宋丝莹2号真的因为曾经得罪了蒙面男人而招来杀身之祸，那么聂津2号应该也会知道这件事。"

"走吧，"霍奇侠跃跃欲试，"我们到讯问室去见一见聂津2号。"

2

此时已经接近晚上十一点了。霍奇侠带着慕容思炫来到讯问室,接着又吩咐一名下属把聂津2号从留置室带过来。

不一会儿,聂津2号便被带到讯问室,跟霍奇侠和慕容思炫相对而坐。

"慕容先生,霍警官,已经查到杀死阿莹的人是谁了吗?"聂津2号刚坐下来便迫不及待地问。

"我们来找你,就是为了找出凶手的杀人动机。"

霍奇侠清了清嗓子,把慕容思炫的推论告诉了聂津2号,聂津2号听得目瞪口呆。

"怎……怎么会这样?"聂津2号听完以后颤声道,"杀死阿莹1号的凶手,跟我一样是从世界B过来的?他也被闪电击中了吗?"

霍奇侠点了点头:"应该是的。所以现在我们想要了解一下,在世界B,在对于我们来说五年后的二〇二三年,宋丝莹2号有没有得罪过什么人?"

聂津2号摇了摇头:"没有。事实上,在世界B中,当阿莹2号被杀死以后,警方也曾对她生前的熟人和亲戚全部进行了深入调查,但都排除了作案可能。所以警方最后才会认为凶手是入室抢劫的劫匪,杀人动机是灭口。"

霍奇侠皱了皱眉,分析道:"可是如果凶手只是劫匪,那么这个劫匪即使穿越到世界A来了,也没有'再一次'杀害宋丝莹的理由吧?难道,曾经去过花店的那个左足残疾的人,跟在世界B中杀死了宋丝莹2号的那个左足残疾的蒙面男人,根本不是同一个人?"

聂津2号还没答话,慕容思炫冷不防问道:"真的连一个具备作案动机的人也没有吗?"

聂津2号皱眉思索了好一会儿,这才开口说道:"如果一定要说有,那我只能想到阿莹的弟弟了。"

"怎么?"霍奇侠双眼一亮,"宋丝莹2号和她弟弟有矛盾?"

聂津2号娓娓道来:"阿莹出来工作后,每个月赚到的钱,除了日常开支外,只会给自己留下五百元,剩下的会全部交给她的父母,而她父母则用这些钱供她的弟弟读书。

"后来我和阿莹结婚了,生了一个女儿。因为我们的女儿患有重症地贫,阿莹要照顾她,把花店转让了,没有了收入,我一个人工作养家,还要为女儿治病,我们的经济压力很大,所以阿莹就再也没有拿钱给她的爸妈了。

"在阿莹出事的那一年春节,她的弟弟曾到我家来闹过事。他说,这几年阿莹都没有给父母钱,父母十分不满,现在他准备结婚了,需要彩礼,于是父母让他过来向阿莹拿十万元,作为这几年她没有给父母钱的补偿。

"当时我和阿莹的女儿每个月都要花一千元输血,还要服两千元的去铁药,我们哪里有闲钱给他?再说,即使有闲钱,我也不会让阿莹给这只'白眼狼'。当时阿莹也跟他说,我们没钱,最多只能给他一千元,作为庆祝他结婚的红包。她弟弟听完以后十分激动,说他的父母白养了阿莹,还对阿莹动手了。我实在是气不过，就把他揍了一顿。"

霍奇侠也听得十分生气，不禁说道："打得好！"

"后来呢？"慕容思炫如一个局外的旁观者，淡淡地问。

"后来他就离开了。他离开前，指着我和阿莹，叫我们走着瞧。"

霍奇侠略一沉吟，问道："这就是你说的宋丝莹2号的弟弟的杀人动机？"

聂津2号点了点头："虽然我认为那窝囊废不敢杀人，但如果你们让我想阿莹得罪过的人，我就真的只能想到她的弟弟了。阿莹性格平和，平时根本不会得罪人。"

"'当时'你把这件事告诉警察了吗？"霍奇侠接着问。

"告诉了啊，警察也查过阿莹的弟弟，却发现在案发时间他有不在场证明，后来警察还对他的经济状况和社会关系进行了深入调查，基本排除了他雇凶杀人的可能性。"

霍奇侠轻轻地点了点头："看来宋丝莹2号的死，和她弟弟关系不大呀。那么，那个杀死宋丝莹2号的蒙面男人到底是谁呢？今天下午杀死宋丝莹1号的人，是不是真的也是这个来自世界B的蒙面男人？"

聂津2号也很想知道这两个问题的答案。

3

离开讯问室后，慕容思炫和霍奇侠来到会议室跟夏寻语以及聂津1号会合。接下来，霍奇侠把案情分析会的概况，慕容思炫的推论以及刚才向聂津2号所了解到的情况，简单地告诉了夏寻语和聂津1号。

四人正聊着，霍奇侠的手机忽然响起。他把手机掏出来一看，竟是指挥中心打过来的。

"霍警官，你好，这里是指挥中心。我们刚才接到群众报警，说在白莲新村第三幢601房发现了一具男性尸体，请你带人过去了解一下情况。"

"好的，我马上过去。"

挂掉电话后，霍奇侠把当前的情况告诉了慕容思炫、夏寻语和聂津1号。

"白莲新村？"聂津1号皱了皱眉。

慕容思炫紧接着说："白莲新村第三幢601房，就是谢嘉的家。"

一个多月前发现陈海鸿和陆梦蓉的尸体并且打电话报警的人，便是谢嘉。聂津1号说他之所以知道陆梦蓉被杀的事，也是谢嘉在微信里告诉他的。聂津2号刚穿越到世界A的时候，也曾向谢嘉借了一万元。

现在，有人发现在谢嘉家里有一具男性尸体？

"不会是谢嘉出事了吧？"此时霍奇侠听慕容思炫这样说，心中有些不祥的预感。

"阿津，你快给他打个电话嘛。"夏寻语提醒道。

聂津1号"噢"的一声，回过神来，立即拨打谢嘉的电话，然而对方却关机了。

"我们过去看看吧。"霍奇侠说。

慕容思炫略加思索，说道："先去问问聂津2号吧。"

夏寻语和聂津1号到公安局的停车场等候，慕容思炫和霍奇侠重返讯问室，霍奇侠吩咐下属再次把聂津2号带过来。

"怎么啦？阿莹被杀的案子，你们有线索啦？"聂津2号见两人去而复返，连忙问道。

慕容思炫没有回答他的问题，反问道："在世界B中，到了二〇二三年，谢嘉还活着吗？"

"谢嘉？"聂津2号没想到慕容思炫会提起跟宋丝莹1号被杀案毫无关系的谢嘉，微微一怔，接着说，"活着呀。"

"你确定吗？"

聂津2号略一思索，用十分肯定的语气说道："确定。二〇二一年，我和阿莹结婚的时候，我还邀请了谢嘉当伴郎呢。虽然结婚以后我跟谢嘉就很少见面了，但彼此一直有联系呀。对了，在阿莹的弟弟到我家来闹事后不久，我还跟谢嘉出来吃过饭，当时我把这件事告诉了他，他还说要带人去找阿莹的弟弟，帮我教训一下他呢。"

慕容思炫"哦"了一声，站起身子，准备离开。

聂津2号一脸不安地问："谢嘉怎么啦？他不会是跟阿莹被杀的案子有关吧？"

此时慕容思炫已经走出了讯问室。霍奇侠丢下一句"等我们回来再告诉你详细情况"，便也跟着慕容思炫走了出去。

接下来，慕容思炫、夏寻语、聂津1号、霍奇侠，以及霍奇侠的几名同事，一同前往白莲新村。途中霍奇侠把聂津2号刚才的话告诉了夏寻语和聂津1号。

夏寻语听完后，沉吟了一下，说道："也就是说，在二〇二三年谢嘉还活着，那现在发现的尸体应该不是谢嘉了。"

聂津1号听她这么说，也松了口气。毕竟他跟谢嘉关系很好，像谢嘉这种可以随时借他一万元的朋友，并不多。

然而慕容思炫却说："在世界B的二〇二三年仍然活着，不代表在世界A的二〇一八年就肯定活着。宋丝莹2号在世界B的二〇二三年七月之前是活着的，可是在世界A里，宋丝莹1号在二〇一八年九月十五日就被杀了。"

"你的意思是，如果死者是谢嘉的话，那么凶手也是来自世界B的？"这一次霍奇侠总算跟上了慕容思炫的思路。

"为什么在五年后安然无恙的人，现在却接连被杀呀？"夏寻语秀眉一皱，"情况真是越来越复杂了。"

聂津1号苦笑道："你们怎么说得好像死者就真的是谢嘉一样呀？"虽然他的脸上有些许笑容，但内心却惴惴不安。

4

众人来到白莲新村的时候，已经是翌日凌晨时分了。

此时，一个二十来岁的短发女子站在第三幢601房的大门外，聂津1号认得那是谢嘉的女朋友张新芳。

此外，大门外还有两名辖区民警。

"新芳！"聂津1号叫道。

张新芳此时双眼湿润，神色悲伤，听到聂津1号的叫唤，微微一怔，抬头向他看了一眼，讶然道："阿津？你怎么会在这儿?"

与此同时霍奇侠掏出了警察证,向那两名辖区民警道:"兄弟,辛苦了。我是刑警支队的霍奇侠,这起案子是我主管的。现场什么情况?"

其中一名民警指了指张新芳:"是这位张小姐报警的,她说她发现她男朋友死了……"

聂津1号心头一震,讶然道:"真的是谢嘉……"

张新芳眼睛一红,眼泪夺眶而出,只听她呜咽道:"今晚我打了好多次电话给阿嘉,他都没有接听,后来手机还关机了,我怕他有什么意外,于是过来看一下,没想到……"

"尸体在哪里?"霍奇侠问。

那名民警指了指601房的大门:"就在大厅里。"

慕容思炫、霍奇侠、夏寻语和聂津1号穿戴好勘查装备,走到屋内,果然看到谢嘉躺在大厅中间。他的胸口插着一把水果刀,鲜血早已把他的衣服染红。

"阿嘉……"聂津1号喉咙一酸,眼睛霎时间湿润了。

他想到了跟谢嘉共处的那些时光:高中时两人每天一起到饭堂吃饭;晚上在寝室里通宵打游戏,考试时两人一起作弊;毕业后虽然见面的机会少了,但也一直保持着联系……想着想着,他心潮起伏,黯然神伤。

痕迹检验组的技术员开始勘查屋内的指纹、足迹等痕迹,理化生物检验组的技术员开始提取现场的血迹、唾液等生物物证,法医开始查验尸体,现场访问组的侦查员也开始走访这幢楼房的住户,勘查工作有条不紊地进行着。

慕容思炫、霍奇侠、夏寻语和聂津1号走到屋外,讨论着谢嘉被杀一案的案情。

"正如慕容刚才所说,在世界B中,谢嘉2号在二〇二三年仍然活着,为什么在我们这个世界A中,谢嘉1号会在二〇一八年的九月十五日就被杀死了?"霍奇侠提问。

"难道杀死谢嘉的凶手,真的跟杀死阿莹的凶手一样,是来自世界B的?"夏寻语推测道。

"有两种可能,"慕容思炫咬了咬指甲说,"第一,杀人凶手和聂津2号一样,来自世界B,甚至有可能就是杀死宋丝莹1号的那个凶手;第二,聂津2号到达世界A以后,无意中改变了某些'历史',这种改变,导致谢嘉1号被杀。"

夏寻语搔了搔头,不解地问:"第二种可能是什么意思呀?"

霍奇侠则明白了慕容思炫的意思:"我打个比方吧,假设在世界B中,在封帆2号开公交车坠江时,车上的那些乘客中有一个对谢嘉2号心存杀意,甚至已经想好了要杀死谢嘉2号,只是由于他在公交车坠江时葬身江底,最终没能执行杀害谢嘉2号的计划,所以谢嘉2号一直安然无恙;而在我们这个世界A中,由于聂津2号杀死了封帆1号,公交车没有坠江,所以那个对谢嘉1号心存杀意的乘客逃过一劫,也正因为这样,他便可以执行计划,杀死了谢嘉1号。"

夏寻语神色有些茫然:"如果真是这样,那聂津2号救下那名乘客,到底是对是错呢?如果他没有阻止封帆,那名乘客就会死,公交车上的其他乘客也会死;但现在他阻止了封帆，救下了所有乘客，却导致本来不该死的谢嘉死于非命。如果聂津2号早知道结果会这样，他还会出手阻止封帆吗？"

"谁知道呢？"霍奇侠轻轻地叹了口气，"或许他自己也不知道。"

"对了，"此时聂津1号说道，"杀死谢嘉的凶手应该在屋内留下了足印，只要提取到他的足印，再跟杀死宋丝莹1号的凶手在花店留下的足印进行比对，不就可以知道杀死谢嘉的凶手跟杀死宋丝莹1号的凶手是否是同一个人吗？"

"事实上，"慕容思炫冷不防说道，"或许还有更直接的证据。"

"是什么？"夏寻语一脸好奇地问。

慕容思炫后退了两步，指了指601房的大门上方："你们看这里。"

众人抬头一看，却见慕容思炫所指的位置什么也没有。

"这里有什么吗？"夏寻语搔了搔头。

霍奇侠则发现了其中端倪："有一些张贴痕迹。"

慕容思炫微微地点了点头："你的智商总算回来了一些。是的，大门上方的位置曾贴着一张门贴，后来被撕掉了。"

聂津1号"嗯"了一声："很多人都喜欢在自己的家的大门上方贴上什么'五福临门''出入平安'之类的门贴。"

夏寻语看了看慕容思炫，好奇地问："这有什么奇怪的？"

霍奇侠和聂津1号也不解地望向慕容思炫。

"你们不觉得原来张贴着门贴的位置有些别扭吗?"慕容思炫反问。

"有什么别扭呀?"夏寻语看不出来。

霍奇侠则"咦"了一声,喃喃地道:"没有居中。"

夏寻语再次望向大门上方,果然通过张贴的痕迹看出原来贴在这里的那张门贴没有贴在大门的正上方,而是贴在靠近右边的位置。

"对呀,为什么不把门贴贴在中间呢?"夏寻语不解。

"这难道不是显而易见的吗?"慕容思炫一语道出关键,"谢嘉贴这张门贴的时候,大门上方左边的位置有某种物件存在,所以谢嘉只能把门贴贴在靠近右边的位置,以避开那个物件。"

霍奇侠、夏寻语和聂津1号连连点头。聂津1号接着问:"那物件是什么呢?"

慕容思炫向聂津1号看了一眼,一字一顿地说:"摄像头。"

5

"摄像头?"霍奇侠微微一惊,"你是说谢嘉原本在大门上方安装了一个摄像头?"

"是。"慕容思炫点了点头。

夏寻语接着说:"霍警官,干吗那么惊讶呀?现在很多人都在自己家的大门外安装摄像头吧?"

"我不是因为谢嘉安装了摄像头而感到惊讶,如果摄像头安装在这里的话,"霍奇侠边说边指了指门贴原来所在的位置的左边,接着又说,"那么便可以拍到住在他家对面的602房的大门。"

他这样一说,夏寻语和聂津1号都把目光转移到602房的大门。

"拍到又怎样?"夏寻语还是不明白。

慕容思炫淡淡地说:"602房是陈海鸿和陆梦蓉的家。"

"啊?"夏寻语总算反应过来了,"你的意思是,谢嘉安装在自己家门外的监控摄像头,无意拍下了杀死陈海鸿和陆梦蓉的凶手潜入及离开他们家时的情景?"

霍奇侠点了点头:"就是这个意思。"但他沉吟了一下,接着又说:"但我第一次来这里调查陈海鸿和陆梦蓉的案子的时候,并没有发现谢嘉家的大门上有监控摄像头呀,谢嘉也没有提起过这件事。"

"谢嘉在保护杀死陈海鸿和陆梦蓉的凶手,所以在报警之前,先把摄像头拆掉了,甚至把门贴也撕掉了,以掩饰摄像头的存在。"慕容思炫一边说一边走到屋内。霍奇侠、夏寻语和聂津1号紧随其后。

此时谢嘉的女朋友张新芳坐在大厅,低头不语,一副魂不守舍的样子。慕容思炫走到她的跟前,没头没脑地问:"谢嘉的卧房在哪里?"

张新芳愣了一下,抬头看了看慕容思炫,接着指了指其中一个房间的房门:"就是那个房间。"

慕容思炫"哦"了一声,说:"你跟我们进来一下吧。"

第十七章 最后的受害者

于是，张新芳跟着慕容思炫、霍奇侠、夏寻语和聂津1号走进了谢嘉的卧房。谢嘉的卧房内有一张书桌，书桌上放着一台台式电脑。慕容思炫打开电脑，却提示需要输入密码才能进入系统，密码提示是"纪念日"。

"你和谢嘉是在哪一年哪一天认识的？"慕容思炫转头向张新芳问道。

张新芳微一凝思，说道："应该是在四年前吧，具体是哪一天我也忘了。"

慕容思炫接着又问："那你们是哪一天成为情侣的？"

这一次张新芳脱口而出："二〇一六年六月十四日。"

慕容思炫先后尝试输入"20160614"和"2016614"，但两次都提示密码不正确，最后他输入了"160614"，这才成功进入系统。

霍奇侠和夏寻语见慕容思炫开始快速查看谢嘉的电脑中各个硬盘的资料，都屏住呼吸。

"咦？"夏寻语无意中发现聂津1号脸色苍白，冷汗直冒，问道，"阿津，你脸色不太好啊，你不舒服吗？"

"我……"聂津1号摇了摇头，"我只是到现在仍然无法接受谢嘉被杀死这个事实而已。"

张新芳听聂津1号这样说，眼睛不禁又湿润起来。

这时候，慕容思炫找到一个被命名为"视频资料"的文件夹，打开一看，只见文件夹里只有一个视频。

慕容思炫打开那个视频，霎时间，出现在屏幕中的是一段监控画面，画面中有一扇虚掩着的不锈钢门，门上贴着一个门牌——602。站在他身后的霍奇侠、夏寻语和聂津1号不约而同地倒抽了一口凉气，因为他们都认得视频中的不锈钢门，正是陈海鸿和陆梦蓉所住的602房的大门。

这段视频就是谢嘉本来安装在大门上方的那个监控摄像头所拍下的。监控画面的时间是二〇一八年七月二十五日晚上七点四十八分。二〇一八年七月二十五日，正是陈海鸿和陆梦蓉被杀的日期。

不到一分钟，便有一个人出现在监控画面中。只见这个人走到602房前，探头看了一下，接着大步走进了602房。

霍奇侠和夏寻语一见到这个人的样子，满脸诧异。

因为这个走进602房的人，竟然是聂津！

此时慕容思炫冷不防说道："聂津2号是在八月二十四日才穿越到世界A来的，七月二十五日晚上出现在监控画面中的聂津不是聂津2号……"

他说到这里，回过头来向面如土色的聂津1号看了一眼，接着说道："而是你，聂津1号。"

刹那间，聂津1号脸上的肌肉狠狠地抽搐了一下。

慕容思炫没有留给他喘息的机会，紧接着说道："杀死陈海鸿的凶手就是你——聂津1号。"

6

此言一出，霍奇侠和夏寻语都吃了一惊。

"阿津杀死了陈海鸿？"夏寻语一脸不可思议，"怎么会这样？"

"那陆梦蓉呢?"霍奇侠接着问,"杀死陆梦蓉的凶手是谁?"

慕容思炫瞥了一下聂津1号:"你自己说吧。"

证据确凿,聂津1号无法抵赖,只好坦白自己的罪行。

"我曾经跟你们说过,我在高中时暗恋过梦蓉,还给她写过情书,那是真的。只是我没有告诉你们,我是一个十分痴情的人,哪怕是在高中毕业后、大学毕业后,甚至是出来工作后,我对梦蓉的爱仍然没有改变。我妈经常抱怨我不交女朋友,一来是因为我确实没有遇到喜欢的女生,二来则是因为我一直没能把对梦蓉的这份情放下。

"梦蓉跟陈海鸿结婚的事情我是知道的,虽然她没有邀请我参加她的婚宴,但我一直在心里祝福着她。是的,只要我的'女神'生活得幸福、快乐,我就心满意足了。

"一个多月前,就是在七月二十五日那天晚上,我来到白莲新村,想要探望一下谢嘉。说是探望谢嘉,实际上我是想看看住在谢嘉对面的梦蓉,看看她现在生活得怎样。当然,我没想过要打扰她的生活。

"接下来,正如你们在监控画面中所看到的那样,那天晚上当我来到谢嘉家大门前的时候,无意中发现梦蓉所住的602房的大门是虚掩着的。我因为好奇,走过去通过门缝一看,竟然看到梦蓉的丈夫陈海鸿手上拿着一根木棍,正在殴打梦蓉!"

夏寻语轻呼一声:"这个陈海鸿有家暴行为?"

霍奇侠点了点头:"陆梦蓉身上有多处瘀伤,法医推断那些瘀伤是在她生前造成的。照你这么说，陆梦蓉身上的瘀伤，应该就是被陈海鸿家暴的时候留下的。"

"是的！"聂津1号咬了咬牙，"那个人渣！他有幸娶了我的梦中情人做妻子，不但不珍惜，反而对她施行家暴，真是罪无可赦！"

"可是……"夏寻语秀眉一蹙，满脸疑惑地问，"你杀死陈海鸿，甚至杀了他以后虐打他的尸体，为陆梦蓉报仇，这点我可以理解，但你为什么要杀死陆梦蓉呢？"她也从慕容思炫那里看过这起案子的侦查卷宗，得知陈海鸿和陆梦蓉是被同一根棍棒杀死的，两人身上都有多处瘀伤。

"梦蓉是我的'女神'，我怎么可能杀死她？"聂津1号不屑地说。

"难道……"夏寻语已经明白了。

聂津1号也点了点头，咬着牙道："梦蓉是被她的那个人渣老公害死的！

"当时我看到梦蓉被陈海鸿打得躺在地上，一动也不动，心中悲愤交织。我连忙走进屋内，趁陈海鸿还没发现我，一把把他手上的木棍抢了过来。没等陈海鸿反应过来，便在他的头上使劲地打了几下。当时一来我真的勃然大怒，二来我怕陈海鸿发起反击。陈海鸿头部受到重击，倒在地上，就跟梦蓉一样，一动也不动了。

"我不再理会他，走过去查看梦蓉的伤势，却发现她已经没有呼吸了。我想，应该是陈海鸿虐打她的时候，出手太重，一时失手便把她打死了。也就是说，当我进去的时候，梦蓉实际上已经被打死了,只是陈海鸿以为她在装死,所以继续虐打她的尸体。

"当时我的心甚至可以用痛不欲生来形容。我暗恋多年的'女神',竟然就在我面前被她的丈夫活活地打死了,我……真的无法形容自己当时的感觉。"

"所以你就打死了陈海鸿,为陆梦蓉报仇?"夏寻语问。

聂津1号微微地摇了摇头:"不是的,当时陈海鸿已经死了。在发现梦蓉遇害后没多久,我便去查看陈海鸿的情况,却发现他也没有呼吸了。原来我把木棍抢过来以后,也失手打死了陈海鸿。

"冷静下来以后我十分害怕,害怕自己杀死陈海鸿的事情会暴露。我从来没有想过要杀人,之所以要攻击陈海鸿,一来是因为他虐打梦蓉,二来则是为了保证自己的安全而下手为强。我不想被警察抓住,坐牢甚至被判重刑。于是我决定处理一下现场,混淆警方的视线,干扰警方的调查方向。

"我脱掉了自己的鞋子,然后在屋内找到一块抹布,把自己刚才留下的指纹和脚印全部擦掉了。接着,我用那根木棍使劲地虐打陈海鸿的尸体,这样事后警方就会发现陈海鸿的尸体跟梦蓉的尸体一样,身上有多处瘀伤,会因此认为杀死陈海鸿的凶手和杀死梦蓉的凶手是同一个人,而我因为没有杀死梦蓉的动机,自然不会成为嫌疑对象。"

霍奇侠苦笑了一下:"你的反侦察能力还挺强的,确实干扰了我们的调查方向。我们的确一直认为杀死陈海鸿的凶手和杀死陆梦蓉的凶手是同一个人,而在调查中又没有发现同时具备杀害他俩的动机的人,所以调查陷入了僵局。"

"后来呢?"夏寻语接着问。

"最后我带走了杀死陈海鸿的那根木棍,也没再去找谢嘉了,匆匆离开了陈海鸿和梦蓉的家。这里是老式住宅小区,楼房内没有电梯,也没有监控摄像头,没有人知道我来过。"聂津1号说到这里,叹了口气,"我以为一切天衣无缝,然而天网恢恢,疏而不漏,我没想到谢嘉竟然在大门外安装了监控摄像头,拍下了我进出陈海鸿和梦蓉的家的情景。"

慕容思炫打了个哈欠,冷不防问道:"你离开的时候没有关上大门吧?"

"好像……"聂津1号皱眉回想,"好像确实没有,当时我太害怕了,只想尽快离开。"

慕容思炫"哦"了一声,接着说:"后来谢嘉外出,看到陈海鸿和陆梦蓉的家的大门打开,因为好奇,走到大门前探头一看,却发现陈海鸿和陆梦蓉倒在地上一动不动。

"谢嘉立即回家查看他安装在他家大门上方的那个监控摄像头所拍下的监控画面,发现当晚就只有一个人进出过陈海鸿和陆梦蓉的家,这个人就是聂津1号。他以为是聂津1号杀死了陈海鸿和陆梦蓉,为了帮好朋友掩饰杀人罪行,谢嘉先拆掉了摄像头,撕掉了门贴,然后再打电话报警。"

"阿嘉……"聂津1号想到这位一直在暗中帮助自己的朋友死于非命,心中又是一阵悲痛。

他稍微平复了一下情绪,接着看了看慕容思炫,苦笑着说:"慕容先生,我那天到事务所找你的时候,看到你在看梦蓉的照片,真是吓了一跳。我没想到你竟然在查这起案子。当时你也觉察到我的异常,问我是不是认识梦蓉。我见识过你的推理能力,知道在你面前撒谎就等于自掘坟墓,所以只好如实告诉你梦蓉是我的高中同学,甚至把我曾经暗恋过她的事也告诉了你。"

慕容思炫向聂津1号瞥了一眼说:"你很聪明,把真实情况如实告诉我,只是隐藏了自己杀死人的事实。后来,你甚至主动问我有没有找到杀死陆梦蓉的凶手,让我大大降低了对你的怀疑。"

"过奖了。"聂津1号微微苦笑。

"那么,"霍奇侠稍微沉吟,说道,"谢嘉被杀的案子,跟聂津1号杀死陈海鸿的案子,是否存在某些联系呢?凶手杀死谢嘉的动机,会不会跟陈海鸿和陆梦蓉的死有关?"

"难道这个凶手是陈海鸿的朋友,因为知道谢嘉在包庇杀死陈海鸿的凶手,所以便来杀死谢嘉泄恨?"夏寻语提出了自己的想法。

慕容思炫和霍奇侠还没回答,聂津1号已摇了摇头,哽咽道:"这样的话,这个凶手应该来杀死我这个杀死陈海鸿的凶手。"他吸了口气,接着对霍奇侠道:"霍警官,请你们务必要把杀死谢嘉的凶手揪出来,让我兄弟可以安息。"

霍奇侠点了点头:"我们明天就会去排查谢嘉的社会关系,尝试寻找谢嘉生前的矛盾关系。"

聂津1号稍微颔首，接着又对慕容思炫说道："慕容先生，一切就拜托你了，我知道以你的能力，只要你愿意出手调查，那么杀死谢嘉的凶手是绝对无法逃过法律的制裁的。"

然而慕容思炫却似乎没有听到聂津1号的话，甚至瞧也没瞧他一眼。此时的他，望着天花板，怔怔出神，若有所思。

第十八章 神秘人的身份

1

接下来,聂津1号被霍奇侠带回了公安局;慕容思炫和夏寻语也随霍奇侠回到了公安局;谢嘉的尸体被运到公安局法医中心的尸体解剖室,准备接受全面检验;至于案发现场的侦查员和技术员,则留下来继续走访谢嘉的邻居,以及继续提取现场的各种痕迹和生物物证。

公安局里,在霍奇侠对聂津1号进行审讯的时候,慕容思炫和夏寻语在一个会议室里等候。

夏寻语叹了口气:"没想到阿津竟然杀了人。"她到现在仍然没能接受聂津1号杀死陈海鸿的事实。

"有一个人,"慕容思炫淡淡地说,"早就知道杀死陈海鸿的凶手是聂津1号了。"

夏寻语"咦"了一声:"谁啊?"

"聂津2号。"

"为什么?"夏寻语一时之间没能反应过来。

"因为,在世界B的二〇一八年七月二十五日晚上,聂津2号也曾因为目睹那个世界的陆梦蓉2号被陈海鸿2号虐打,而杀死了陈海鸿2号。"

第十八章 神秘人的身份

"对呀!"夏寻语恍然大悟,"你这样一说我就想起来了,你问聂津2号在五年后的世界中,杀死陈海鸿和陆梦蓉的凶手是否已经被抓住时,他的反应有些奇怪。而聂津1号因为怕他露出破绽,也马上扯开话题,跟他解释现在由你协助警方调查这起案子。"

慕容思炫点了点头:"虽然他们两人事前没有串供,但他俩毕竟是'同一个人',临时配合竟能暂时瞒天过海。"

夏寻语呵呵一笑:"思炫,世界B中的思炫2号最终没能侦破这起案子,而你却破案了,看来你比他要厉害嘛。"

慕容思炫用毫无起伏的语调说道:"世界B中的慕容思炫2号之所以没有侦破这起案子,是因为在世界B中谢嘉2号没有被杀,而慕容思炫2号也因此没有去留意他家大门上的张贴痕迹。"

"杀死谢嘉的凶手到底是谁呢?"夏寻语思索片刻,没有头绪,又说道,"对了,思炫,你之前不是说有两种可能吗?第一种可能是杀死谢嘉的凶手和聂津2号一样来自世界B,第二种可能则是因为聂津2号改变了某些'历史'而导致谢嘉被杀。你觉得哪种可能性更大?"

"前者。"慕容思炫毫不迟疑地答道。

"啊?"夏寻语轻呼一声,"凶手真的是来自世界B的?难道就像你之前推测的那样,杀死阿莹的凶手,跟杀死谢嘉的凶手,是同一个人?而这个人就跟聂津2号一样,是从世界B穿越过来的?"

两人正聊着,会议室的门打开了,走进来的人是霍奇侠。

"霍警官,你来啦?"夏寻语轻轻一笑,"我们正讨论谢嘉被杀的案子呢。有没有提取到杀死谢嘉的凶手的足印?"

霍奇侠点了点头:"勘验组的人刚才打电话告诉我,在谢嘉的家里提取到一组可疑足印,怀疑是凶手留下的。"

"哦?"夏寻语急不可待地问,"那组足印跟在阿莹的花店提取到的那组左脚残疾的足印吻合吗?"

霍奇侠神色凝重地点了点头:"完全吻合,在谢嘉屋内提取到的足印的主人,根据我们的推测,也是左脚残疾的,身高在一米八左右,体重在一百四十斤左右。"

夏寻语不禁倒抽了一口凉气:"这么说,杀死阿莹的凶手,真的也是杀死谢嘉的凶手,而这个凶手,就是在世界B中杀死了阿莹2号的那个蒙面男人?这……太可怕了吧?"

霍奇侠紧锁双眉,喃喃地说:"假设这个凶手真的对宋丝莹2号有极为强烈的恨意,那他在穿越到我们的世界A后,把这个世界的宋丝莹1号也杀死了,那也说得过去。可他为什么连谢嘉也要杀死呢?谢嘉跟宋丝莹1号有什么交集吗?"

"他俩都认识聂津。"夏寻语说出了谢嘉和宋丝莹1号最明显的交集。

"只是并非同一个聂津。"霍奇侠摇了摇头,"宋丝莹1号认识、喜欢的人是聂津2号,而谢嘉拆掉摄像头、撕掉门贴想要保护的人则是聂津1号,所以,严格来说,你所说的谢嘉和宋丝莹1号的交集,是不成立的。"

"或许谢嘉和宋丝莹1号没有什么交集,只是因为凶手既憎恨宋丝莹1号,同时也憎恨谢嘉,所以才先后把他俩杀死。"夏寻语又提出了另一种假设。

"如果凶手真的憎恨谢嘉,为什么在世界B中不杀死谢嘉2号呢?"霍奇侠提出疑点。

"这……"夏寻语的脑筋转不过来了,"我也不知道。"

"如果这个假设成立,那么这个问题的答案不是一目了然的吗?"慕容思炫冷不防说道,"在世界B中,聂津2号在二〇二三年春节前后——宋丝莹2号的弟弟上门闹事之后,曾跟谢嘉见过面。而聂津2号是在二〇二三年八月二十四日穿越到世界A的。如果凶手在春节到八月之间因为某些事对谢嘉2号产生恨意,甚至杀死了谢嘉2号,聂津2号也不会知道。当然还有一种可能,就是凶手确实对谢嘉2号产生了恨意,想要杀死他,但还没来得及动手,就因为被雷电击中而穿越到世界A来了——他穿越的时间是二〇二三年七月到九月十五日之间,所以只好杀死这个世界的谢嘉1号泄愤。"

夏寻语连连点头:"你分析得好有道理呀。"

霍奇侠则沉吟不语,在脑海中思考着慕容思炫的分析。

"对了,"慕容思炫却打断了他的思索,"聂津1号认罪了吗?"

霍奇侠"嗯"了一声:"已经在笔录上签字按手印了,明早我就把他送到看守所。"

夏寻语轻轻叹气:"不知道他这算不算正当防卫呢?希望法官可以对他轻判吧。"

此时已经是凌晨两点多了。只见慕容思炫打了个大大的哈欠,用略带疲倦的声音说道:"我要再见一见聂津2号。"

2

夏寻语留在会议室等候,慕容思炫和霍奇侠则再次来到讯问室。不一会儿,聂津2号也被带到了讯问室。

"不好意思,这么晚还把你叫过来。"霍奇侠歉然道。

"没事。"聂津2号看了看霍奇侠,有些不安地问,"霍警官,你们刚才怎么向我问起谢嘉的事啦?他不会是跟阿莹被杀的案子有关吧?"

霍奇侠轻轻叹了口气,正要告诉他谢嘉的死讯,慕容思炫却抢着说道:"聂津1号被捕了,你应该知道怎么回事吧?"

聂津2号心中一凛,却假装惊讶地问:"为什么呀?"

慕容思炫也不跟他卖关子了,直截了当地说:"因为他杀死了陈海鸿。"

"什么?"聂津2号一脸诧异,"你们弄错了吧?"

"不用装了,"慕容思炫冷冷地说,"你自己在世界B中也经历过这段'历史'。你在你原来的世界中,在二〇一八年的时候,曾想到陆梦蓉2号的家去探望一下她,却无意中看到她的丈夫陈海鸿2号对她家暴,你一时失手杀死了陈海鸿2号,随后还发现在你杀死陈海鸿2号之前,陆梦蓉2号已经被陈海鸿2号打死了。"

聂津2号听到这里,脸色苍白,满额冷汗。他知道,慕容思炫确实已经知道了聂津1号杀死陈海鸿1号的事。

慕容思炫接着说:"你知道为什么在世界B中的慕容思炫2号并不知道你是杀死陈海鸿2号的凶手,而在这个世界A

第十八章 神秘人的身份

中的我却知道聂津1号是杀死陈海鸿1号的凶手吗？"

"为什么？"聂津2号这样一问，自然就是承认了他是杀死陈海鸿2号的凶手了。

"因为谢嘉在他家的大门上方安装了一个监控摄像头，拍下了聂津进入陈海鸿和陆梦蓉的家的情景，因此得知陈海鸿和陆梦蓉之死跟聂津有关。

"然而，在世界B中，谢嘉2号在报警前拆掉了摄像头，而且由于谢嘉2号一直安然无恙，所以那个世界的慕容思炫2号并没有发现摄像头的存在，最终没有破案。

"而在世界A中，谢嘉1号被杀，于是我在寻找线索的过程中认真地观察了他家的大门，发现监控摄像头曾经存在……"

"等一下！"聂津2号打断了慕容思炫的话，哑声问道，"你刚才说什么？你说谢嘉……被杀了？"

"是的。"霍奇侠点了点头，接着把谢嘉被杀一案的情况，简单地告诉了聂津2号。

聂津2号听完以后，心中悲愤交织。

"为什么？为什么我身边的人会一个接一个地离开我？"

他咬牙问道："是谁杀死了他呀？"

"根据慕容的推测，杀死谢嘉的凶手，和杀死宋丝莹1号的凶手，是同一个人，而这个人，就是在世界B中杀死了宋丝莹2号的那个蒙面男人。"

聂津2号铁青着脸说："那个蒙面男人到底是谁？他在世界B中已经杀死了我的妻子，为什么穿越到世界A以后，又要再一次杀死宋丝莹1号?现在他甚至还杀死我的好朋友谢嘉?他是对我十分憎恨,所以才不断杀死我身边的人吗?"

"杀人凶手先后杀死宋丝莹2号、宋丝莹1号和谢嘉1号的动机,是为了让聂津2号感到痛苦?这倒是一个新思路。"霍奇侠心想。他正想进一步分析这种思路的可能性,却被慕容思炫打断了。

"此外,"只见慕容思炫轻轻地咬了咬手指,接着又说,"还有一个关键人物。"

"什么关键人物?"聂津2号问。

霍奇侠也一脸好奇。

"就是两次救走你的那个骑摩托车的神秘人。"慕容思炫锐利的目光射向聂津2号,只听他紧接着问道,"你真的不认识那个人吗?"

聂津2号摇了摇头:"真的不认识。"

"那么,你以前确实是见过他所骑的那辆摩托车的?"慕容思炫又问。

聂津2号"嗯"了一声:"确实有印象,只是我想了好久,也想不到到底是在哪里见过。"

"应该是你的某个朋友的。"慕容思炫揣测道。

"如果是我朋友的摩托车我应该会记得呀,"聂津2号微微皱眉,"可能是朋友的朋友的吧。"

慕容思炫"哦"了一声,转头对霍奇侠道:"可以把他带走了。"

"好的。"霍奇侠走到讯问室外,吩咐一名刑警过来把聂津2号带回留置室。

聂津2号对慕容思炫道:"慕容先生,这个凶手杀死了三个对我很重要的人,请你一定要帮我把他绳之以法!"

慕容思炫没有回答,甚至瞧也没瞧聂津2号一眼,望着天花板,怔怔出神,似乎在思考着什么问题。

聂津2号被带走后,慕容思炫对霍奇侠道:"接下来,把聂津1号带来吧。"

3

不一会儿,聂津1号被带到了讯问室。

聂津1号刚接受了霍奇侠以及他的同事的审问,被带到留置室休息,现在又被带回讯问室,表情有些不安。当他看到坐在讯问室里的人除了霍奇侠外还有慕容思炫后,不安的神情中又掠过一丝好奇。

慕容思炫也不跟他废话了,开门见山地问:"那个两次救走聂津2号的人所开的摩托车,你以前见过,对不对?"

聂津1号点了点头:"是的。"

"是在哪里见过?"慕容思炫追问。

聂津1号双眉一蹙,思索了好一会儿,却摇了摇头:"我想不起来了。"

"有可能是你朋友或者是你同事的摩托车。"此时慕容思炫心中已有某些猜想,于是对聂津1号如此提示道。

"朋友?同事?"聂津1号皱着眉头继续思索。

"你跟摩托车的主人应该还蛮熟的。"慕容思炫补充道。

"我想想……对了！"经过慕容思炫的提醒，聂津1号心中陡然一亮，"你这么说我就想起来了，那辆摩托车好像是王天歌的！"

霍奇侠"咦"了一声："王天歌是谁？"

"是我工作的那间律师事务所的同事，跟我一样是一名民事诉讼律师。不过他在去年就离职了，"聂津1号略一沉吟，接着说，"他之前跟我说过，他现在好像在一家科技公司担任法律顾问。"

"那辆摩托车就是他的？"霍奇侠问。

聂津1号点了点头："是的，他以前上班的时候就是骑那辆摩托车的，不过由于他离职了，我很久没见过他的摩托车，所以一时之间想不起来。"

霍奇侠听他这么说，总算明白聂津2号为什么始终没能回忆起那辆摩托车的主人是前同事王天歌了。对于聂津1号来说，王天歌辞职了一年；但对于聂津2号来说，在他原本所在的世界B中，那个世界的王天歌2号却已经辞职了六年，聂津2号自然想不起六年前的一位同事所骑的摩托车。

他还在思索，只听聂津1号满脸不解地问道："两次救走聂津2号的人，就是王天歌？可是，他为什么会知道聂津2号从世界B穿越过来了呢？"

慕容思炫没有回答他的问题，而是反问："你跟王天歌关系怎样？"

"挺好的，他辞职以后我们也一直保持着联系。"

"如果你让他把摩托车借给你，你认为他会借吗？"慕容思炫突然提出了这样一个似有深意的问题。

聂津1号认真地想了想，颔首道："应该会的。"

慕容思炫转头对霍奇侠道："我问完了。"

霍奇侠还没答话，聂津1号追问："慕容先生，王天歌跟这件事有什么关系呀？两次救走聂津2号的人真的是他吗？他为什么要这样做呀？"

"到了这种时候，"慕容思炫向聂津1号看了一眼，面无表情道，"这种问题的答案，难道不是显而易见的吗？"

4

霍奇侠看了看慕容思炫："我们要去找一下王天歌吗？"

"是。"

霍奇侠看了看手表："现在已经凌晨三点了，我先派人查一下王天歌的信息，等天亮以后我们再过去吧。"

慕容思炫、霍奇侠、夏寻语三人在会议室稍作休憩。到了清晨六点，三人便离开公安局，前往王天歌的住宅。

根据调查，王天歌现年二十九岁，住在城东二路的左岸上筑小区，目前在网深信息科技有限公司担任法律顾问。

不一会儿，三人来到城东二路的左岸上筑小区。正要上楼，慕容思炫却说："先找找看。"

"找什么？"夏寻语不解地问。

"王天歌的摩托车。"

于是三人来到左岸上筑小区的摩托车停放处，果然在这里找到了两次救走聂津2号的那个神秘人所骑的摩托车。

"真的在这里!"霍奇侠定了定神,推测道,"看来两次救走聂津2号的那个神秘人,确实就是王天歌了。"

夏寻语问道:"为什么呀?"

霍奇侠分析道:"在此之前,我们没有怀疑过王天歌,一来是因为王天歌并不知道聂津2号从世界B穿越过来的事;二来是因为王天歌跟聂津只是前同事关系,犯不着为了他铤而走险。

"我认为,是某个'知道聂津2号穿越且跟聂津2号关系不错'的人借走了王天歌的摩托车的。

"可是,如果是这样的话,摩托车现在不应该在王天歌家的楼下呀。所以,我推翻了之前的猜想,认为两次救走聂津2号的神秘人,就是王天歌本人。"

"不是还有另一种可能性吗?"慕容思炫冷不防说道。

"什么可能性?"夏寻语和霍奇侠齐声问道。

"向王天歌借走摩托车并两次救走了聂津2号的那个神秘人,现在就住在王天歌家中。"慕容思炫漫不经心地说道。

夏寻语微微一怔,接着说道:"确实有这种可能性存在呀,所以摩托车现在仍然停放在这里。"

"可是,"霍奇侠提出了疑点,"那个神秘人为什么要住在这里呢?"

"或许是因为,"慕容思炫打了个哈欠,一字一顿地说,"他没有'家'吧。"

5

三人来到了王天歌的住宅门前，霍奇侠按下了门铃。

大门很快就打开了，来开门的是一个不到三十岁的男子，国字脸，八字眉，鼻翼微鼓，嘴唇红润，正是聂津1号的前同事王天歌。

"咦，你们是？"王天歌见到门外站着三个陌生人，表情有些警惕。

霍奇侠掏出了警察证："你好，我是L市刑警支队的霍奇侠。"

"刑警？"王天歌皱了皱眉，"请问有什么事吗？"

"请问你是王天歌吗？"霍奇侠问。

王天歌见对方知道自己的名字，更加不安："是的。"

"我们正在调查一起案子，想要向你询问几个问题。"

王天歌点了点头："请进来吧。"

三人随王天歌走进屋内，在大厅坐下。霍奇侠拿出平板电脑，打开了街道监控摄像头所拍到的神秘人骑摩托车救走聂津2号的监控画面的截图，问道："王先生，请问这是你的摩托车吗？"

王天歌认真地看了一下，说道："样子挺像的，但车牌不对呀。"

根据霍奇侠此前的调查，这辆摩托车所使用的是套牌。他听王天歌这样说，微微冷笑："王先生，你的摩托车现在就停在楼下，对吧？请你跟我们下去一下，看看你的摩托车的车牌跟监控画面中的摩托车的车牌是否一样?"

王天歌还没回答,慕容思炫忽然向他问道:"你在不久前曾把这辆摩托车借给别人了,对吧?"

王天歌点了点头:"对呀。"

"这个人现在住在你家,对吗?"慕容思炫接着问。

"对。"

慕容思炫的第三个问题,却让霍奇侠和夏寻语目瞪口呆:"这个借走了你的摩托车、现在住在你家的人,是你的前同事聂津,对吧?"

6

"是的。"

王天歌的回答让霍奇侠和夏寻语更加诧异。

"怎、怎么会?"夏寻语连声音也颤抖了,"救走聂津2号的人是聂津1号?可是在雪梅山庄的时候,聂津1号不是跟我们在一起吗?"

"慕容,那天神秘人在太平一巷的巷口救走聂津2号的时候,聂津1号也跟你在一起吧?"霍奇侠接着说。

"你们还不明白吗?"慕容思炫一字一顿地说,"救走聂津2号的神秘人,是聂津3号。"

"聂、聂津3号?"夏寻语惊讶得张大了嘴巴。

霍奇侠也瞠目结舌。

王天歌则莫名其妙:"你们在说什么呀?"

慕容思炫转头看向王天歌:"现在聂津在哪里?"

"他大概在二十分钟前到天台去了。"王天歌答道。

"去天台干吗?"慕容思炫追问。

"他说他想去上去呼吸一下新鲜空气。"王天歌惴惴不安地问,"警官,聂津不会是犯了什么事吧?"

慕容思炫没有回答他的问题,而是问道:"聂津是什么时候来找你的?"

王天歌想了想,如实答道:"大概在一个星期前吧。"

"能确定具体是哪一天吗?"

"我想想呀……对了,他来找我的那天晚上,我还到楼下买了一打啤酒,跟他在家里喝酒喝到凌晨两点多。"王天歌一边说一边查看微信的钱包账单,"那天是九月八日。"

一听到这个日期,霍奇侠不禁心中一凛。

"他当时是怎么说的?"慕容思炫继续向王天歌询问。

"他说他母亲跟团旅游去了,他刚好又把他家借给了几个从外地过来玩的朋友,所以想要在我这里暂住几天,我想我这儿反正有一间空房,就答应他了。"

"然后他又借了你的摩托车?"

"是的,他说他把车借给那几个从外地来的朋友了,所以要借我的摩托车用几天。我几个月前买了小汽车,那辆摩托车已经不怎么骑了,所以就借给他了。"王天歌吸了口气,一脸担心地问,"警官,是不是他骑着我的摩托车违法了?"

"不是。"慕容思炫不等王天歌接着发问,紧接着又向他问道,"你有没有觉得聂津的样子有什么奇怪的地方?"

"说起来，"王天歌点了点头，"我跟他一段时间不见，却觉得他的样子老了好多呀，我当时还问他是不是工作压力太大了……"

"好了，"慕容思炫没等王天歌说完便站了起来，转头对霍奇侠和夏寻语道，"我们到天台去跟他聊一聊吧。"

7

三人走出王天歌的家，来到电梯前方。在等待电梯的时候，夏寻语满脸疑惑地问："思炫，这是怎么回事呀？聂津3号是谁呀？他也是从世界B穿越过来的吗？可是，聂津2号也是从世界B穿越过来的呀，世界B怎么会有两个聂津呢？"

而霍奇侠则逐渐明白了："这个聂津3号，是从世界C穿越过来的，而这个世界C，对于我们来说是十年后的二〇二八年，对吗？"

慕容思炫打了个哈欠："见到聂津3号以后，所有谜团都将揭晓。"

三人来到天台，果然看到有一个人坐在天台的边沿。

这人面容清瘦，竟跟聂津1号和聂津2号的长相一模一样，只是他的体型比聂津1号和聂津2号都要稍微肥胖一些，面容也比聂津2号要苍老许多，神色之间满是沧桑。

这个人自然就是慕容思炫所说的"聂津3号"了。

聂津3号看到慕容思炫、霍奇侠和夏寻语来到天台，微微一呆，接着淡淡一笑："你们果然来了。"

三人走向聂津3号。聂津3号摇了摇头，说道："请别太靠近我,毕竟我和你们只是第一次接触,还是保持一定距离比较好。如果你们走得太近,我一害怕掉了下去,很多谜团的答案,你们就永远不会知道了。"

三人听他这么说,只好在距离他四五米的地方停了下来。

"你可以开始说了。"慕容思炫紧紧地盯着聂津3号,面无表情地说。

聂津3号的神情却忽然有些茫然:"这个故事太长了,唉,该从哪里说起呢?"

"说说你原来的那个世界吧,"慕容思炫顿了一下,补充道,"二〇二八年的那个世界。"

"二〇二八年的世界,我们称之为世界C。"霍奇侠说。

"世界C吗?"聂津3号有些感触地说,"那是属于我的世界,那里的一切对我来说曾经是何等熟悉,可是现在我却永远回不去了,那里的一切,都不再属于我了。我感觉自己好像正在做梦,一场永远不会醒的梦,在这个梦里,曾经熟悉的一切都变得陌生无比。"

"别说这些没用的。"慕容思炫不耐烦地说,"你从世界C穿越到世界B以后,不是杀死了那个世界的宋丝莹2号吗?"

此言一出,霍奇侠和夏寻语都吃了一惊。

夏寻语紧接着说:"什么?他就是在世界B中杀死宋丝莹2号的那个蒙面男人?"

慕容思炫没有回答她的问题,紧接着向聂津3号说道:"说说你杀死宋丝莹2号的理由吧,那应该要追溯到在世界C

中发生的故事，对吧？"

"是的。"聂津3号长叹了一口气，把事情的始末娓娓道来。

"你们应该从聂津2号那里知道了在世界B中发生的事了，对吧？在世界C中也是这样，我认识了宋丝莹——我们应该称她为宋丝莹3号吧，并且跟她结婚了。婚后我们生下了患有重症地贫的女儿聂秀芸——应该叫她聂秀芸3号。

"接下来，阿莹转让了花店，全职照顾女儿。女儿每个月都要输血，还要服用去铁药，而家里只有我一个人工作，我们的经济负担很重。然而，屋漏兼逢连夜雨，到了二〇二七年，谢嘉忽然来找我，跟我说他玩彩票输了几十万，还欠了贷款公司二十万，要找我借十万应急。

"当时我女儿的病越来越严重了，每个月的治疗费和药费也越来越贵，我都快要借钱给我女儿治病了，哪里还有钱借给谢嘉啊？于是我拒绝了谢嘉。没想到谢嘉却威胁我，说如果我不借他十万块，他就举报我杀人的事。

"相信你们也知道了，在世界C中，我也跟世界B和世界A的聂津一样，在二〇一八年的时候曾失手杀死了陈海鸿。可是，谢嘉应该不知道这件事呀。于是我对他说，你胡说什么呀？我哪有杀人呀？谢嘉却说他知道陈海鸿和陆梦蓉都是我杀死的，还说手上有我进出他们家的监控视频……"

"啊？"夏寻语听到这里怔了一下，"谢嘉竟然用那段视频要挟你？他先把大门上方的监控摄像头拆掉，然后再报警，难道不是为了保护你吗？"

慕容思炫冷冷地说:"如果谢嘉真的想保护聂津,就应该把那段监控视频彻底删除,而不是保留在自己的电脑中。他之所以在报警前拆掉了监控摄像头,只是为了把聂津的把柄留在自己手上,这样一来,当自己有需要的时候便可以加以利用——就像世界C中的谢嘉3号向聂津3号勒索那样。"

霍奇侠摇了摇头,有些感慨地说:"有些所谓的'朋友',不到最后一刻,你永远不知道他对你是否心怀鬼胎。"

聂津3号咬了咬牙,气愤道:"最后我被迫向朋友借了十万元,'借'给谢嘉。没想到他贪得无厌,后来又几次向我勒索,前后向我'借'走了二十多万。"

夏寻语恨恨地说:"没想到谢嘉是这样的人呀。"

聂津3号苦笑了一下:"我跟他认识了将近二十年,也是直到最后才看清楚他的为人;你跟他只是见过几次,又怎么可能看得出?"

"后来呢?"霍奇侠问。

聂津3号长叹了一口气:"那时候,我每天都要想办法赚钱为女儿治病,又要应对谢嘉的勒索,真是焦头烂额。正因为这样,我忽视了阿莹,没有觉察到阿莹的心理正在逐步变化。等我发现的时候,她已经是一个杀死了三个人的杀人犯了。"

扫码听有声

第十九章 杀人魔鬼

1

宋丝莹3号虽然没有工作，但每天留在家中照顾患病的女儿，却比聂津3号更累、更压抑。各种压力让她的心理逐渐扭曲，她竟开始去嫉妒那些拥有健康孩子的母亲。

她从小生活在一个重男轻女的家庭中，父母对弟弟千依百顺，对她却十分冷淡，她感受到自己被她所认为最重要的家人抛弃了，从来没有感受过家庭的温暖。也正因为这样，她无时无刻不嫉妒着自己的弟弟，甚至嫉妒着她的那些拥有幸福童年的同学。她会向老师写匿名信，举报那些成绩比她优异的同学的一些不良行为，甚至会诽谤其他同学。

在她成长的过程中，一直被嫉妒、焦虑、猜疑等各种负面情绪包围着。直到认识了聂津3号以后，她才真正感受到温暖。在聂津3号的爱情滋润下，她心中的嫉妒逐渐消失了，她慢慢地走出了那个黑暗的世界。

可是，在女儿出生以后，在照顾女儿的这些年中，她的嫉妒心却再次冒了出来。她嫉妒着那些拥有健康孩子的母亲，就像小时候嫉妒弟弟一样。她甚至对她们产生了憎恨的情绪，想要杀死她们，以报复上天对自己的不公。

第十九章 杀人魔鬼

终于,她无法控制自己。嫉妒心操控着她的身体,让她走上了杀人的不归路。

二〇二七年十一月,宋丝莹3号杀死了一个小男孩的母亲;四个月后,她又杀死了另一个小男孩的母亲;在短短的两个月后,宋丝莹3号再一次杀死了一个女孩子的母亲。

"阿莹在杀死第三个孩子的母亲时,无意中被这个孩子的爷爷看到了。她虽然逃离了现场,但也知道自己已经暴露身份,肯定会被警察抓走,于是匆匆回到家中,带着当时只有六岁的女儿来到天台,想要和女儿一起跳楼自杀。"

"啊?"夏寻语轻呼一声,满脸难以置信的表情,摇着头颤声道,"阿莹……怎么会这样?我认识的阿莹,是不会杀人的,更不会杀死自己的女儿。"

聂津3号苦笑道:"我是她的丈夫,每天跟她同床共枕,然而连我也看不透她的内心,你又怎么能了解到真正的她?"

霍奇侠有些感慨地说:"嫉妒的种子早就在她的心中埋下了,只是在世界A和世界B中,这颗种子没有发芽而已。"

"后来呢?"慕容思炫问。

"那天晚上我回到家,看到阿莹放在饭桌上的遗书。遗书中说她杀死了三个孩子的母亲,现在事情败露,走投无路,想要一死了之,但她又放心不下自己的女儿,所以打算带着女儿一起到天台自杀。

"我看到这封遗书以后,马上跑到天台,想要阻止她。然而当我来到天台的时候,却刚好看到阿莹把女儿扔了出去。当时我不假思索地跟着跳了下去，想要抓住女儿。遗憾的是，我没能抓住女儿。最终女儿坠楼身亡，而我虽然也坠落到地面，但却奇迹般地大难不死，只是左脚残疾了。"

霍奇侠和夏寻语听到这里恍然大悟：原来聂津3号的左脚是在此时受伤的。

"如果当时我死了就好了，"聂津3号长叹了一口气，万念俱灰地道，"那样我便可以提前得到解脱，可以提前离开这个残酷的世界，去跟我的女儿相会。"

"宋丝莹3号呢？她把女儿扔下去以后，自己没跳吗？"慕容思炫冷冷地问。

"没有！"聂津3号咬了咬嘴唇，"她把女儿扔了下去，亲眼看着女儿坠楼身亡以后，自己却害怕了，不敢跳了。紧接着，警察也来到天台，逮捕了她。"

"唉——"夏寻语双目含泪，"你女儿死得太冤枉了。"

"接下来，你就因为被雷电击中而穿越到世界B了？"片刻以后，霍奇侠问道。

聂津3号点了点头："在女儿头七那天，我到天台想烧纸祭奠她。刚好那天晚上下起了倾盆大雨，还电闪雷鸣。但我一直没有离开天台，当时我想，如果我被闪电劈死了，就不用每天想念女儿了，或许这样反而一了百了。没想到，我真的被闪电击中了。"

慕容思炫此时说道："如果我没有猜错，你的身体里应该含有某种容易吸引雷电的物质，闪电时如果你不在室内，就很容易被雷电击中。此外，大概只有体内含有这种物质的人，被雷电击中以后，才会发生穿越。如果是一般人被雷电击中了，根本不会发生穿越。"

聂津3号微微颔首："慕容先生，你猜对了。"

他吸了口气，接着说道："我醒来以后，便穿越到对于我来说的五年前的二〇二三年六月，地点还是我家的天台。这个世界，就是你们所说的世界B了。

"当我明确了自己穿越到五年前的事实后，我便开始偷偷关注着这个世界的聂津——就是你们说的聂津2号，以及他的妻子和女儿。在这个世界里，聂秀芸2号才一岁三个月。但是，我却仿佛看到了她的未来——被她的母亲从天台扔下去。

"我不想女儿悲剧重演，我还想拯救那三个在数年后将被宋丝莹2号所杀死的孩子的母亲。可正如这位警官所说，嫉妒的种子埋在阿莹心中，不知道什么时候发芽。我不可能一辈子盯着阿莹，于是，我做出了一个残忍的决定：在她杀死那三个孩子的母亲以及女儿之前，先把她杀死！"

慕容思炫、霍奇侠和夏寻语都没有说话，为聂津3号当时可谓大义灭亲的决定心潮激荡起伏……

聂津2号为了阻止封帆杀死公交车上的乘客，阻止马祯杀害校园里的学生，阻止邓唯泰炸死球赛中的观众，一次次出手干预"历史"。聂津，本来就是一个充满正义感的人。而聂津3号跟聂津2号本来就是"同一个人"，既然他知道那三个孩子的母亲最终会被杀死，又怎能不出手阻止？

要阻止这件事的发生，最彻底的解决方法就是杀死凶手。可是，凶手却偏偏是聂津的妻子。尽管如此，他最后仍然义无反顾地杀死了宋丝莹2号。

"一个月后,我终于下定决心。那天,我拿着一根铁棍,戴上头罩,来到聂津2号的家。我是从地下停车场步行进去的,进去的时候,我避开了停车场的监控摄像头,接着又通过没有安装监控摄像头的楼梯来到四楼,所以自始至终我都没有被监控拍下。

"我来到403室后,直接打开大门走了进去。聂津2号家的大门安装了指纹锁,而我的指纹跟聂津2号一样,自然可以打开大门,来去自如。

"我蹑手蹑脚地来到聂津2号和宋丝莹2号的卧房前,窥视房内的情况,果然看到宋丝莹2号一个人在房间里,似乎正在翻看着一本相册。我想要闯进去,用铁棍把她打死,可是却突然心软了。虽然实际上她跟我的妻子并非同一个人,但在某种意义上,她跟我的妻子又是'同一个人',我看到她的样子,便想起我那个在世界C中等待宣判的妻子,一想到妻子,想到我们曾经深深地相爱,我便下不了手。

"我在心中经过激烈的思想斗争,最终还是决定放弃这个谋杀宋丝莹2号的计划。是的,哪怕她——应该说是将来的她——将要杀死'我'的女儿,将要杀死三个孩子的母亲,但她毕竟是'我'深爱的妻子。我终究下不了手。"

聂津3号说到这里,长长地叹了口气。

"那你最后为什么又改变主意,杀死了宋丝莹2号呢?"霍奇侠好奇地问。

"因为,"聂津3号咬了咬嘴唇,"在我离开前,无意中听到她自言自语的一句话。"

"什么话?"夏寻语迫不及待地问。

聂津3号面无血色,沉声道:"她说:'楚翘,我杀了你,现在上天却要报应在我女儿身上了。'"

2

当时聂津3号听到宋丝莹2号突然说出这样一句话,心中一凛,不由自主地停住了准备离开的脚步。

"楚翘是谁?"他在心中快速地思索着,"难道,是她的那个叫徐楚翘的闺密吗?"

在聂津3号所在的世界C中,大概在二○二○下半年,当时聂津3号和宋丝莹3号在恋爱之中,有一天,宋丝莹3号忽然跟聂津3号说:"阿津,你还记得徐楚翘吗?"

聂津3号想了想:"就是你的那个高中同学,对吗?"他记得宋丝莹3号说过,她有个名叫徐楚翘的高中同学。因为两人住在同一个寝室,接触得比较多,也成了好朋友。即使是高中毕业后,两人也经常联系,成了无所不谈的闺密。

"是的。"

"我记得呀。"聂津3号点了点头,"你之前跟我说她下个月结婚,还请了你当伴娘,对吧?"

"嗯。"宋丝莹3号低声应答。

"她老公好像是个富二代吧?好像是姓李的……"

"阿津……"宋丝莹3号打断了聂津3号的话。

"怎么啦?"聂津3号见宋丝莹3号一脸严肃,怔了一下。

"楚翘她……死了。"

"什么?"聂津3号大吃一惊,"怎么死的?"

"是被谋杀的。"

聂津3号定了定神,问道:"抓到凶手了吗?"

宋丝莹3号摇头:"听说警方调查过她的所有熟人和亲戚,但全部都没有作案嫌疑。唉,如果可以把凶手逮捕归案,让楚翘安息,那就好了。否则,楚翘死不瞑目呀。"

"是呀,本来都快要结婚了,却突然莫名其妙地被人杀死了,真是死得冤枉呀。"聂津3号也感慨道。

聂津3号也想为宋丝莹3号实现愿望,帮徐楚翘揪出杀死她的凶手。可是连警察的调查也没有结果,他单凭自己的力量又能做些什么呢?

于是他找到了曾帮他找到"走丢"的表侄子的超级侦探——慕容思炫。可是慕容思炫却说,夏寻语已经死了,夏寻语侦探事务所已经不存在了,他也不会再接受任何委托。

最后,徐楚翘被杀一案成为悬案。

然而现在,来到世界B的聂津3号,竟然从这个世界的宋丝莹2号口中得知,徐楚翘是她杀死的!聂津3号的心在怦怦乱跳。他屏住呼吸,侧耳细听宋丝莹2号的话。

此时宋丝莹2号看着相册中她跟徐楚翘2号的合照,喃喃自语:"可是,楚翘,你真的不能怪我呀。我长得比你漂亮,读书时成绩也比你好,虽然我没有读大学,但你也只是上了一个三流的大专。后来,我认真工作,一心一意经营我的花店,为生活而努力,而你呢?几乎每晚都到夜场玩,交了无数男朋友，我还陪你打过两次胎。然而最后，你却可以嫁给一个优质富二代？你凭什么呀？"

聂津3号听到这里，不寒而栗。他此时才知道，原来宋丝莹心中的嫉妒从来没有消失过，只是被她隐藏起来了。

她接着说道："我本来想把你以前的事都告诉李书华，我跟李书华也算是朋友，我这样做，也算帮朋友一把，免得你把他的一生毁了。可是后来我又想，即使你和李书华结不成婚，以后你可能还会认识到其他优质男人。我不允许这种事发生！像你这种人，根本就不配得到幸福！所以，楚翘，你不要怪我，杀死你是唯一解决这个问题的方法了。你要死，才能为你过去所做的一切赎罪！"

聂津3号听着听着，只感到一股寒意从背脊直泻下来。在世界C中，当宋丝莹3号告诉他徐楚翘的死讯的时候，还一脸难过地说，如果可以把凶手逮捕归案，让楚翘安息，那就好了。当时聂津3号真是万万没有想到，杀死徐楚翘的凶手，竟然就是自己面前的宋丝莹3号！

在世界C，当聂津3号看到宋丝莹3号的遗书以后，忽然觉得这个女人十分陌生，觉得自己跟她共同经历的那些时光，都像是仅存在于梦幻中一般；而此时此刻，他觉得宋丝莹对他来说，已不光是一个毫无瓜葛的陌生人了，简直就是一个让自己避之犹恐不及的穷凶极恶之辈。

"可是，"宋丝莹2号还在自言自语，"现在我女儿却患上了重症地贫，那是因为我杀了你，上天要报应在我女儿身上吗？不是的，是你阴魂不散，想要害我的女儿！我的童年那么悲惨,我好不容易才从阴影中走出来,现在你又想让我女儿走我走过的老路?你想害得她连活也活不了?你这个恶鬼!我诅咒你万劫不复!诅咒你父母在今年内死光!"

这一刻,聂津3号只觉得自己面前的是一个杀人魔鬼。

这个杀人魔鬼,还将要杀死多少无辜的人?她甚至会亲手杀死自己的女儿!

想到这里,聂津3号再也控制不住自己了,他跑到房内,高举着那根铁棍,狠狠地向宋丝莹2号的头部打去……

3

"杀死了她以后,我刚从卧房走出来,却正好看到聂津2号回来了。他以为我是入室盗窃的小偷,想把我控制住,于是我跟他扭打起来。嗯,这些事情聂津2号应该也跟你们说过了,对吧?最后我打晕了聂津2号,匆匆逃离了他的家。"聂津3号说到这里,长叹了一口气。

知道了事情始末的慕容思炫、霍奇侠和夏寻语,此时心中均百感交集。

"在此之后,在世界B里,我一直暗中关注着聂津2号和他的妈妈、女儿的生活。一个多月以后,就在我和聂津2号生日的那天——二〇二三年八月二十四日,晚上我戴着帽子、太阳眼镜和口罩,到医院来探望女儿,却看到聂津2号的妈妈在医院里到处问人有没有看到聂津2号来过医院。

"我观察了她好一会儿,总算从她跟其他人的交谈中得知事情的大概:原来这天早上聂津2号回家后,到天台去收衣服,接着就离奇失踪了,他的妈妈打他的电话也关机了。

"我想起那天早上曾下过倾盆大雨,还电闪雷鸣,我便想到聂津2号肯定是在到天台收衣服的时候被雷电击中了,穿越到五年前,就是你们所说的世界A,即我们现在身处的这个世界。所以,我刚才说慕容先生的推测是正确的,无论是哪个世界的聂津,都特别容易被雷电击中,一旦被击中,就会发生穿越,穿越到五年前。"

"我有一个问题。"此时夏寻语有些疑惑地说。

"在世界B中,二〇二三年八月二十四日那天,聂津2号因为被闪电击中而穿越到世界A;那么,在世界C中,在二〇二三年八月二十四日那天,应该也有电闪雷鸣呀,可是为什么聂津3号没有像聂津2号那样被击中,并且穿越到五年前?"夏寻语不解地问。

"这问题不是一目了然吗?"慕容思炫似乎懒得回答这种简单的问题,"因为那天聂津3号没有到天台收衣服。"

霍奇侠也明白慕容思炫的意思,向夏寻语解释道:"在聂津3号从世界C的二〇二八年六月穿越到世界B的二〇二三年六月之前,世界B和世界C的'历史'是完全一致的。

"换句话说,如果聂津3号没有穿越到世界B,那么接下来世界B和世界C的'历史'将会继续完全一致。在世界C中,二〇二三年八月二十四日那天早上,虽然电闪雷鸣,但聂津3号因为留在室内——很有可能是在家中睡觉,没有到天台收衣服,从而没有被闪电击中。

"本来根据'历史',在世界B中,到了二〇二三年八月二十四日早上,留在室内的聂津2号也不会被闪电击中。然而,因为聂津3号的到来,世界B中的'历史'的'轨迹'被改变了,宋丝莹2号死了,各种蝴蝶效应也蜂拥而至。于是,在二〇二三年八月二十四日那天早上,聂津2号也因为到天台收衣服而被闪电击中,接着还穿越了,这件事在世界C中是没有发生过的。"

"好……好复杂呀。"夏寻语听得似懂非懂。

霍奇侠正想进一步解释,慕容思炫却已经转移话题,向聂津3号问道:"聂津2号从世界B穿越到世界A以后,你留在世界B做了什么?"

"当我明白聂津2号的失踪是因为他穿越到五年前以后,我决定留下来代替他照顾他的妈妈和女儿。这时候我见到聂津2号的妈妈掏出手机,似乎想要打电话报警,于是我立即走过去,对她说:'妈,你找我吗?'

"接下来,我便留在世界B中,以聂津2号的身份代替他去上班,并且代替他照顾妈妈和女儿。女儿毕竟年纪还小,并没有发现什么,倒是妈妈问我为什么样子变老了,还问我左脚为什么会受伤,但都被我推搪过去。"

"那么,"慕容思炫掏出一个黑色的烟盒,从烟盒中倒出了几颗水果硬糖,一边在手掌中摆弄,一边问道,"二〇二三年九月八日晚上,你为什么会被闪电击中,从而从世界B穿越到世界A的二〇一八年九月八日晚上?"

聂津3号一脸无奈地说:"那天晚上,又电闪雷鸣,我怕又被闪电击中,不敢外出,留在家中给女儿读绘本。可是雨越来越大,房间里有一个窗户没有关上,雨一直在打进来。我走到窗边想要关窗,没想到忽然一道闪电劈进来击中了我。接下来我便再一次穿越了,从世界B穿越到世界A。"

"看来你体内真的有某种容易吸引雷电的物质呀。可是,"夏寻语摇了摇头,"如果是这样,你小时候就应该被雷电击中穿越,为什么会到三十多岁才第一次被雷电击中呢?难道在此之前,你每次闪电时都躲在室内?"

"应该不是吧。"聂津3号也有些不解,"我也不知道为什么以前不会被雷电击中。"

"那是因为,"慕容思炫提出了一个假设,"你的这种体质不是与生俱来的,而是后来因为发生了某件事,譬如被电鳗电到了,身体发生变异,这才开始拥有那种物质。"

"那么聂津1号的身体现在变异了没有?"霍奇侠问,"如果他现在被闪电击中了,会不会穿越到五年前的二〇一三年?"

"已知条件不足,无法推断。"慕容思炫答道。

"不管怎么样,"聂津3号苦笑,"反正我体内是存在这种物质的,毕竟我都穿越了两次了。所以现在闪电的时候,我都会躲在室内,不会接近窗户。如果我现在再次穿越,就会穿越到二〇一三年了。"

"接着说你穿越到这个世界A以后发生的事吧。"慕容思炫说罢,把手掌中的水果硬糖一股脑儿扔到嘴里,大口大口地咀嚼起来。

4

在世界B，二〇二三年九月八日那天晚上，聂津3号在卧房的窗边被闪电击中，当他穿越到世界A时，时间是五年前的二〇一八年九月八日晚，地点则是聂津1号的卧房的窗边。

当时聂津1号住在慕容思炫和夏寻语的家中，他的卧房自然没有人。而聂津1号的妈妈当时也在自己的卧房休息，并没有发现穿越过来的聂津3号。

聂津2号从世界B穿越到世界A的时候，世界A的时间是八月二十四日上午。也就是说，当聂津3号来到世界A的时候，聂津2号已经来到世界A两个星期了，当时他已经杀死了封帆和马祯，阻止了两起惨剧的发生。

当聂津3号明确自己再一次穿越，从处于二〇二三年的世界B穿越到五年前的、处于二〇一八年的世界A之后，他决定要把属于这个世界的宋丝莹1号也杀死。

当时聂津3号还不知道聂津2号代替聂津1号认识了宋丝莹1号，他在心中暗忖："我可以阻止聂津1号和宋丝莹1号结婚，或者阻止他们生孩子，这样一来，宋丝莹1号就不会因为嫉妒别人拥有健康的孩子，而去杀死那三个孩子的母亲。

"但是，这并不能改变宋丝莹1号心中埋着嫉妒的种子这个事实。两年后，在这个世界的徐楚翘1号结婚之前，宋丝莹1号还是会因为嫉妒而去把她杀死的。

"哪怕到时候我阻止宋丝莹1号杀死徐楚翘1号，可是她终究是一颗定时炸弹,在她的嫉妒心爆发之际,就是惨剧发生之时。我又怎能一辈子盯着她?"

所以聂津3号决定追杀宋丝莹1号,这是阻止她制造惨剧的唯一方法。

"反正我已经杀死过'她'一次了,一不做二不休。"

然而事实上,聂津3号的心底也隐隐约约地明白,自己在世界B中杀死了宋丝莹2号,现在又如此执着要杀死宋丝莹1号,还有一个重要原因:因为在世界C中宋丝莹3号杀死了他深爱的女儿,他恨极了宋丝莹3号,所以要连续两次杀死两个世界中的宋丝莹,为女儿报仇!

他的心理也开始扭曲了。宋丝莹的心因为嫉妒而变形,而他的心则因为仇恨而扭曲。

他打算先在世界A中安顿下来,然后再制定一个杀死宋丝莹1号的计划。

住在聂津1号的家中自然是不可行的,否则聂津1号的妈妈会看到两个聂津。

当时聂津3号并不知道聂津1号正在被警方通缉,怕他突然返回,于是匆匆离开了聂津1号的家。

走出403室,他无意中发现对面的404室的大门上贴着L市公安局的封条。但他没有细想,快步离开了英伦豪庭小区。

来到街上,他才开始思考到哪里落脚这个问题。如果不是在世界C中经历过谢嘉勒索,此时他肯定会到谢嘉的家中借宿,毕竟在看穿谢嘉的真面目前,他跟谢嘉是最好的兄弟。

最后,他决定求助于以前的一名同事——王天歌。

那天晚上,热情好客的王天歌还到楼下的便利店买了一打啤酒,跟聂津3号在家中喝酒聊天,秉烛夜谈。

翌日上午,聂津3号在王天歌家中用电脑上网。他无意中想起昨晚看到聂津1号家对面的404室的大门贴着公安局封条的事。

他记得在他所在的那个世界C中,住在404室的是一对夫妇。二〇一八年八月二十四日,男主人封帆因为跟妻子吵架,杀死了妻子,随后在上班的时候,开着公交车坠江,畏罪自杀。当时车上的三十多名乘客无一生还,这件事也轰动了全国,甚至还有记者来采访过作为封帆邻居的聂津3号。因为发生惨剧那天刚好是他的生日,所以他对这件事印象深刻。

在世界A中,今天是二〇一八年九月九日,也就是说,这个世界的封帆1号也已经制造了公交车坠江惨剧。封帆家大门贴着公安局的封条,自然是因为警察正在调查此案。

聂津3号心血来潮,上网搜索这起"公交车坠江"事件,然而却找不到任何相关信息,反而搜到了封帆被杀的消息。他认真一想,便明白了:是聂津2号改变了世界B和世界C中原有的"历史",杀死了封帆1号,阻止了公交车坠江惨剧的发生。

当时在世界A中,因为聂津3号还没过来,所以聂津2号是唯一知道"封帆会在二〇一八年八月二十四日上午开公交车坠江"的人。聂津3号心想，如果自己穿越到世界A的时候，这起惨剧还没发生，他也确实会去阻止封帆1号，挽救公交车上的乘客们的性命。

"聂津2号为了挽救公交车上的乘客，不惜杀死了封帆1号。而我呢？我也应该做点什么吧？聂津2号不知道宋丝莹1号将来会成为一个冷血杀手，既然如此，就由我来杀死这个冷血杀手，挽救那些将要死在她手上的无辜者吧。"

至此，聂津3号要去杀死宋丝莹1号的决心坚定无比，再也无法动摇。

5

这天下午，聂津3号向王天歌借了几千元，接着便骑着王天歌的摩托车前往宋丝莹1号的花店。虽然他左脚残疾，但用右脚便可换挡，要开摩托车是没有问题的。

他担心在杀死宋丝莹1号以后，警察会通过街道上的监控录像对他展开轨迹跟踪，于是先到一家摩托车车行买了一个报废摩托车的套牌，安装在王天歌的摩托车上。他还在路边的精品店买了一顶帽子，又在药房里买了一盒口罩和几双橡胶手套，在必要的时候便可隐藏自己的样貌。

来到宋丝莹1号的花店附近后，聂津3号却发现今天来花店买花的客人不少。原来今天是九月九日，教师节的前一天，所以不少客人都来订花。聂津3号一直没有找到下手的机会，只好在花店附近监视着宋丝莹1号。

傍晚时分，聂津3号看到宋丝莹1号关门离开了花店，于是骑着摩托车跟着她来到小精灵西餐厅。聂津3号戴上帽子和口罩，跟着她走进西餐厅一看，发现她原来约了聂津。

然而接下来聂津3号却发现，宋丝莹1号所约的人并非本来属于世界A的聂津1号，而是来自世界B的聂津2号。聂津3号随即反应过来：在世界A中，聂津2号代替聂津1号去认识了宋丝莹1号。

"他还真是痴情呀。"他不禁感慨。

聂津3号怕被聂津2号和宋丝莹1号发现自己的行踪，不敢留在餐厅，匆匆走到餐厅外，在附近监视着餐厅的大门。

当时聂津1号和夏寻语也在餐厅门外监视，而慕容思炫则还没到达餐厅。

后来，他看到聂津2号从餐厅里匆匆走出来。

聂津3号知道宋丝莹1号的地址和花店的位置，随时可以找到她，但要找到聂津2号却不容易，他决定先跟踪聂津2号。聂津2号上了一辆出租车，于是他跟着出租车来到了雪梅山庄。

"雪梅山庄？"聂津3号凝神一想，便知道聂津2号来这里干什么了。

他要去挽救在二〇一八年九月九日遇害的歌手傅新晴。

当时聂津3号戴着一个摩托车全盔，镜片是茶色的，所以聂津1号、慕容思炫和聂津2号都没有看到他的样子。

他把聂津2号带到一条小巷，把摩托车停下。他怕聂津2号认出"自己"的声音，于是压低了声音道："下车吧。"

聂津2号从摩托车上下来，感激地道："朋友，谢谢了。"

"嗯。"聂津3号低低地应答了一声。

"对了,朋友,你认识我?"聂津2号好奇地问。

"何止认识?"聂津3号心中百感交集,"我就是杀死你妻子的那个人,是你的仇人,但我们又可以说是这个世界上最'亲密'的人,毕竟,我们本来就是'同一个人'。"

如果在世界上出现了另一个你,那么这个人,将是你的朋友还是敌人呢?聂津3号以前在看一些穿越题材的科幻电影时,曾经认真思考过这个问题。

或许是朋友,毕竟是"同一个人",深知对方的所有想法;也或许是敌人,因为对方很有可能取代自己,夺取自己在这个世界中所拥有的一切。

然而这个问题对于现在的聂津3号来说是没有意义的,因为这个世界A既不是属于他的,也不是属于聂津2号的,而是属于聂津1号的。他和聂津2号,都只是这里的"过客"而已,他们可以说是"同病相怜"。

聂津3号没有回答聂津2号的问题,而是向他挥手告别。

"等一下!"聂津2号连忙叫住了他,"你救了我,至少让我见一见你的样子吧。"

聂津3号没有理会他,骑着摩托车朝巷口驶去。

自始至终,他都没有从摩托车上走下来,所以聂津2号一直不知道他的左脚是残疾的,不知道他便是在世界B中杀死宋丝莹2号的凶手。

接下来,聂津3号也没有真正离开,而是暗中跟踪着聂津2号。后来他看到聂津2号走进了太平一巷的一间小宾馆内,知道他暂时会住在这里。

最后,聂津3号为了彻底避开警方的追踪,把摩托车开到城南公路,并离开城区,脱离了城市监控系统覆盖的范围。

扫码收听有声书

第二十章 凶手的末日

1

聂津3号知道警方正在通缉聂津2号,而聂津2号跟宋丝莹1号接触过,宋丝莹1号自然会成为警方的重点监视对象,所以他一直不敢去杀死宋丝莹1号。接下来这个星期,聂津3号留在王天歌家中足不出户,静心思考,他想到了很多事。

他想起那天晚上在雪梅山庄想要和聂津1号一起抓住聂津2号的人是私家侦探慕容思炫。

想到慕容思炫,他自然就想到夏寻语,接着又想到了夏寻语在二〇一八年发生的那场体育场爆炸中遇难的事。

"我要去阻止这场爆炸的发生,挽救夏寻语以及其他在爆炸中丧生的遇难者吗?"

他接着又想到,聂津2号也会想到这件事的,因为他在世界B中也经历过。他也会和自己一样,想去阻止爆炸的发生。

于是,十五日下午,聂津3号便骑着王天歌的摩托车来到太平一巷的巷口,等待聂津2号出来。

到了两点多,他果然看到聂津2号走出太平一巷,来到路边,四处张望,似乎正在等出租车经过。

然而此时,聂津1号和慕容思炫再次出现,眼见聂津2号即将被抓住，聂津3号只好再一次骑摩托车把他救走。

成功摆脱了慕容思炫和聂津1号以后，聂津3号准备直接把聂津2号送往人民体育场。"就让他去阻止爆炸案的发生，拯救那些观看足球比赛的观众吧。"

"朋友，你又帮了我一次。"聂津2号的话打断了聂津3号的思考。

聂津3号没有回答，只是低低地"嗯"了一声。

"现在我们去哪里？"聂津2号接着问。

聂津3号却不再回答，直接载着他来到体育场，才低声说道："下车吧。"

"朋友，你到底是谁呀？你救了我两次，总该让我见见你的样子吧？至少，也要让我知道你的名字吧？"

"别问了，"聂津3号有些不耐烦地说，"快去做你要做的事吧。"

聂津2号忍不住问道："你知道我要来人民体育场？你知道我要到体育场干什么？"

聂津3号没有回答。

聂津2号吸了口气，一字一顿地问："你是不是知道封帆和马祯的事？"

聂津3号心中一凛，肩膀稍微颤抖了一下。看来聂津2号已经猜到他也是来自未来的了。不过聂津3号一时之间想不起聂津2号所提到的"马祯"是谁。

聂津2号追问道："你是不是知道'被闪电击中'的事？"

聂津3号怫然道："好了！别问了！快下车吧！"

"好吧。"聂津2号从摩托车上走了下来。

聂津3号准备开车离开,聂津2号叫住了他:"等一下!"

聂津3号脑袋微动,向聂津2号看了一眼:"怎么啦?"

"我们还会见面吗?"聂津2号充满期待地问。

"或许吧。"聂津3号的语气却十分平静。此时他想,跟聂津2号见面,让他知道自己是来自世界C的聂津3号,或许不是一件好事。

他在世界B中杀死了宋丝莹2号。而现在,他又要杀死世界A中的宋丝莹1号,即聂津2号的女朋友。

"如果我不跟聂津2号见面,他或许永远不知道宋丝莹最后会变成冷血杀手,甚至把女儿杀死的事。这对他来说,未尝不是一件好事。真相如此残酷,又何必让他知道?当一个过着幸福生活的傻瓜,比当一个知道真相的伤心人好多了。"聂津3号想到这里,在心中叹了口气。

"下次见面的时候,你可以让我见见你的样子,或者只让我知道你的名字吗?"聂津2号的话再一次打断了他的思索。

"下次再说吧。"聂津3号不等聂津2号答话,便转动油门,骑着摩托车离开了人民体育场。

2

聂津3号知道,既然慕容思炫和聂津1号发现了聂津2号的行踪,那么通过街道上的监控录像,很快就会追踪到体育场来。既然找到了聂津2号,警方自然会撤掉对宋丝莹1号的

第二十章 凶手的末日

监视。机不可失。聂津3号决定现在就去杀死宋丝莹1号。

为了躲避警方的轨迹跟踪,他先把摩托车开进一些没有安装监控摄像头的小巷,七拐八弯,直到下午四点才来到宋丝莹1号的花店。

此时花店没有客人,这对于聂津3号来说是天赐良机。天时,地利,人和。"这是老天爷让我收拾这个杀人魔鬼吧。"

聂津3号戴上橡胶手套,一瘸一拐地走进花店,只见宋丝莹1号正在修剪花枝。在见到宋丝莹1号的那一瞬间,聂津3号不禁想起了世界C中的宋丝莹3号,想到自己和她相识、相知、相爱、结婚、生孩子的各个片段,想到她杀死了三个孩子的母亲,想到她把女儿从天台扔下去的那个瞬间,心中思绪万千,眼眶不由得湿润了。

"阿莹……"他仿佛觉得此刻站在自己面前的人就是宋丝莹3号。

"咦,阿津?"宋丝莹1号又惊又喜,"你怎么来啦?"她把聂津3号当成是聂津2号了。"你怎么一直关机呀?"宋丝莹1号微嗔道,"我还以为你出了什么事呀!"

聂津3号忽然有些心软,他想到了自己的妻子。哪怕她心理扭曲,杀人不眨眼,但至少她对自己的感情是真挚的。

她从小就生活在一个没有爱的世界里,难得遇到聂津这样一个真心对她好的人,她十分珍惜。她后来之所以逐步变成一个冷血杀手,也是童年的悲惨遭遇造成的。

此时宋丝莹1号还没杀死徐楚翘,如果自己代替聂津2号好好爱她，化解她心中的嫉妒之火，是不是就可以改变她的命运？

"阿莹……"他情不自禁地把宋丝莹1号搂在怀里。

"怎么啦？发生什么事啦？"宋丝莹1号奇怪地问。

"没什么。"聂津3号抱着宋丝莹1号，感受着她的体温，便觉得自己回到了世界C中，回到了跟宋丝莹3号相爱的那段快乐的日子里。

此时宋丝莹1号也不再多问，把聂津3号紧紧地抱住。跨越了两个时空的两个人拥抱着对方，时间便似停止了一般。

可是，这时候，不知怎么，聂津3号突然又想起在世界B中，宋丝莹2号对着徐楚翘的照片自言自语的情景。

"像你这种人，根本就不配得到幸福！所以，楚翘，你不要怪我，杀死你是唯一解决这个问题的方法了。你要死，才能为你过去所做的一切赎罪！"

"我的童年那么悲惨，我好不容易才从阴影中走出来，现在你又想让我女儿走我走过的老路？你想害得她连活也活不了？你这个恶鬼！我诅咒你万劫不复！诅咒你父母在今年内死光！"

他想到宋丝莹2号当时令人毛骨悚然的语气，不寒而栗。

她是个杀人魔鬼！无论我做什么，都无法改变她！

"她爱我，深深地爱着我，这是真的，可是，这无法改变她即将成为杀人魔鬼的事实！我不杀她，迟早会有其他人枉死！我不能心软！"

与此同时，聂津3号还想起了在世界C中宋丝莹3号把女儿从天台扔下去的那个瞬间。

霎时间,这个残酷的画面定格在他脑海中,挥之不去。

"芸芸!"聂津3号快要被逼得喘不过气来了。他咬了咬牙,狠狠地把宋丝莹1号推开了。

"啊?"宋丝莹1号愣住了,"阿津,你怎么……"

她还没说完,聂津3号已随手拿起了放在桌子上的一把刀子,手起刀落,向宋丝莹1号狠狠地刺去。

宋丝莹1号大吃一惊,连退数步,失魂落魄地道:"阿津,你……你干什么呀?"

"你杀了芸芸!我要杀死你一千次!一万次!"聂津3号已失去理智,右手一扬,再次向宋丝莹1号发起攻击。

宋丝莹1号转身跑进了洗手间,想要关上洗手间的门。聂津3号大步上前,把即将要关上的门一脚踹开。

"啊?"宋丝莹1号花容失色。

此刻聂津3号满脑子都是惨死的女儿:"去死吧!"

"哧"的一声,聂津3号用刀子割断了宋丝莹1号的喉咙。霎时间,鲜血从宋丝莹1号的颈部快速涌出,她倒在地上。

"啊?"聂津3号回过神来,看着双目圆睁、面容扭曲的宋丝莹1号,心情复杂无比,无法形容。

"我杀了她……我'又一次'杀死了她……芸芸,爸爸好想你,呜呜……阿莹……不要怪我……阿莹……为什么事情会演变成这样呀?呜呜……"

他泪如泉涌,就这样眼睁睁地看着宋丝莹1号在血泊中抽搐、挣扎，直到她一动不动，连表情也凝固了，才把刀子扔在地上，接着退出洗手间，并且轻轻地关上了洗手间的门。

"终于结束了……"聂津3号长长地呼出了口气。

接下来，他离开了宋丝莹1号的花店。

但他并没有返回王天歌的家。

因为，最后，他还有一件事要做。

3

在杀死宋丝莹1号那一刻，聂津3号做了一个决定：自杀。

他再也无法回到属于他的世界C去了，而这个世界A，根本不属于他。即使可以回去，又能怎样呢？可爱的女儿已经永远离他而去，他痛不欲生。

天地虽大，却似乎没有一个真正属于他的归宿。

"芸芸还那么小，她见不到我，一定会感到害怕的，我要去陪她。"作为唯物主义者的聂津3号自然不相信鬼神的存在，但此时他万念俱灰，已经没有了任何生存的欲望，于是便想以此作为借口，一死了之，一了百了。

但在自杀之前，他还有一件事要做——杀死谢嘉。

在世界A中，聂津1号已经失手杀死了陈海鸿。而谢嘉则利用安装在自己大门上方的监控摄像头拍下了聂津1号进出陈海鸿和陆梦蓉的家的监控画面，并且保存着这段监控录像。

在将来某个时刻，谢嘉就会用这段监控录像勒索聂津1号，就像世界C中的谢嘉3号多次勒索聂津3号那样。到时候,聂津1号的人生会因此陷入万劫不复的境地。

"反正我要走了,要去陪芸芸了,在此之前,不如先帮这个世界的'我'解决这个后顾之忧吧。"

聂津3号在两个世界中先后杀死了两个宋丝莹之后,心理似乎也已经扭曲了,认为杀人也是一个解决问题的办法。他没有想到要劝聂津1号自首,没有想到怎样想办法删除谢嘉所保留的监控录像(当然谢嘉或许还有备份),而只想到要杀死谢嘉,让他永远不能去威胁聂津1号。

于是他来到谢嘉的家中。

"咦,阿津?你怎么又回来啦?"谢嘉以为聂津3号是聂津1号。

聂津3号看了看谢嘉,想到在世界C中自己被谢嘉3号勒索的经历,心中怒火中烧。他定了定神,淡淡地道:"进去再说吧。"

两人走进屋内。谢嘉嘿嘿一笑,说道:"今天跟你一起来的那个刑侦专家呢?我看那个人怪模怪样的,不会是什么冒牌专家吧?"

聂津3号没有回答谢嘉的问题,他根本不想跟这种口蜜腹剑的阴险小人说话。他径自走进厨房,从刀架上拿起了一把水果刀。此时他戴着手套,不必担心在刀子上留下指纹。

谢嘉看到聂津3号拿着刀子走出来,吓了一跳:"喂!阿津,你干吗呀?"

聂津3号向谢嘉瞪了一眼,冷冷地道:"那天晚上,我进出梦蓉家里的情景,你的监控摄像头都拍下了,对吧?"

谢嘉微微一怔,战战兢兢地道:"你、你说什么呀?"

"不用骗我了,那晚我看到你家大门上安装着监控摄像头,后来这个摄像头却被拆掉了。"聂津3号的语气冰冷无比。

谢嘉听聂津3号这样说,知道已经无法向他隐瞒监控摄像头的事,只好说道:"唉,是呀,我早就知道梦蓉和她老公的死跟你有关了,所以才拆掉了摄像头,否则警察来走访的时候,一叫我打开摄像头拍下的监控画面,你就暴露了。"

"是吗?谢谢你这么为我着想呀。"聂津3号冷笑道。

谢嘉自然也听出聂津3号的语气异常,但还是勉强笑了笑:"咱们是兄弟嘛,当兄弟的,自然要为对方两肋插刀。"

"既然如此,"聂津3号冷然问道,"你为什么不把那段监控录像删掉,而要把它保存起来呢?"

谢嘉咽了口唾沫,怯生生地问:"什么保存起来呀?我没有呀。"

聂津3号冷哼一声:"你留着那段监控录像,是打算以后如果有需要,就向我敲诈勒索吧?"

谢嘉被聂津3号说中心事,脸色微变,但接着却哈哈一笑:"阿津,你想多了吧?我真的没有把那段监控录像保存起来呀。我早就删掉了!"

"是吗?那你打开你的电脑让我看看。"

谢嘉板着脸说:"阿津,你这是干吗呀?是不相信我吗?我为了帮你毁灭证据,宁愿以身试法,而你呢?却来怀疑我!你这朋友当得也太不够意思了吧?"

聂津3号看着谢嘉这假惺惺的样子,内心感到恶心无比,不禁把手上的刀子握得更紧了一些。此时谢嘉应该已经感受到他心中的杀意,他怕谢嘉万一突然逃跑,自己左脚残疾,追不上他,反而会连累了聂津1号,于是决定速战速决。

"是这样呀……"聂津3号装出一副抱歉的样子,"那对不起了。"

就在谢嘉因听到这句话而稍微放松警惕之时,聂津3号忽然以迅雷不及掩耳之势,把水果刀插进了谢嘉的胸膛。

"啊?你……你……"谢嘉后退了两步,"砰"的一声倒在地上,扑腾了几下,便不动了。刀子插进了他的心脏,一刀毙命。

聂津3号低头看着谢嘉的尸体,森然道:"天作孽,犹可恕;自作孽,不可活。"接着他又长长地吁了口气,自言自语地道:"这样一来,我在世界A中的所有'任务',全部完成了。"

他本来还想删掉谢嘉电脑中的监控录像视频,但因为不知道开机密码,只好作罢。

在返回王天歌家中的路上,他一直在想世界C中可爱的女儿。他想到了女儿第一次翻身、第一次站立、第一次叫爸爸、第一次走路的情景,那是他人生中最美的体验。

"芸芸,不要怕,爸爸很快就来陪你了。从此以后,爸爸再也不会离开你。"想到这里,他露出了欣慰的笑容。大部分人所畏惧的死亡,此刻却成了他的向往所在。

今天清晨,他来到天台,就是为了在这里结束自己的生命。他想用跳楼的方式自杀,最后一次悼念坠楼而死的女儿。

4

聂津3号说完了,夏寻语的眼睛湿润了,而慕容思炫和霍奇侠也默然无语。

"聂先生,死是不能解决问题的……"此时霍奇侠定了定神,一边说一边向前走了一步。

"别过来!"聂津3号大声道。

霍奇侠皱了皱眉,停住了脚步。

"我没有什么问题要解决了,"聂津3号苦笑了一下,颓然道,"我只是单纯不想活下去而已。"

"可是……"夏寻语还想再劝劝他,可话没说完,聂津3号忽然身子一翻,跳了下去!

慕容思炫一直在紧紧地盯着聂津3号,忽见聂津3号身体微动,他眼疾手快,大步上前,一手抓住了聂津3号的手腕。

这样一来,聂津3号虽然身体悬空,但也因为被慕容思炫紧紧抓住而没有下坠。聂津3号微微一怔,抬头向慕容思炫看了一眼,凄然一笑:"慕容先生,你能救我一次,难道可以救我十次吗?你就让我去陪陪我的女儿吧。"

"确定?"慕容思炫淡淡地问。聂津3号刚才已经历过一次由生到死又由死到生的过程,如果他因此改变了对死亡的态度,此刻自然死志全消。

然而聂津3号的眼神中却充满坚定:"确定。"

"哦。"慕容思炫轻轻地吁了口气。

"再见了。"聂津3号挣脱了慕容思炫的手。

霎时间,他的身体往下直坠。

夏寻语失声大叫,霍奇侠则默然不语。

只听"砰"的一声从楼下传来。三人一看,只见聂津3号已经坠落在地,一动也不动。

他本来并不属于这个世界A,然而却把生命留在这里。

可是,哪怕他可以回到属于他的世界C,那里留给他的也只有无穷无尽的痛苦而已。在坠落地面的那一刻,不知道为什么,他突然相信,自己死后是真的可以再次见到女儿的。

"芸芸,爸爸来了……"

至少在这一刻——他生命中的最后一刻,他是幸福的。

5

三天后。

此时聂津1号被羁押于看守所中。

放风时间,看守所里的在押人员都在院子里活动。

聂津1号一个人坐在角落里,回想着今天上午母亲到看守所探望自己的情景,想到母亲那担心、难过的表情,心中不禁柔肠百转。聂津3号心中最记挂的人是女儿,聂津2号心里记挂着宋丝莹,而他,心中记挂的人则只有母亲。

"妈,你放心吧,夏小姐给我介绍了一位诸葛律师,这位诸葛律师从来没有败诉过,由她担任我的辩护律师,我一定会没事的。而且诸葛律师也说了,我这种情况算是正当防卫呢。"会面时聂津1号虽然如此安慰母亲,但并没有让母亲脸上的担忧减少分毫。

"唉,我当时干吗要多管闲事呢?不仅没能救下梦蓉,还惹上一身麻烦,害妈如此担心。"聂津1号心中愧疚不已。

可是如果让他再选择一次(假设他仍然不知道当时陆梦蓉已被陈海鸿打死),他还是会毫不犹豫地出手阻止陈海鸿虐打陆梦蓉的。就像聂津2号再选择一次仍然会义无反顾地阻止封帆、马祯和邓唯泰,聂津3号仍然会坚决地杀死宋丝莹和谢嘉那样。

毕竟,聂津的体内流淌着正义的血液。

聂津1号正在胡思乱想,忽然"轰"的一声巨响,好一记响雷!打雷?聂津1号不禁咽了口唾沫。他抬头一看,天空不知何时起乌云密布。

这时候,两名管教人员走出来,让院子里的在押人员回到号房里。

聂津1号连忙站起来准备回去,心中有些不祥的预感。

可是太迟了,忽然一道耀眼的闪电穿过云层,从天空中直劈下来,不偏不倚地击中了聂津1号。

在众人的惊呼声中,聂津1号竟然匪夷所思地消失了!

正如慕容思炫所推测的那样,聂津的体内存在某种容易吸引雷电的物质,闪电时他如果不在室内,就很容易被雷电击中。而且,他体内的特殊体质还决定了他一旦被闪电击中,就会发生穿越现象。

根据穿越的"规则",聂津1号将穿越到五年前的二〇一三年，出现的地点正是L市看守所的院子里。

在世界A中，聂津1号的父亲是在二〇一五年十月病逝的，在二〇一三年的时候，他还在世。而且，当时他的肝癌也许还没到晚期，治愈的机会很大。当然，聂津1号穿越到二〇一三年后能否改变父亲患癌病逝的"历史"呢？如果他改变了这个"历史"，又会对周围的一切产生怎样的蝴蝶效应呢？那可是另外一个故事了。

6

数月后的一天晚上，慕容思炫和夏寻语在一家咖啡馆的包厢里等待霍奇侠。慕容思炫蹲在椅子上，把糖罐里的方糖都倒了出来，正在堆砌着方糖城堡，玩得不亦乐乎。

"唉，"夏寻语轻轻地叹了口气，"说起来，聂津1号已经穿越了三个月了，不知道他在'那边'怎样了？"

"可能已经追到陆梦蓉了。"慕容思炫头也不抬地说道。

"如果是真的，那也挺好的。"夏寻语欣慰地笑了笑。

接着她又问："如果聂津1号在'那边'再次被雷电击中，是不是又会穿越到对他来说五年前的二〇〇八年？"

"根据穿越'规则'，是的。"慕容思炫答道。

夏寻语突发奇想："如果他一直被雷电击中，是不是会穿越到古代？是不是就可以改变历史了？"

"是，只是我们这个世界A的历史不会受到任何影响。"慕容思炫一边说一边抓起了几颗方糖，放在手中摆弄。

"对了，思炫，"片刻的沉默后，夏寻语又问道，"那时候，你早就猜到杀死宋丝莹1号和谢嘉的凶手，是来自世界C的聂津3号？"

"是。"慕容思炫说罢，把手中的方糖一股脑儿扔到嘴里，大口地咀嚼起来。

"你是什么时候猜到的？"夏寻语好奇地问。

"当在花店提取到那组左脚残疾的足印时，我就怀疑杀死宋丝莹1号的凶手，便是在世界B中杀死宋丝莹2号的那个蒙面男人，也就是说，这个蒙面男人跟聂津2号一样，也从世界B穿越到世界A来了。要实现穿越，首先体内要有某种容易吸引雷电的物质，而聂津正好是满足这个条件的人。"慕容思炫打了哈欠，一边咀嚼着方糖一边说道，"再说，当时警方推断那个人的身高在一米七九左右，体重在一百四十斤左右，这跟聂津的身高和体重都十分接近。"

"原来是这样呀。"夏寻语恍然大悟。

两人正聊着，只见一个男子走进包厢，正是霍奇侠。

"霍警官，聂津2号杀死封帆和马祯的案子判了吗？"霍奇侠刚坐下，夏寻语便迫不及待地问。

霍奇侠点了点头："一审今天下午刚宣判了，聂津2号过失致人死亡罪成立，被判有期徒刑五年。"

"五年呀……"夏寻语秀眉一蹙，"他救了那么多人，最后竟然还要去坐牢？这太不公平了。"

霍奇侠轻轻地叹了口气："我觉得这对他来说算是比较好的结果了，毕竟他杀了两个人。"

"算上世界B中的陈海鸿2号,是三个。"慕容思炫冷不防补充道。

"但他救了很多人呀!我的命也是他救的!思炫,"夏寻语转头看了看慕容思炫,"要不我们找诸葛千诺帮忙,帮聂津2号提起上诉吧。"诸葛千诺是一名出道至今胜诉率为百分之百的超级律师,她也是慕容思炫和夏寻语的好友。

"哦。"慕容思炫敷衍地回应道。

然而霍奇侠却摇了摇头:"宣判后我见过聂津2号,跟他聊了一会儿,他上诉的意愿并不强。或许,他也觉得用五年的有期徒刑换回这么多人的性命,是值得的吧。"

夏寻语深深地吸了口气,由衷地说道:"他是一个无名英雄,是一个真正的英雄。"

"说起来,我们这个世界A曾经同时存在三个聂津,现在聂津3号自杀了,聂津1号则穿越了,便只剩下聂津2号一个了。等他刑满释放后,应该会代替聂津1号的身份,跟聂津1号的母亲一起生活吧。"霍奇侠也有些感慨,"毕竟,聂津1号可能永远也不能回到我们这个世界A来了,她的母亲,已永远失去了儿子。"

夏寻语也长叹了一声;慕容思炫则稍微仰头,望着天花板,怔怔出神,若有所思。

7

时光荏苒,腊尽春来,一晃眼,两年过去了。

此时的世界A,已是二○二○年十月。

在世界B和世界C的"历史"中，宋丝莹在二〇二〇年九月杀死了准备结婚的徐楚翘。而在这个世界A中，由于这个世界的宋丝莹1号已经被聂津3号杀死了，徐楚翘逃过一劫。

今天，正是徐楚翘结婚的大喜日子。

此前徐楚翘给夏寻语发出了结婚邀请函。这天晚上，夏寻语来到当地一家豪华的酒店，参加了徐楚翘的结婚晚宴。

此时婚礼仪式正在进行，只听舞台上的司仪朗声说道："在这天地之合的喜庆之日，我们相聚于此，参加李书华先生和徐楚翘小姐的婚宴。我十分荣幸接受新郎和新娘的重托，担任婚宴的司仪。在此，我首先代表这对新人向今晚前来祝贺的亲戚朋友表示热烈的欢迎和衷心的感谢。现在，请大家以最热烈的掌声欢迎两位新人登场！"

随着《婚礼进行曲》响起，新郎李书华和新娘徐楚翘携手进场，登上舞台。接下来，在司仪的引导下，李书华和徐楚翘完成了宣誓、交换戒指、致辞、喝交杯酒、切蛋糕等环节，最后是新人向宾客们祝酒。

"每一杯酒中都记载着爱恋，每一杯酒中都盛满了幸福。现在请在座各位宾客，举起你们手中的酒杯，和这对幸福的新人干杯。让我们共同祝愿他们永远幸福快乐，手挽手，心贴心，共同分担生活中的寒潮、霹雳和风雪，共同享受人生中的阳光、雨露和彩虹……"

夏寻语和宾客们一起举起了酒杯。她望着舞台上的徐楚翘，不知怎么，忽然想到了很多人：她想到了本来要在一个月前杀死徐楚翘的宋丝莹，想到杀死了宋丝莹且已经自杀的聂津3号，想到因为宋丝莹的死而伤心欲绝、此时还在服刑中的聂津2号，还想到了因为聂津2号的干涉而跟宋丝莹擦肩而过、此时已穿越到另一个世界的聂津1号，心中不禁百感交集。

她还想到此时自己应该早就在爆炸中身亡，只是因为从世界B穿越过来的聂津2号的干预而逃过一劫。想到这里，她不禁轻轻地叹了口气，心中暗道："人生真是充满未知，好好珍惜现在的生活，活在当下，或许就已经足够了。"

思绪杂乱之中，她却没有注意到，笑逐颜开、满脸幸福的徐楚翘，此刻脸上暗藏着一丝让人难以察觉的阴霾。

8

一个多星期以后，L市公安局的官方微博在网上发布了一则令网友震惊的警情通报：

警情通报

2020年10月17日19时许，我市宁安区发生了一起重大恶性故意杀人案件。

经查，犯罪嫌疑人徐某翘（女，27岁，L市人）在其丈夫李某华的家族聚餐中，将至少200毫升的二甲基亚硝胺投入汤中。李某华及其父母、祖母、妹妹，以及李氏家族共二十余人，喝汤后出现呕吐、腹痛等症状，被送到市人民医院就诊。经检验，所有中毒人员的肝功能均受到不同程度的损害,其中十五名中毒人员病情趋重,转至该院重症监护室救治。

案发后,L市公安机关立即组织警力全力开展追捕工作,并于当晚21时许把犯罪嫌疑人徐某翘抓获归案。经审讯,徐某翘对其犯罪事实供认不讳。据徐某翘交代,其父亲徐某雄和李某华的父亲李某国是生意上的竞争对手,2019年6月,因李某国的不正当竞争导致徐某雄生意失败,并因欠债而自杀,徐某翘为报复李某国,主动接近其儿子李某华,最终与李某华结婚,并于李氏家族聚餐中投毒报复。

目前,已有九名中毒人员因二甲基亚硝胺中毒致急性重型肝炎引起急性肝功能衰竭,继发多器官功能衰竭而死亡,其余中毒人员仍在抢救,案件调查及善后工作正在进行中。

L市公安局
2020年10月21日

扫码参加
☆ 轩弦出道20周年纪念